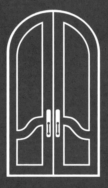

A FILHA DO DOUTOR MOREAU

SILVIA MORENO-GARCIA

A FILHA DO DOUTOR MOREAU

Tradução
BRUNA MIRANDA

Editora Melhoramentos

Dados Internacionais de Catalogação na Publicação (CIP)
(Câmara Brasileira do Livro, SP, Brasil)

Moreno-Garcia, Silvia
 A filha do doutor Moreau / Silvia Moreno-Garcia; tradução Bruna Miranda. – 1. ed. – São Paulo: Editora Melhoramentos, 2023.

 Título original: The daughter of doctor Moreau.
 ISBN 978-65-5539-520-4

 1. Ficção norte-americana I. Título.

23-141806   CDD-813

Índices para catálogo sistemático:
1. Ficção: Literatura norte-americana 813

Eliete Marques da Silva – Bibliotecária – CRB-8/9380

Esta é uma obra de ficção. Nomes, personagens, lugares e eventos são produtos da imaginação da autora ou são usados de modo ficcional e não devem ser interpretados como reais. Qualquer semelhança com acontecimentos reais, locais, organizações ou pessoas, vivas ou mortas, é mera coincidência.

Título original: *The Daughter of Doctor Moreau*
Copyright © 2022 by Silvia Moreno-Garcia
Publicado em acordo com Del Rey, um selo da Random House, divisão da Penguin Random House LLC.
Direitos desta edição negociados pela Agência Literária Riff Ltda.

Tradução de © Bruna Miranda
Preparação de texto: Sofia Soter
Revisão: Elisabete Franczak Branco e Sérgio Nascimento
Diagramação: Manuel Miramontes
Projeto gráfico e adaptação de capa: Carla Almeida Freire
Capa: Faceout Studio/Tim Green
Imagens de capa: Getty Images, Shutterstock, Stocksy e The Metropolitan Museum of Art

Direitos de publicação:
© 2023 Editora Melhoramentos Ltda.
Todos os direitos reservados.

1ª edição, março de 2023
ISBN: 978-65-5539-520-4

Atendimento ao consumidor:
Caixa Postal 169 – CEP 01031-970
São Paulo – SP – Brasil
Tel.: (11) 3874-0880
sac@melhoramentos.com.br
www.editoramelhoramentos.com.br

Siga a Editora Melhoramentos nas redes sociais:
󰈎 󰋾 /editoramelhoramentos

Impresso no Brasil

Ao meu marido, minha alegria e inspiração

O vocabulário maia [...] usa promiscuamente a palavra "peten" para ilha e península. Os cartógrafos da época da conquista têm, portanto, uma desculpa por terem representado Iucatã como uma ilha separada do continente mexicano.
– The Magazine of American History with Notes and Queries
[Revista de História Americana com notas e comentários], 1879

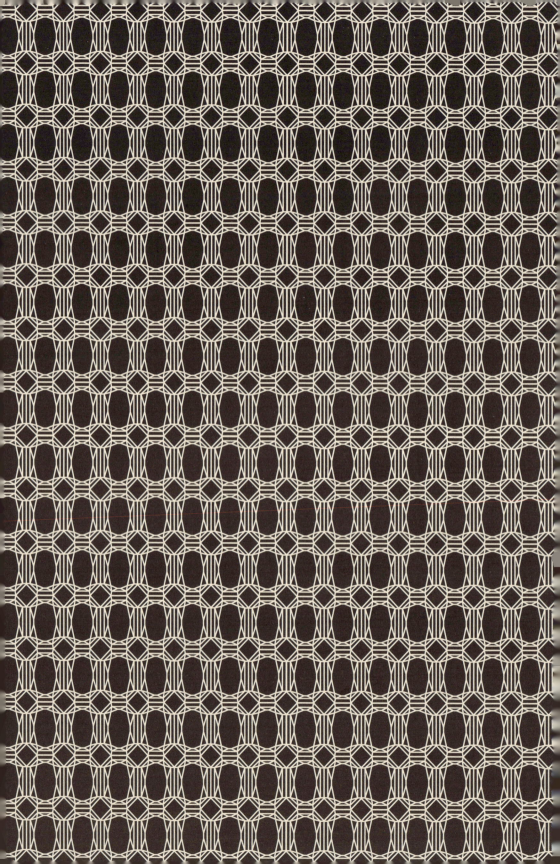

CAPÍTULO 1

CARLOTA

Eles chegariam naquele dia, os dois cavalheiros, no barco que deslizava pela floresta do manguezal. A mata estava barulhenta, com pássaros gritando descontentes, como se soubessem da chegada de intrusos. Nos estábulos, atrás da casa principal, os híbridos estavam agitados. Até o velho burro, comendo milho, parecia ansioso.

Carlota havia passado muito tempo contemplando o teto do quarto na noite anterior e, pela manhã, sua barriga doía, como sempre acontecia quando ela ficava nervosa. Ramona teve que preparar uma xícara de chá amargo de laranja. Carlota não gostava de ser dominada pelos nervos, mas o dr. Moreau raramente recebia visitas. O isolamento, dizia o pai, fazia bem para ela. Quando era pequena, ela ficara doente, e era importante descansar e se manter calma. Além disso, a presença dos híbridos tornava impossível ter companhia. Quando alguém parava em Yaxaktun, era Francisco Ritter, o advogado e correspondente do pai, ou Hernando Lizalde.

O sr. Lizalde sempre vinha sozinho. Carlota nunca fora apresentada. Ela o vira passear lá fora com o pai, de longe, duas vezes. Ele partira rápido; não passara a noite em um dos quartos de hóspedes. E ele não vinha com frequência, afinal. Sua presença era mais sentida em cartas que enviava a cada poucos meses.

Finalmente, o sr. Lizalde, que era uma presença distante, um nome mencionado, mas pouco próximo, viria visitar e, não só isso, traria um novo *mayordomo*. Havia quase um ano, desde a partida de Melquíades, que a administração de Yaxaktun dependia do doutor, uma situação complexa, já que ele passava a maior parte do tempo no laboratório ou em reflexão profunda. O pai de Carlota, no entanto, não parecia interessado em encontrar um novo funcionário.

— O doutor é muito exigente — disse Ramona enquanto desembaraçava os cabelos de Carlota. — O sr. Lizalde lhe manda cartas, e mostra esse cavalheiro e aquele outro, mas o seu pai sempre responde que não: "esse não presta, nem aquele". Como se muitas pessoas se dispusessem a vir aqui.

— Por que as pessoas não viriam a Yaxaktun? — perguntou Carlota.

— É longe da capital. E sabe o que dizem. Todos, todos eles reclamam que é muito perto do território rebelde. Acham que é o fim do mundo.

— Não é tão longe assim — disse Carlota, apesar de conhecer a península apenas pelos mapas, nos quais as distâncias eram planas, meras linhas pretas desenhadas.

— É um absurdo de longe. Tão longe que faz as pessoas pensarem duas vezes antes de fazer a viagem, quando já estão acostumadas a ruas de paralelepípedos e ler o jornal da manhã.

— Então por que veio trabalhar aqui?

— A minha família escolheu um marido pra mim, mas ele era ruim. Preguiçoso, passava o dia sem fazer nada e me batia à noite. Eu demorei muito para reclamar. Até que, uma manhã, ele me bateu com força. Até demais. Ou talvez tenha sido a mesma força de sempre, mas eu não aguentei mais. Então, peguei minhas coisas e fui embora. Vim para Yaxaktun porque ninguém ia me encontrar aqui — respondeu Ramona, dando de ombros. — Mas isso não serve pra todo mundo. Tem quem queira ser encontrado.

Ramona não era tão velha; as rugas que se espalhavam pelo seu rosto eram suaves, e o cabelo tinha alguns poucos fios grisalhos. Porém, ela falava com um tom contido, e falava sobre muitas coisas; e Carlota a considerava muito sábia.

— Você acha que o novo *mayordomo* não vai gostar daqui? Acha que ele quer ser encontrado?

— Vai saber... Mas o sr. Lizalde está trazendo ele. Foi por ordem do sr. Lizalde, e ele tem razão: o seu pai faz um monte de coisas o dia todo, mas também nunca faz o que precisa ser feito. — Ramona soltou a escova. — Pare de se mexer, menina, ou vai amassar o vestido.

O vestido em questão era decorado com uma montanha de babados e pregas, e um laço enorme nas costas, diferentemente da jardineira de musselina simples que ela costumava usar em casa. Lupe e Cachito riam na soleira da porta, observando Carlota ser enfeitada como um animal de exposição.

– Está bonita – disse Ramona.

– Está coçando – reclamou Carlota.

Ela achou que estava parecendo um bolo gigante.

– Não puxe. E, vocês aí, vão se lavar – disse Ramona, dando ênfase em cada palavra com seu olhar severo.

Lupe e Cachito deram passagem para Ramona sair, resmungando sobre tudo o que precisava fazer naquela manhã. Carlota ficou emburrada. O pai dissera que o vestido era a última moda, mas ela estava acostumada com roupas mais leves. Talvez fosse considerado bonito em Mérida ou na Cidade do México, ou em outro lugar qualquer, mas em Yaxaktun aquilo era demais.

Lupe e Cachito riram de novo quando entraram no quarto e olharam de perto seus botões, tocando o tafetá e a seda até Carlota xingá-los, e então riram de novo.

– Parem com isso – disse ela.

– Não fica chateada, Loti, é que você tá engraçada, parece uma das suas bonecas – respondeu Cachito. – Talvez o novo *mayordomo* traga doces, aí você vai gostar.

– Duvido que ele vá trazer doces.

– Melquíades trazia doces pra gente – disse Lupe, sentando-se no velho cavalo de balanço, que já era pequeno demais para qualquer um deles, e balançando para a frente e para trás.

– Trazia doces pra *vocês* – reclamou Cachito. – Ele nunca me trouxe nada.

– É porque você morde – disse Lupe. – Eu nunca mordi a mão de ninguém.

E nunca tinha mordido mesmo, era verdade. Quando o pai de Carlota trouxera Lupe para casa, Melquíades reclamara e dissera que o doutor não podia deixar Carlota sozinha com Lupe. E se ela arranhasse a criança? Mas o doutor dissera para ele não se preocupar, porque Lupe era boazinha. Além disso, Carlota queria tanto brincar com alguém que, mesmo se Lupe a mordesse ou arranhasse, ela não reclamaria.

Porém, Melquíades nunca gostara de Cachito. Talvez por ele ser mais rebelde do que Lupe. Talvez por ser um menino, e Melquíades conseguir se convencer quanto à segurança de uma menina. Talvez por Cachito ter mordido a mão de Melquíades uma vez. Nada muito sério, só um arranhão, mas Melquíades odiava o menino e nunca deixava Cachito entrar na casa.

Pensando bem, Melquíades nunca gostara muito de nenhum deles. Ramona trabalhava para o dr. Moreau desde que Carlota tinha cinco anos, e Melquíades havia chegado a Yaxaktun antes disso. Porém, Carlota não conseguia se lembrar de nenhuma vez em que ele sorrira para as crianças, ou as tratara como algo além de uma inconveniência. Quando trazia doces, era porque Ramona pedia que ele trouxesse algo para os mais novos, e não por vontade própria de Melquíades. Quando faziam muito barulho, às vezes ele resmungava, dizia para comerem um doce, ficarem quietos e o deixarem em paz. Não havia carinho pelas crianças em seu coração.

Ramona as amava, enquanto Melquíades as tolerava.

Agora que Melquíades havia partido, Cachito entrava e saía da casa, correndo da cozinha para a sala com sofás de veludo, e até batia nas teclas do piano, tocando notas aleatórias do instrumento quando o doutor não estava olhando. As crianças não sentiam saudade de Melquíades, não. Ele havia sido exigente e prepotente, porque fora médico na Cidade do México, o que achava ser uma grande conquista.

– Não entendo por que precisamos de um novo *mayordomo* – disse Lupe.

– O pai não consegue cuidar de tudo sozinho, e o sr. Lizalde quer tudo perfeito – disse Carlota, repetindo o que havia ouvido antes.

– E por que o senhorio se importa com isso? Ele nem mora aqui.

Carlota olhou no espelho e mexeu no colar de pérolas que, assim como o vestido, fora imposto a ela naquela manhã, para se certificarem de que estaria bem vestida e apresentável.

Cachito tinha razão: Carlota parecia uma das bonecas dela, aquelas coisinhas perfeitas de porcelana, com lábios rosados e olhos redondos. Porém, Carlota não era uma boneca, era uma menina, quase moça, e era um tanto ridículo se parecer com um brinquedo de porcelana pintada.

Como sempre fora uma criança comportada, ela se virou para o espelho e olhou para Lupe com uma expressão séria.

– O sr. Lizalde é o nosso patrono.

– Eu acho que ele é enxerido – disse Lupe. – Que ele quer que esse homem nos espione e conte tudo o que fazemos. Além do mais, o que um inglês saberia sobre gerenciar este lugar? Não tem mata assim na Inglaterra, todos os livros da biblioteca mostram que lá tem neve, frio e pessoas andando de carruagens.

Era verdade. Quando Carlota lia – às vezes com Cachito e Lupe espiando por cima dos seus ombros –, mundos mágicos e fantasia surgiam sob seus olhos. Inglaterra, Espanha, Itália, Londres, Berlim e Marselha. Pareciam ser nomes inventados, bem diferentes dos nomes das cidades em Iucatã. Paris, em especial, chamava sua atenção. Ela tentou dizer o nome lentamente, do jeito que o pai falava. *Parri*, dizia. Mas não era apenas o jeito como ele falava, era o conhecimento por trás da pronúncia. Ele havia morado em Paris, andara nas ruas; logo, quando falava o nome, invocava um lugar real, uma metrópole vibrante. Já Carlota só conhecia Yaxaktun e, apesar de conjugar os verbos corretamente – *Je vais à Paris* –, a cidade nunca tinha sido real para ela.

Paris era a cidade do pai, mas não era dela.

Ela não conhecia a cidade da mãe. Havia uma pintura oval pendurada no quarto do pai. Mostrava uma mulher bonita e loira de vestido de gala sem alças e com joias brilhantes no pescoço. Essa, entretanto, não era a mãe dela. Era a primeira esposa do doutor. Ele perdera a esposa e uma filha pequena para uma febre. Depois, em meio ao luto, o doutor arranjara uma amante. Carlota era a filha biológica do doutor.

Ramona estava em Yaxaktun havia muitos anos, mas nem ela sabia o nome ou a aparência da mãe de Carlota.

– Havia uma mulher, bonita e de pele escura – contara para Carlota. – Apareceu uma vez, e o doutor a esperava; ele a recebeu e conversaram por um tempo na sala de visitas. Mas ela só apareceu essa vez.

O pai dela não queria preencher as lacunas com mais informações. Apenas dizia que eles nunca se casaram e Carlota tinha sido deixada com ele quando a mãe fora embora. Carlota suspeitava que isso queria dizer que a mãe se casara com outro homem e tinha outra família. Talvez Carlota tivesse irmãos e irmãs, mas nunca os conheceria.

– Escute o seu pai, pois você lhe deve a vida; e não despreze a sua mãe quando ela envelhecer – dizia seu pai, lendo a Bíblia com atenção.

Ele era tanto pai quanto mãe para ela.

Ela também não conhecia ninguém da família do pai, os Moreau. O pai tinha um irmão, mas ele morava do outro lado do oceano, na distante França. Eram apenas eles dois, e isso era suficiente para ela. Por que precisaria de alguém além do pai? Por que ela iria para Paris ou a cidade da mãe, seja lá onde fosse?

O único lugar que era real era Yaxaktun.

– Se ele trouxe doces, tudo bem ser enxerido – disse Cachito.

– O doutor vai levá-lo pro laboratório – disse Lupe. – Ele está enfiado lá a semana toda, então deve ter algo para mostrar.

– Um paciente?

– Ou um equipamento, algo assim. Aposto que é mais interessante do que doce. Carlota vai entrar no laboratório. Ela vai contar para nós o que é.

– Vai mesmo? – perguntou Cachito.

Ele estava brincando com um trenzinho de madeira pelo chão, mas na hora se virou para Carlota. Lupe parou de balançar no cavalo. Ambos esperavam uma resposta.

– Não tenho certeza – respondeu Carlota.

O sr. Lizalde era dono de Yaxaktun; ele financiava a pesquisa do dr. Moreau. Carlota supunha que, se ele quisesse ver o laboratório do pai, poderia. E talvez eles mostrem o lugar para o *mayordomo* também.

– Eu tenho. Ouvi o doutor falando disso com a Ramona. Por que acha que fizeram você usar esse vestido? – perguntou Lupe.

– Ele disse que talvez eu receba convidados e passeie com eles, mas nada está definido.

– Aposto que você vai poder ver. Se conseguir, precisa nos contar.

Ramona, que estava andando no corredor, parou para olhar dentro do quarto.

– O que vocês ainda estão fazendo aqui? Vão se lavar! – gritou.

Cachito e Lupe sabiam que a diversão tinha acabado, e saíram correndo. Ramona olhou para Carlota e apontou um dedo para ela.

– Agora, não saia daqui.

– Não vou.

Carlota se sentou na cama e olhou para as bonecas, de cabelos cacheados e cílios longos, e tentou sorrir como elas; suas bocas pequenas desenhadas como arcos do cupido eram perfeitamente agradáveis de ver.

Ela pegou a fita do cabelo e a enroscou nos dedos. Yaxaktun era seu mundo inteiro. Ela nunca havia visto nada além daquilo. Todas as pessoas que conhecia estavam ali. Quando o sr. Lizalde aparecia na casa deles, ele era, na cabeça de Carlota, tão fantástico quanto os desenhos de Londres, Madri e Paris.

O sr. Lizalde existia e não existia, ao mesmo tempo. Nas duas ocasiões em que ela o vira, ele fora uma figura distante, andando pelos arredores da casa e conversando com seu pai. Porém, durante aquela visita, ela ficaria perto dele, e não apenas dele: do futuro *mayordomo* também. Ali estava um elemento completamente novo que entrava na vida dela. Era como quando o pai falava de corpos estrangeiros.

Para se acalmar, ela pegou um livro da prateleira e sentou-se na poltrona de leitura. O dr. Moreau, desejando desenvolver um interesse científico na filha, presenteava Carlota com vários livros sobre plantas e animais e as maravilhas da biologia, para que, somados aos contos de fada de Perrault, Carlota ficasse exposta a mais textos educativos. O dr. Moreau não aceitaria uma criança que conhecesse apenas as histórias de Cinderela e Barba Azul.

Carlota, sempre complacente, lia tudo o que o pai lhe dava. Ela gostava de *Os contos de fadas da ciência: um livro para jovens*, mas *Os meninos aquáticos* lhe dava medo. Havia uma cena em que o pobre Tom, que havia sido encolhido, encontrava uns salmões. Apesar de o livro alegar que "salmões eram cavalheiros natos" – e apesar de serem mais educados do que a lontra traiçoeira que Tom havia encontrado –, Carlota desconfiava que fossem devorar Tom a qualquer momento. O livro inteiro era cheio de encontros perigosos. Comer ou ser comido. Era uma cadeia alimentar infinita.

Carlota havia ensinado Lupe a ler, mas Cachito se atrapalhava com as letras, que se misturavam na cabeça dele, e ela tinha que ler em voz alta para ele. Porém, não lia *Os meninos aquáticos* para Cachito.

Desde que o pai dissera que o sr. Lizalde viria visitar, trazendo outro cavalheiro, ela não conseguia parar de pensar nos salmões horríveis do livro. Mesmo assim, ao invés de ignorar a imagem, ela encarou as ilustrações, encarou a lontra, os salmões e os monstros terríveis que habitavam aquelas páginas. Apesar de estarem ficando velhos demais para livros infantis, esse livro ainda a fascinava.

Ramona voltou pouco depois e Carlota guardou o livro. Ela seguiu a mulher até a sala de estar. O pai de Carlota não se importava muito com moda, então nunca havia se preocupado com os móveis da casa, que eram, na maioria, a mobília velha e pesada que o proprietário anterior do rancho havia deixado ali, somada a alguns itens específicos que o doutor importara ao longo dos anos. A peça principal era um relógio francês. Ele tocava um sino a cada hora completa, e o som era sempre agradável para Carlota. Ela ficava impressionada com a produção de uma máquina tão precisa. Imaginava as engrenagens girando dentro do compartimento delicado e pintado.

Ao entrar na sala, ela se perguntou se eles ouviriam seu coração batendo como o relógio.

Seu pai se virou para ela e sorriu.

– Aqui estão minha governanta e minha filha. Carlota, venha aqui – disse ele. Ela se apressou para ficar ao lado do pai e ele apoiou a mão em seu ombro enquanto falava. – Senhores, eu vos apresento minha filha, Carlota. Este é o sr. Lizalde, e este, o sr. Laughton.

– Como vão os senhores? – ela se apressou a dizer, como o papagaio treinado que dormia em sua gaiola no canto da sala. – Espero que a viagem tenha sido agradável.

O bigode do sr. Lizalde tinha alguns pelos brancos, mas ele era mais novo que o pai de Carlota, cujos olhos eram circundados por rugas. O homem estava bem vestido, com um colete dourado bordado e um paletó fino, e enxugava a testa com um lenço ao sorrir para ela.

O sr. Laughton, por outro lado, não sorriu. Ele usava um paletó de lã grossa, marrom e creme, sem estampas, e sem colete por baixo. Ela ficou chocada com o quão jovem e severo ele parecia ser. Achou que seria alguém como Melquíades, um homem com entradas de calvície. Aquele homem não tinha falha alguma no cabelo, que era até meio bagunçado e comprido. E seus olhos eram claríssimos. Cinza, meio azulados.

– Estamos bem, obrigado – respondeu o sr. Lizalde, e olhou para o pai dela. – Que princesinha o senhor tem aqui. Acredito que ela deva ter a mesma idade do meu filho mais novo.

– Quantos filhos o senhor tem, sr. Lizalde? – perguntou ela.

– Tenho um filho e cinco filhas. Meu menino tem quinze anos.

– Eu tenho quatorze anos, senhor.

– Você é alta, para uma menina. Talvez tenha a mesma altura do meu menino.

– E é inteligente. Ela aprendeu todas as línguas mais apropriadas – disse seu pai. – Carlota, estava tentando ajudar o sr. Laughton aqui com uma questão de tradução. Pode dizer a ele o que significa *natura non facit saltus*?

Ela realmente havia aprendido as línguas "apropriadas", mas seu parco domínio de línguas maias não vinha do pai. Ela aprendera com Ramona, assim como os híbridos. Ramona era, oficialmente, a governanta. Extraoficialmente, era contadora de histórias, especialista nas plantas que cresciam na região e um pouco mais.

– Significa que a natureza não dá saltos – respondeu Carlota, olhando diretamente para o jovem.

– Correto. E pode explicar esse conceito?

– Mudança é algo gradativo. A natureza avança de pouco em pouco – declarou.

O pai sempre fazia perguntas assim, e as respostas eram fáceis, tanto quanto praticar escalas vocais. Isso acalmava os nervos frágeis de Carlota.

– Você concorda com isso?

– A natureza, talvez. Mas os humanos, não – disse ela.

O pai deu um tapinha em seu ombro. Ela sentia seu sorriso sem nem olhar para ele.

– Carlota vai nos levar até meu laboratório. Vou mostrar minha pesquisa e provar o argumento – disse o pai dela.

No canto da sala, o papagaio abriu um olho e os observou. Ela acenou com a cabeça e indicou aos homens que a seguissem.

CAPÍTULO 2

MONTGOMERY

Não era um rio, já que não havia rios sobre o solo raso do norte de Iucatã. Em vez disso, seguiram por uma lagoa que adentrava a selva, como dedos se espalhando e penetrando pela terra. Não era um rio, mas parecia muito com um; o manguezal fazia sombra na água e suas raízes se entrelaçavam, às vezes tão apertadas que poderiam esganar visitantes desavisados. A água adquiria um tom de verde-escuro à sombra, e depois ficava mais turva, manchada de marrom-escuro por folhagens e vegetação seca.

Ele achou que estava acostumado com os arbustos e a selva densa do sul, mas aquele lugar era diferente do que conhecia, perto da Cidade de Belize.

Fanny teria odiado aquilo.

O barqueiro remava rapidamente, como os gondoleiros de Veneza, desviando de pedras e árvores. Hernando Lizalde ia sentado ao lado de Montgomery, com o rosto vermelho e uma expressão desconfortável, apesar do barco luxuosamente equipado com um toldo para protegê-los do sol. Lizalde morava em Mérida e não se afastava muito de casa, apesar de ser dono de várias *haciendas* em toda a península. Aquela viagem lhe parecia estranha também, e Montgomery entendeu que ele não gostava de visitar o dr. Moreau.

Montgomery não sabia bem aonde iam. Lizalde não quisera compartilhar as coordenadas. Ele não quisera compartilhar muita coisa, mas o dinheiro que oferecera era suficiente para manter Montgomery interessado na aventura. Havia feito trabalhos menores por quase nada. Lizalde era apenas mais um trabalho entediante.

Além do mais, havia a questão da sua dívida.

– Não devemos estar longe de Yalikin – disse Montgomery, tentando construir um mapa em sua mente.

Ele achou que havia cubanos ali, extraindo pau-campeche e fugindo da guerra na ilha.

– Estamos nos limites do território dos índios. Malditos bárbaros selvagens. Eles tomam posse das margens – disse Lizalde, e cuspiu na água, para enfatizar sua opinião.

Em Bacalar e Belize, Montgomery havia visto várias pessoas maias livres, *macehuales*, como se chamavam. Os britânicos faziam trocas com eles regularmente. Os mexicanos brancos das terras ocidentais, filhos de espanhóis que não se misturavam, não gostavam deles, e não era surpresa ver que Lizalde não tinha uma boa opinião sobre o povo livre. Não que os britânicos gostassem dos maias por boa vontade, nem que sempre vivessem em bons termos, mas os conterrâneos de Montgomery achavam que os maias rebeldes podiam ajudá-los a tirar um pedaço do México para a Coroa. Afinal, com um pouco de negociação, um território disputado poderia virar um protetorado.

– Vamos nos livrar dessa ralé pagã. Um dia, vamos fazer pedacinhos desses covardes sarnentos – prometeu Lizalde.

Montgomery sorriu, pensando nos *dzules* como Lizalde que haviam fugido da costa, subido em um barco e ido se proteger em Isla Holbox, ou corrido aos tropeços para Mérida durante os últimos conflitos com os rebeldes maias.

– Os *macehuales* acham que Deus se comunica com eles na forma de uma cruz falante. Não é exatamente pagão – respondeu, simplesmente porque queria ver o rosto vermelho de Lizalde ficar ainda mais vermelho.

Não gostava do *hacendado*, mesmo que o homem o pagasse. Não gostava de ninguém. Todos os homens, para Montgomery, eram piores do que cachorros, e ele odiava a humanidade.

– É tudo heresia. Suponho que não seja um servo do Senhor, sr. Laughton? Poucos da sua laia são.

Ele se perguntou se Lizalde estava falando de homens da mesma linha de trabalho dele ou de ingleses, e deu de ombros. Devoção não era necessário para ele cumprir as vontades do empregador, e ele perdera qualquer fé que tinha bem antes de chegar às costas das Américas.

Eles fizeram mais curvas pelo manguezal até a água ficar rasa, e viram dois postes de madeira solitários. Havia apenas um pequeno esquife amarrado em um dos postes. Devia ser o que servia de atracamento. A estrada de terra amarelo-avermelhada começava ali. Sem dúvida, na época de chuva, aquilo virava um lamaçal traiçoeiro. Porém, no momento, estava seco, e havia uma trilha bem definida em meio à vegetação densa.

Um homem andava na frente deles, e atrás vinham outros dois, carregando as malas de Montgomery. Se ele decidisse ficar, teria poucos itens de higiene; talvez o restante fosse mandado depois, apesar de não haver muito mais a levar. Ele sempre tentava viajar com pouca bagagem. As coisas de que não abria mão eram seu fuzil, que levava jogado sobre o ombro esquerdo, a pistola no quadril e a bússola no bolso. Esse último item havia sido um presente de casamento do seu tio. O objeto havia viajado com ele pelas Honduras Britânicas, e atravessara pântanos, córregos, pontes frágeis e cordilheiras afiadas. Atravessara umidade e nuvens de mosquitos, terras ricas em calcário e cheias de mogno, passando por sumaúmas com troncos grossos como torres de um castelo e galhos enfeitados por orquídeas.

Finalmente, o levara ali: ao México.

Andaram até chegarem a duas sumaúmas com um arco rebaixado no meio. A distância estava uma casa branca. Toda a propriedade de Moreau era rodeada por um muro grande e alto que se apoiava em arcos. A casa e as outras construções – ele reparou em um estábulo à esquerda – ficavam no meio do retângulo comprido e murado, onde crescia mato e ervas daninhas.

Não era uma *hacienda* de respeito, nem de longe – ele achava que era muito pequena para ter esse título; a propriedade estava mais para um rancho –, mas ainda assim era uma bela vista. Lizalde lhe dissera que o antigo dono pensava em montar um engenho de açúcar. Se tinham seguido em frente, seus esforços foram em vão, já que Montgomery não via as clássicas chaminés de um engenho. Talvez tivesse um *trapiche* nos fundos, mas não via dali. Havia um muro mais baixo nos fundos, pintado de branco, como a casa. A casa dos funcionários provavelmente ficava atrás daquele muro, assim como outras estruturas.

O jeito mexicano de construir casas, herdado do jeito espanhol, envolvia paredes e mais paredes atrás de outras paredes. Nada ficava à vista de olhares curiosos. Ele podia apostar que havia um pátio maravilhoso por trás da fachada severa da casa, um paraíso de redes e natureza no meio da sequência de arcos. O *portón* da casa era alto, de quase três metros de altura, feito com uma madeira tão escura que era quase preta, e contrastava com a branquidão da casa. Havia um postigo que podia ser aberto para permitir a passagem de pessoas a pé, tirando a necessidade de abrir o portão duplo.

Montgomery percebeu que estava errado quando uma mulher abriu o postigo para recebê-los e os conduziu pelo pátio interno. Não havia um jardim exuberante nem redes confortáveis. Ele encontrou uma fonte seca sob a sombra de uma árvore alta e jardineiras vazias. Plantas de primavera malcuidadas cresciam ao redor das paredes de pedra. No pátio, arcos graciosos guiavam o caminho para dentro da casa e as janelas eram protegidas por barras de metal. Apesar do visual enclausurado de residências mexicanas, as áreas interna e externa pareciam se misturar livremente e, acima dos arcos, havia mosaicos de folhas e flores que evocavam a presença da natureza. Ele gostava daquele paradoxo, do encontro de pedras e plantas, escuridão e ar.

A mulher orientou os homens que estavam carregando as coisas de Montgomery para esperarem no pátio e pediu aos cavalheiros que a acompanhassem.

A sala de estar para onde Montgomery e Lizalde foram levados tinha portas francesas altas e era mobiliada por dois sofás vermelhos gastos, três cadeiras e uma mesa. Não era o melhor dos cômodos, nada de especial para um *hacendado* rico, e estava mais para uma casa de campo malcuidada, mas tinha um piano. Pendurado nas vigas de madeira do teto estava um lustre gigante de metal, que chamou a atenção de Montgomery e indicava um certo nível de riqueza.

Por algum motivo absurdo, um relógio delicado fora colocado sobre a lareira. Nele, havia a pintura de uma cena em que um homem vestido na moda francesa de algum século passado beijava a mão de uma mulher. O restante da decoração era composta por querubins, e o topo havia sido pintado de azul-celeste. Não combinava com nada na sala. Era como se o dono da casa tivesse saqueado outra propriedade e jogado o relógio naquele ambiente por distração.

Um homem estava sentado em uma das cadeiras. Quando eles entraram, o homem se levantou e sorriu. O dr. Moreau era mais alto do que Montgomery, que tinha o hábito de olhar os outros de cima, pois quase chegava a 1,90 de altura. O doutor também tinha um físico robusto, a testa atraente e uma boca severa. Apesar de ter alguns fios brancos na cabeça, ele era tomado por uma empolgação, uma vitalidade, que não deixava a impressão de ele estar chegando à meia-idade. O dr. Moreau poderia ter sido um pugilista quando jovem, se quisesse.

– Fizeram boa viagem? E gostariam de uma taça de licor de anis? – perguntou o dr. Moreau assim que Lizalde os apresentou. – Para mim, é refrescante.

Montgomery estava acostumado com coisa mais forte, como aguardente. O copinho de licor não era sua primeira opção de bebida, mas ele nunca rejeitaria um copo. Era sua maldição pessoal. Portanto, ele virou o licor com um rápido movimento do pulso e deixou a taça de volta em uma bandeja redonda de cerâmica.

– Prazer em conhecê-lo, sr. Laughton. Soube que o senhor é de Manchester. Uma cidade importante, bem grande hoje em dia.

– Há anos que não vou a Manchester, senhor. Mas, sim – disse Montgomery.

– Também me disseram que o senhor tem interesse e experiência em engenharia, e entende de ciências biológicas. Se me permite dizer, o senhor me parece um pouco jovem.

– Neste momento, tenho 29 anos, que talvez o senhor julgue ser pouco, mesmo que eu proteste contra essa afirmação. Quanto à minha experiência, saí de casa aos quinze anos para aprender um ofício e peguei um navio para La Habana, onde meu tio cuidava de uma série de maquinários. Eu me tornei um *maquinista*, como dizem por aqui.

Ele não falou o motivo de ter abandonado a Inglaterra: as agressões físicas constantes do pai. O velho também tinha uma queda pela bebida. Às vezes Montgomery pensava que era uma doença maligna, hereditária. Ou uma maldição, apesar de não acreditar em maldições. Porém, se assim fosse, então sua família também lhe dera a facilidade com máquinas. Seu pai entendia de máquinas de algodão, correias, polias e caldeiras. Seu tio também levava jeito para mexer com máquinas e, quando criança, Montgomery era mais fascinado pelo movimento de alavancas do que por qualquer brinquedo ou jogo.

– Quanto tempo passou em Cuba?

– Nove anos no Caribe, ao todo. Cuba, Dominica, vários lugares.

– Deu-se bem por lá?

– O suficiente.

– Por que partiu?

– Eu me mudei várias vezes. As Honduras Britânicas me serviram bem por alguns anos. Agora, estou aqui.

Ele não era o único que havia feito aquela jornada. Havia um grupo confuso de europeus e estadunidenses que vinham se instalando naquele pedaço do mundo. Ele havia visto ex-soldados confederados que fugiram do sul após o fim da Guerra de Secessão dos Estados Unidos. A maioria dos confederados estava no Brasil, tentando criar novas colônias, mas outros se mudaram para as Honduras Britânicas. Havia alemães que restaram do império fracassado de Maximiliano e comerciantes britânicos aumentando seus estoques. Havia garífunas de São Vicente e outras ilhas que falavam francês fluente, trabalhadores negros que extraíam látex, e outros, madeira; os maias que se fixaram nos territórios no litoral; e os *dzules* como Lizalde. Os mexicanos da alta sociedade, os Lizalde da península, frequentemente diziam ter ascendência branca pura, e alguns deles realmente tinham a pele mais clara do que Montgomery, olhos azuis ou verdes e eram absurdamente orgulhosos disso.

Montgomery havia escolhido as Honduras Britânicas e depois o México não pela riqueza natural, apesar das oportunidades que existiam ali, nem por sentir-se atraído pela variedade de pessoas, e sim porque não queria voltar para o frio e os fogos que estalavam à noite nos quartos apertados que o lembravam da morte de sua mãe, e depois de Elizabeth. Fanny não entendia. Para ela, a Inglaterra era a civilização, e a aversão dele a climas frios lhe parecia anormal.

– Conte para ele dos animais – disse Lizalde, balançando a mão na direção de Montgomery, como um homem dando um comando para um cachorro. – Montgomery é caçador.

– É mesmo, sr. Montgomery? Gosta do esporte? – perguntou Moreau, sentando-se na cadeira que estava ocupando antes de chegarem, e torceu a boca em um sorriso fraco.

Montgomery se sentou também em um dos sofás – todos os móveis precisavam ter os estofamentos trocados – e se acotovelou no braço do assento, deixando o fuzil de lado, porém sempre a seu alcance. Lizalde permaneceu em pé, próximo à lareira, examinando cuidadosamente o relógio.

– Não caço por esporte, mas consegui viver disso pelos últimos anos. Eu busco espécimes para instituições e naturalistas. Depois, os embalsamo e preparo para enviar de volta para a Europa.

– Então está familiarizado com biologia e alguns itens laboratoriais, pois é necessário para a taxidermia.

– Estou, apesar de não ter treinamento formal no assunto.

– Mesmo assim, não se deleita no processo? Muitos homens caçam pela emoção de ver um belo animal empalhado.

– Se quiser saber se eu prefiro ter dez pássaros mortos do que dez vivos, não, não gosto de criaturas mortas. Desculpe pelo trocadilho, sinto pena; prefiro que elas fiquem no peito de um sanhaçu-vermelho do que no chapéu de uma donzela. Porém, do jeito que as ciências biológicas são, é preciso ter dez pássaros e não apenas um.

– Como assim?

Montgomery se inclinou para a frente, inquieto. Suas roupas estavam amassadas e um fio de suor escorreu pelo pescoço. Ele queria, mais do que tudo, arregaçar as mangas até os cotovelos e jogar água gelada no rosto; em vez disso, estava sendo entrevistado para o trabalho sem a cortesia de cinco minutos para se refrescar.

– Quando está tentando entender o mundo, é preciso observá-lo com cuidado. Se eu capturasse um espécime e o mandasse para Londres, as pessoas achariam que era o único tipo de ser que existe, o que seria errôneo, já que, no mínimo, pássaros macho e fêmea costumam ter diferenças marcantes. Logo, preciso enviar espécimes macho e fêmea, maiores e menores, magros e gordos, e tentar fornecer uma variedade de amostras de suas morfologias para que zoologistas consigam entender a espécie em questão. Isto é, se eu fizer meu trabalho bem e entregar os espécimes e as anotações corretas com eles. Eu procuro a essência do pássaro.

– Que resumo maravilhoso desse processo – disse Moreau, acenando com a cabeça. – A essência do pássaro! É exatamente isso que tento descobrir em meu trabalho aqui.

– Se me permite perguntar, não sei qual é seu trabalho. Tive poucas informações do que poderia encontrar em Yaxaktun.

Montgomery perguntou para algumas pessoas, mas os detalhes eram escassos. O dr. Moreau era um francês que havia chegado ao país na época da Guerra da Reforma. Ou talvez tivesse sido pouco depois da Guerra Mexicano-Americana. Sempre havia movimentos de conquista e conflitos internos no México. Moreau era apenas mais um homem europeu que havia chegado com dinheiro e muita ambição. Porém, apesar de ser médico, Moreau não abrira um consultório nem passara muito tempo em uma cidade grande, como poderia se esperar de um cavalheiro que quisesse se posicionar na alta sociedade mexicana. Em vez disso, ele estava na selva, tocando um sanatório ou uma espécie de clínica. A localização exata era incerta.

– Yaxaktun é um lugar especial – respondeu o médico – Não temos uma equipe grande, nada de *mayorales*, *caporales*, *vaqueros* ou *luneros*, como uma *hacienda* normal. O senhor vai precisar fazer de tudo um pouco. Se aceitar a posição de *mayordomo*, terá uma série de tarefas. A azenha velha é inútil. É claro que temos alguns poços, mas seria bom ter jardins de verdade e irrigação. A casa, os prédios auxiliares e os terrenos, e a manutenção de tudo isso, devem lhe manter ocupado o suficiente. Mas também há a questão da minha pesquisa.

– O sr. Lizalde disse que o senhor estava ajudando-o a melhorar as plantações.

Brevemente, Hernando Lizalde havia mencionado "híbridos", mas apenas uma vez. Montgomery se perguntou se Moreau seria um daqueles botânicos que gostava de fazer enxertos de plantas, que fazia um limoeiro dar laranjas.

– Há um pouco disso, sim – concordou Moreau. – A terra aqui é teimosa. É um solo fino e pobre. Estamos logo acima de um bloco de calcário, sr. Laughton. Cana-de-açúcar e agave podem crescer, mas não é fácil cultivar coisas aqui. No entanto, minha pesquisa vai além disso; e, antes que eu compartilhe os detalhes do meu trabalho, devo lembrá-lo, como o sr. Lizalde deve ter deixado claro, que o trabalho aqui exige um voto de silêncio.

– Assinei documentos com tal finalidade – respondeu Montgomery.

Na verdade, ele mal tinha direito sobre a própria vida. Ele havia se endividado por Fanny, comprado todos os vestidos e chapéus que podia. Essa dívida havia sido passada de mão em mão até chegar em Lizalde.

– O rapaz foi avaliado cuidadosamente – disse Lizalde. – Ele é discreto e habilidoso.

– Pode ser, mas é preciso ter um certo tipo de temperamento para trabalhar em Yaxaktun. Estamos isolados, o trabalho é cansativo. Um jovem como o sr. Laughton poderia se dar melhor em uma cidade grande. Com certeza sua esposa preferiria que assim fosse. Ela não vai acompanhar o senhor, vai?

– Estamos separados.

– Eu sei disso. Mas o senhor não estaria pensando em retomar contato com ela, estaria? Já fez isso antes.

Montgomery tentou manter uma expressão indiferente, mas enfiou os dedos no apoio de braço do sofá. Não era uma surpresa que Lizalde tivesse incluído esse tipo de informação no dossiê que enviara para o dr. Moreau. Mesmo assim, doía responder àquilo.

– Fanny e eu não nos correspondemos mais.

– E o senhor não tem outros familiares?

– Meu último parente vivo era meu tio, que faleceu há alguns anos. Tenho primos na Inglaterra, mas não os conheço.

Ele também tivera uma irmã. Elizabeth, dois anos mais velha que ele. Brincavam juntos até ele ir embora para ficar rico. Ele havia prometido que voltaria para buscá-la, mas Elizabeth fora forçada a se casar um ano depois de sua partida. Ela escrevia com frequência, na maioria das vezes para contar sobre o casamento infeliz e a esperança que tinha de se verem de novo.

Eles perderam a mãe quando eram crianças e ele se lembrava das longas noites no quarto dela, onde o fogo ficava acesso. Dali em diante, tinham um ao outro. O pai não era confiável. Ele bebia e batia nas crianças. Elizabeth e Montgomery, eram apenas os dois. Depois de ter se casado, ela achou que ele seria sua salvação, e Montgomery concordou em mandar dinheiro para a passagem dela.

Porém, quando Montgomery finalmente se estabelecera em um cargo decente, tinha 21 anos, e o senso de dever fraternal havia diminuído drasticamente. Havia outras questões em sua mente, como Fanny Owen, filha de um pequeno comerciante britânico que tinha se estabelecido em Kingston.

Em vez de usar suas economias para buscar a irmã, ele usou o dinheiro para comprar uma casa e se casar com Fanny.

Um ano depois, sua irmã cometeu suicídio.

Ele havia trocado Elizabeth por Fanny, e matado a irmã.

Montgomery pigarreou.

– Não tenho parentes para quem escrever sobre seu trabalho, dr. Moreau, se é isso que teme – disse, após alguns segundos. – Apesar de ainda não fazer ideia do que se trata.

– *Natura non facit saltus* – respondeu o doutor. – Esse é meu trabalho.

– Meu latim deixa a desejar, doutor. Sei discernir espécies, mas não recitar frases.

O relógio badalou, informando a hora, e o médico virou a cabeça para a porta. Uma mulher e uma menina entraram na sala. Os olhos da menina eram grandes e de cor âmbar, e seu cabelo era preto. Ela usava um daqueles vestidos coloridos que estavam na moda. Era de um tom vibrante de rosa, anormal, repleto de enfeites e praticamente brilhando com um tipo de beleza agressiva. O vestido de uma pequena imperatriz que havia chegado para falar com a corte. Como o relógio, o vestido não combinava com a sala, mas Montgomery começava a pensar que era esse efeito que o dr. Moreau queria causar.

– Aqui estão minha governanta e minha filha. Carlota, venha aqui – disse o médico, e a menina foi para seu lado. – Senhores, eu vos apresento minha filha, Carlota. Este é o sr. Lizalde, e este, o sr. Laughton.

A filha do doutor estava na idade em que ainda podia se agarrar à infância. Porém, ele imaginava que logo a fariam trocar a jovialidade de seus vestidos pela maturidade de espartilhos e pelo peso de saias longas. Foi o que fizeram com Elizabeth, atada em veludo colorido e musselina, que a sufocaram e a levaram à morte.

Elizabeth não havia se matado. Ela fora assassinada. Mulheres eram borboletas que seriam presas em quadros. Pobre criança, ela ainda não sabe qual será seu destino.

– Pode dizer a ele o que significa *natura non facit saltus*? – perguntou o doutor, como se estivesse preparando uma brincadeira.

Montgomery não estava no clima para brincadeiras.

– Significa que a natureza não dá saltos – respondeu a menina.

Ele ainda sentia o gosto forte do anis que havia bebido, e se perguntou o que aconteceria se não conseguisse o trabalho. Ele poderia beber até cair em Progreso, talvez. Beber e, levianamente, viajar para o próximo porto. Ir em direção ao sul, talvez para a Argentina. Porém, ele tinha dívidas a pagar antes de poder pensar nisso. Dívidas com Lizalde.

CAPÍTULO 3

CARLOTA

Sanctus, sanctus, sanctus. Três vezes sagrado. O laboratório do pai era um lugar sagrado, mais do que a capela onde rezavam. Ramona dizia que havia algo de sagrado em toda pedra, todo animal, toda folha, e nas coisas também. Na pedra e no barro, e até na pistola que o pai nunca usava e mantinha do lado da cama. Era por isso que deviam oferecer sakab, mel e algumas gotas de sangue para o alux, a fim de que a colheita prosperasse. Caso contrário, o milho murcharia. Também havia oferendas a serem feitas para o alux que morava dentro de casa, senão ele tiraria os móveis do lugar e quebraria potes. O mundo, dissera Ramona, devia manter um equilíbrio delicado, como um bordado de um lenço. Se não tivesse cuidado, os fios da vida se emaranhariam e criariam nós.

Melquíades dizia que pensar na possibilidade disso era sacrilégio: o sagrado não podia existir em uma flor ou uma gota de chuva. Oferendas para espíritos eram trabalho do diabo.

Apesar disso, o laboratório era sagrado e, por isso, Carlota não tinha permissão de entrar lá sem o pai. Quando estava lá, ele a deixava na saleta e lhe dava leituras ou tarefas que ele supervisionava. Cachito e Lupe não tinham permissão de entrar. Nem Ramona podia estar ali. Apenas Melquíades, quando trabalhava para eles, podia usar uma chave e ir e vir.

Porém, naquele dia, o pai de Carlota lhe entregou a chave e ela a virou, abrindo a porta para os homens. Depois, ela começou a andar pelo cômodo, abrindo as persianas. A luz entrou pelas três janelas altas, revelando o mundo secreto do doutor.

A saleta era dominada por uma mesa comprida, e sobre ela estavam vários microscópios. Quando o pai permitia que entrasse, ele mostrava conjuntos de diatomáceas que havia encomendado de lugares distantes. Sob as lentes, algas minúsculas viravam um caleidoscópio de cores. Em seguida, o pai trocava a lâmina e revelava uma amostra de um osso, uma pena, parte de uma esponja. Para uma criança, aquilo era mais mágico do que científico.

As maravilhas da microscopia não eram as únicas ali. Animais empalhados estavam armazenados nos armários e em jarras, penas e pelos cuidadosamente conservados. Havia o esqueleto limpo de um grande felino sobre a mesa. As paredes da saleta eram cobertas por ilustrações de mais coisas fantásticas. Desenhos mostrando o movimento de músculos, esqueletos, veias e artérias que pareciam rios traçando seu percurso pelo corpo humano. Havia também vários livros e papéis em prateleiras altas e em pilhas no chão. Aquela não era, nem de perto, a coleção completa de livros do pai. Ele também tinha uma biblioteca lotada, mas trabalhava principalmente naquela sala porque era mais isolada do restante da casa.

– Já ouviu falar das discussões de Darwin sobre pangênese, sr. Laughton? – perguntou seu pai para o cavalheiro que circulava pelo espaço, olhando para os desenhos nas paredes, como visitantes de uma exposição em um museu.

– A pangênese é ligada de certa forma com a hereditariedade – disse Laughton. – Desconheço os detalhes. O senhor deve me informar mais uma vez.

Carlota não sabia se o jovem rapaz falava com sinceridade, se estava entediado ou se queria dispensar o pai dela. Seu rosto tinha um ar de ironia, uma pitada de zombaria.

– O sr. Darwin sugere que todo animal ou planta é feito de partículas, chamadas gêmulas. Elas proveem a constituição básica para a progenitura de um organismo. Claro, essas gêmulas não podem ser vistas a olho nu, mas estão lá. O problema é que o sr. Darwin encontrou uma resposta, mas não a correta.

– Como assim?

– A visão de Darwin é rasa demais. O que eu busco é explorar a essência de todo tipo de criatura e depois ir além disso. O que fiz. Eu consegui ultrapassá-lo, olhar para a vida e isolar sua unidade mais básica e, a partir dela, construir algo novo, como um pedreiro que constrói uma casa. Imagine o axolote dos lagos da Cidade do México. Nada mais do que uma criatura pequena, como uma salamandra, mas, se cortar um membro, ele volta a crescer. Agora, imagine se tivesse a habilidade de crescer um membro, como o axolote. Imagine todas as aplicações médicas, os tratamentos que poderiam acontecer se o homem tivesse a força de um boi, ou a visão noturna de um gato.

– Eu diria que isso é impossível – respondeu Laughton.

– Não se pudesse, de alguma forma, ver as gêmulas de dois organismos e misturá-las.

– Quer dizer que colheria as características de uma salamandra e de alguma forma as misturaria a um humano? Isso parece ainda mais impossível, dr. Moreau. Se eu injetasse o sangue de uma salamandra nas suas veias, o senhor morreria, e até o naturalista mais obtuso poderia lhe dizer isso.

– Não sangue, e, sim, a essência que se esconde no sangue – disse o pai dela. – Eu consegui. Minha filha é prova disso.

Laughton se virou para o sr. Lizalde, como se perguntasse se precisavam levar tudo isso a sério, depois olhou para Carlota com uma expressão séria.

– Eu fui casado, muito tempo atrás. Minha esposa e minha filha morreram. Foi uma doença que as levou, e eu não pude fazer nada, apesar do meu treinamento médico. Mas a tragédia despertou meu interesse por certos estudos biológicos. Anos depois, Carlota nasceu de uma segunda união. Porém, como na primeira vez, minha vida parecia fadada à desgraça. Minha filha tinha uma doença sanguínea rara.

Seu pai foi em direção ao armário de vidro e o abriu enquanto falava. Dentro, ele guardava várias garrafas e recipientes. Ela conhecia todos. De lá, saiu a caixa de madeira com forro de veludo e a seringa de bronze, assim como o pote de porcelana com o algodão e a garrafa de álcool.

– Para salvar Carlota, avancei com meus estudos o máximo que pude, até achar uma solução, uma forma de combinar elementos únicos de uma onça com as gêmulas da minha filha. Com esse medicamento, mantenho minha filha viva. Hora da sua injeção, Carlota.

Seu pai gesticulou para que ela se aproximasse.

– O que planeja fazer com isso? – perguntou Laughton, parecendo preocupado.

– Ele não mente. Estou doente, senhor – respondeu ela, lançando um olhar tranquilo para o homem.

Depois, ela foi até o pai e ergueu o braço.

Ela mal sentia a alfinetada da agulha. Uma flor vermelha desabrochou em sua pele, e Carlota pressionou contra o braço o pedaço de algodão que o pai lhe entregara.

– Agora, um pequeno comprimido que ajuda a digestão da minha filha; nervosa como é, às vezes tem dores de barriga, e a injeção as intensificam – disse o pai, abrindo a garrafa e entregando um comprimido para Carlota, que o colocou na boca. – Pronto. Uma injeção por semana apenas.

Ao ver que nada de mal acontecera com ela, a expressão de Laughton mudou de novo para um escárnio crítico, e ele chegou a rir.

– Está se divertindo, senhor? – perguntou ela. – Eu o faço rir?

– Não estou rindo da senhorita, só que isso não prova nada – disse ele, depois olhou para o pai dela e balançou a cabeça. – Dr. Moreau, é uma história interessante, mas não acredito que, com uma injeção, tenha dado a força de uma onça para uma menina.

– Encontrei uma forma de mantê-la saudável e viva graças à força de animais, o que é algo diferente. Mas isso me leva à questão principal da minha investigação e o tipo de pesquisa que estou fazendo com o sr. Lizalde.

– Talvez queira dar guelras para homens respirarem debaixo d'água?

– O contrário: quero transformar animais em algo diferente, moldá-los de outras formas. Fazer o porco andar ereto ou o cachorro falar palavras.

– Bom. Que simples!

– É possível transplantar tecido de uma parte de um animal para outra, alterar a forma como cresce ou mudar seus membros. Por que não poderíamos mudar sua estrutura mais íntima? Por favor, sigam-me.

Seu pai gesticulou para ela abrir a porta que levava ao laboratório, e eles entraram. Era difícil ver qualquer coisa na escuridão. As janelas ali também eram altas, mas a metade de baixo fora coberta por tijolos, e ela andou pelo cômodo abrindo as persianas, dessa vez com a ajuda de uma vara com um gancho na ponta. A luz do sol entrou, iluminando cuidadosamente o arsenal do pai, composto por várias estantes, garrafas, ferramentas, funis, tubos, balanças e béqueres. Havia tanques para aquecimento e pratos de porcelana para evaporação. Havia armários com gavetas etiquetadas e todos os aparelhos que ele criara usando cobre, metal e vidro. A mesa no centro da sala estava coberta por papéis, jarras e até alguns animais empalhados. O laboratório também continha uma caldeira e um forno. Uma série de ganchos ficava pendurada sobre eles, e dali pendiam alicates, pás e pinças.

Qualquer um via que o laboratório estava sendo tomado pelo caos. Melquíades havia ajudado a mantê-lo mais organizado. Seu pai não era bagunceiro, mas o humor dele mudava rápido. Às vezes tinha acessos frenéticos e fazia várias coisas, mas depois entrava em um estado de apatia. Quando era derrubado por letargia e melancolia, passava horas jogado na poltrona da biblioteca, olhando pela janela, ou na cama, encarando o retrato oval da esposa.

Nesses momentos, apesar do amor incondicional pelo pai, Carlota sentia um aperto de amargura no coração, pela forma como ele olhava para o retrato e a olhava em seguida, de outro modo, e assim lhe dava a certeza de que as falecidas esposa e filha eram as donas do coração dele.

Ela era uma mera substituta.

Porém, a melancolia do pai não havia aparecido naquele mês, talvez por causa da ansiedade com a visita ou por outro motivo. Ele estava quase saltitante ao entrar no laboratório, e abriu os braços, apontando vários equipamentos e gesticulando para se aproximarem da cortina vermelha de veludo do fundo da sala.

– Aproxime-se, sr. Laughton. Deixe-me lhe apresentar os frutos do meu trabalho – disse o pai dela, e então abriu a cortina, como se estivesse apresentando um espetáculo.

Atrás da cortina estava uma caixa grande de vidro, com rodas para facilitar a locomoção. Laughton se abaixou para observar melhor a caixa. Depois, se virou para o sr. Lizalde e sussurrou algo; e o sr. Lizalde sussurrou de volta. Ela não conseguia ouvir, mas suas expressões deixavam claro que o jovem estava incrédulo.

Aquilo era estranho para Carlota também. Ela nunca havia tido a oportunidade de ver os híbridos nesse estágio; o pai os mantinha escondidos até amadurecerem mais. A criatura na caixa tinha o corpo e o tamanho de um porco grande. Contudo, os membros eram diferentes e, em vez de cascos, cresciam dedos, pequenos pedaços de carne. A cabeça também era deformada, amassada. Não tinha orelhas, e os olhos estavam fechados. Estava dormindo, boiando em uma substância turva, que não era água, e sim algum tipo de película ou muco; e o mesmo tipo de muco cobria sua boca.

Ela queria se aproximar do vidro, talvez tocar nele, mas não se atreveria a fazer isso. Carlota achava que Laughton queria fazer o mesmo, mas também não se moveu. Ambos encararam a criatura atrás do vidro – as costas arqueadas e a coluna vertebral sobressalente e afiada, os ossos marcando a pele esticada. Os olhos... ela se perguntou qual seria a cor dos olhos desse híbrido. Não tinha pelos, nem mesmo penugem, apesar de Cachito e Lupe terem um pouco ao redor dos rostos. Incrivelmente macio e cheio, o mesmo pelo cobria os braços e as pernas dos dois.

— O que é isso? — perguntou Laughton finalmente.

— Um híbrido. Todos são desenvolvidos no útero de porcos. Depois que chegam a um certo ponto de desenvolvimento, são transplantados para esta câmara. A solução é uma mistura de algas e fungos que, juntos, expelem químicos que aceleram o crescimento — explicou o pai de Carlota. — O híbrido também recebe um líquido nutritivo que assegura que seus músculos e ossos não se atrofiem. É mais complexo do que isso, claro, mas o senhor está olhando para uma criatura que, em algumas semanas, terá a habilidade de andar ereto e usar ferramentas.

— Então, isso quer dizer que... o senhor misturou um porco com um humano?

— Eu fiz a gestação de um ser dentro de um porco, sim. Algumas de suas gêmulas são de outro animal, outras são humanas. Não é uma coisa única.

— E... está vivo, sem sombra de dúvida?

— Sim. Por enquanto, dormindo.

— E vai viver? Em certo momento vai sair daí, respirar e *viver*?

O ser mal parecia estar vivo, mas estava, *sim*, respirando. Dava para perceber por um leve tremor. Porém, parecia, certamente, um animal deformado que alguém colocara em conserva.

— Às vezes eles não vivem — disse Carlota, lembrando-se dos híbridos dos dois anos anteriores.

Todos tinham morrido no útero, e seu pai reclamara da qualidade dos animais que tinha à disposição, pois não conseguiria trabalhar apenas com porcos e cachorros.

Melquíades, contudo, não era bom caçador, para trazer grandes felinos ou macacos. Ele vivia bem chateado porque o pai de Carlota queria onças a cada seis meses, pois, para isso, Melquíades precisava ir à cidade e conversar com pessoas com quem não queria falar. Caçadores geralmente trocavam peles e cobravam um absurdo para levar uma onça a Yaxaktun. E Melquíades sofria de dor no estômago e não gostava de fazer trabalhos exaustivos.

O pai concordou com a cabeça.

— Não, nem sempre vivem. É parte do que estou tentando aperfeiçoar. O processo ainda não é completamente impecável.

– Vai viver – sussurrou Laughton.

Seu pai juntou as mãos e sorriu. Foi um barulho alto que pareceu fazer o chão tremer. Ele sorriu.

– Venham, cavalheiros, vamos conhecer um híbrido mais desenvolvido – disse o pai de Carlota, e os guiou para fora. – Tranque tudo, Carlota.

E ela o fez, fechando a porta após todos passarem, primeiro do laboratório e depois da saleta.

O pai os conduziu até a cozinha, que era coberta de azulejos, cada um com um desenho de uma flor ou forma geométrica, lembrando a época de Mudéjar. Havia vasos de cerâmica pendurados ao lado da porta. Os *trasteros* estavam cheios de cestas e pratos de argila – a porcelana era guardada na sala de jantar, assim como os copos e as tigelas. As panelas estavam penduradas de cabeça para baixo, esperando serem preenchidas com feijões e arroz. Havia dois *comales* de ferro fundido para cozinhar *tortillas* e dois *metates* para moer milho, além de um suporte na parede, repleto de colheres de pau, conchas, fuês, facas e todo tipo de utensílio.

No meio da cozinha estava uma mesa grande, grossa e velha, com bancos nas laterais. Lá, estavam sentados Ramona, Cachito e Lupe. Quando o grupo entrou, os três se levantaram.

– Vai precisar de comida, doutor? – perguntou Ramona.

– Não, Ramona. Tudo bem, por enquanto. Eu gostaria de apresentar o sr. Laughton aos nossos dois jovens amigos. Esses são Livia e Cesare – disse o pai de Carlota, usando os nomes formais dos jovens híbridos.

Seu pai dera bons nomes em latim para cada uma de suas criações, mas Ramona dava um apelido para cada um deles, ou eles se chamavam por outros nomes. Cachito era pequeno, por isso seu nome. Lupe só tinha cara de Lupe. Não, Ramona não usava os nomes de que o doutor gostava. Até a filha do médico tinha um apelido. Carlota era Loti, e às vezes, quando Cachito e Lupe riam e se achavam engraçados, fazendo rimas e piadas, era Carlota Hija del Elote Cara de Tejocote.

Como esperado, seu pai não aprovava o uso desses apelidos – ele reclamava que era simplório –, mas não podia fazer nada a respeito e já tinha se acostumado com os nomes. Ramona contava histórias e ensinava palavras para eles; e eles viviam sob as ordens do doutor, mas sob os costumes de Ramona. Ela dizia que era assim que tinha que ser, pois o mundo era uma eterna concessão, um pouco do outro e de você.

– Olá, sr. Laughton – responderam Cachito e Lupe ao mesmo tempo.

– Estendam a mão para ele.

Laughton esticou o braço e cumprimentou as duas crianças com um aperto de mãos. Ele parecia em choque. Seu sorriso sarcástico sumira.

– Veja aqui, as orelhas – disse o pai, puxando Cachito. Ele tinha orelhas pontiagudas, cobertas por uma pelugem fina marrom, que o pai de Carlota começou a cutucar. – Mas as de Lupe são levemente menores, e os dedos se desenvolveram melhor. Veja também a mandíbula. É protuberante, mas não tanto quanto a do menino.

Enquanto falava, seu pai segurava o rosto de Lupe, levantando-o para o teto.

– Ainda são jovens, e seus traços ainda estão se desenvolvendo. Mas dá para perceber que estão bem formados. Podem falar mais com o sr. Laughton?

– Prazer em conhecer o senhor – disse Cachito.

– O senhor trouxe doces? – perguntou Lupe.

– Eu... sim. Prazer em conhecer vocês – disse Laughton. – Sinto dizer que não trouxe doces.

Laughton pressionou a mão contra a boca e encarou Cachito e Lupe por alguns segundos; depois, se virou para o pai de Carlota.

– Senhor, preciso me sentar. E preciso de um copo d'água.

– Sim, sem problemas. Ramona, prepare um chá e traga para a sala de estar. Vamos conversar lá. Carlota, pode levar a chave do laboratório para meu quarto, por favor? – perguntou o pai, com a mão descansando em seu ombro. – Jantaremos mais tarde.

– Sim, pai. Foi um prazer conhecê-los, senhores – disse ela, sem esquecer seus modos. Ela era boa com esses detalhes, manter a voz suave, a cabeça concordando de leve.

CAPÍTULO 4

MONTGOMERY

O doutor abriu uma caixa e lhes ofereceu charutos. Montgomery balançou a cabeça, em recusa. Ele observou Moreau acender seu charuto com dedos ágeis, se sentar no sofá e sorrir quando Ramona chegou com o chá.

Ele pegou a taça delicada e sentiu a porcelana com os dedos. Ainda assim, se perguntou se estava tendo alucinação. Talvez a bebida finalmente tivesse estragado seu cérebro. Às vezes ele sonhava com Elizabeth, podia jurar que ela sussurrava em seu ouvido. Porém, ele nunca via coisas.

Não, o que ele vira era verdade, e no momento eles estavam sentados naquela sala, bebendo chá. Como se não fosse nada de mais. Como se eles não tivessem visto um milagre ou maldição, em carne viva.

A híbrida, Livia, era mais alta e esguia do que o companheiro masculino, e tinha um focinho mais curto e orelhas redondas, com pelugem e traços que lembravam um jaguarundi. O menino, Cesare, tinha as manchas pretas e os traços de uma jaguatirica. Seu pelo era amarelado, e o rosto, redondo. Alguém poderia olhá-los e imediatamente pensar em gatos selvagens, porém eles também tinham forma humana. E ele não parava de pensar no egiptólogo que uma vez lhe mostrara desenhos de deuses com cabeças de animais. Ou nas esculturas em templos maias antigos, que mostravam rostos de deuses misturados com feras da selva. Montgomery não conseguia nem imaginar como Moreau havia conseguido criar aquelas criaturas. Na verdade, ele mal conseguia falar.

– Está se sentindo melhor, sr. Laughton?

– Não sei ao certo o que estou sentindo – disse ele, dando uma risada nervosa. – Doutor, o que me mostrou é... não há palavras para descrever.

– É um salto, é o que é – respondeu Moreau.

– Sim, acredito que sim. Mas qual é o propósito disso? Entendo a tentativa de curar a doença da sua filha, mas qual benefício traria a criação de criaturas híbridas?

– Não beneficia a ele. E, sim, a mim – disse Lizalde. Ele se sentara na poltrona de mogno, que não parecia nada confortável, mas a ocupava como um rei em um trono, o charuto apagado na mão direita. – Os híbridos podem resolver nosso problema de mão de obra.

– Mão de obra?

– Os índios da região sempre trabalharam nas fazendas. Antigamente, trabalhavam duro e eram obedientes, quando nós os pressionávamos. Mas aí apareceu aquela gentalha, como Jacinto Pat, que começou a violência. Açúcar é valioso. E fibra de henequém pode ser, também, mas somente se tivermos mão de obra suficiente para as plantações, o que não é possível se metade da maldita península estiver se revoltando, e a outra metade for instável. Hoje, eu desconfio de todo índio que encontro, sr. Laughton. Eles estão todos a um passo de se rebelarem.

"Antigamente, claro, podíamos importar trabalhadores negros do Caribe, mas agora não é mais possível. De qualquer forma, era sempre muito caro. Ouvi alguns cavalheiros em Mérida falarem que devíamos trazer alguns homens da China ou Coreia. Seria uma despesa ainda *maior*."

Lizalde parou um instante para acender o charuto.

– Além do mais – continuou –, se fosse possível trazer esses chineses, talvez não adiantasse em nada. Tenho um amigo que tentou importar um grupo de italianos. Morreram de febre amarela. Nem todos conseguem se acostumar com essa nossa terra – explicou Lizalde, cujos lábios finos demonstravam irritação. – Trabalhadores locais, trabalhadores cultivados na península. Essa é a solução.

– O senhor espera que os híbridos cultivem o açúcar, em vez de contratar *macehuales*?

– Você viu o trabalho de Moreau. Híbridos andando eretos em duas pernas, mãos que podem usar ferramentas. É possível, se o bom doutor conseguir alinhar os detalhes.

– Quais detalhes?

– Como minha filha disse, alguns híbridos morrem. A maturidade é um desafio – disse o médico. – Acelerar o crescimento é necessário, mas às vezes esse processo pode causar problemas. Todos os híbridos têm uma expectativa de vida menor, o que faz sentido. Imagine um gato. Com doze anos, já seria um gato velho. O mesmo não é verdade para um humano.

– Quantos anos têm os híbridos que vimos?

– Nasceram cerca de sete anos atrás, mas, considerando suas capacidades físicas e mentais, seriam o equivalente a crianças de 12 ou 13 anos. Eles são meu maior sucesso. Seu crescimento diminuiu em ritmo e, se continuar desse jeito, eles vão poder viver uns 30 ou 35 anos, sem problemas. Mais do que isso pode fazer que desenvolvam problemas ósseos seríssimos.

– Trinta anos não me parece uma expectativa de vida muito longa.

– É mais do que um ano – disse Lizalde.

– Era isso que viviam antes?

– No começo não era muito tempo, realmente. Quando prolonguei sua expectativa de vida, tivemos contratempos. Problemas de pele, músculos e nervos erráticos – respondeu o doutor.

– E mesmo assim esses dois podem desenvolver problemas ósseos também.

– Aos trinta anos, talvez. O que é bem melhor do que aos oito. Mas não é o único problema. Assim como Carlota precisa de injeções para manter a saúde boa, os híbridos precisam de medicamentos para se manterem estáveis. Ficariam doentes se não os tomassem. Como pode imaginar, isso faz que seja impossível, por enquanto, enviar nossos funcionários para as *haciendas* do sr. Lizalde, mas esse é o objetivo.

– Quantos híbridos o senhor tem hoje?

– Mais de duas dúzias. Pode vê-los depois, se quiser. Eu me pergunto se o que o sr. Lizalde disse sobre o senhor é verdade.

– O que ele disse?

– Fizemos uma grande pesquisa para encontrar o homem certo para trabalhar como *mayordomo* de Yaxaktun. Eu preciso de alguém que encontre animais específicos para mim. Precisamos que cuide dos mantimentos que recebemos, talvez lidar com algumas questões em Mérida. Tem um milhão de coisas que o senhor precisa fazer. Mas a mais importante é cuidar dos híbridos. O senhor trabalhou em uma madeireira e passou por outras condições difíceis, lidou com vários tipos de gente. Acredito que será uma experiência útil. Entretanto, estamos aqui hoje, frente a frente, porque o sr. Lizalde me garantiu que o senhor não tem medo de animais selvagens.

A taça de porcelana de Montgomery tinha o desenho de flores amarelas e uma borda dourada. Ele passou o polegar pela borda e sorriu.

– O sr. Lizalde mentiu. Tenho medo de animais selvagens. Apenas um tolo não teria.

– Ainda assim, a história da onça... – disse Moreau. – O sr. Lizalde me contou da onça.

– A onça – repetiu Montgomery.

Aquela história. A história que lhe dera a pouca credibilidade que tinha. Montgomery Laughton, O Louco. *El Inglés Loco*. Moreau lhe olhava com uma expressão interessada, e ele se tocou de que teria que contá-la.

– Eu estava em uma cidade pequena, ao sul da Cidade de Belize. Onças são animais que matam por oportunidade e tendem a manter distância de humanos. Não sei por que essa se aproximou da cidade, porém as pessoas a viram umas duas vezes. Mas ela não havia feito nada ainda e a colocaram para correr. Havia algumas mulheres lavando roupa no rio. Uma delas trouxera a filha. Ela tinha uns quatro anos, era pequena. A menina estava brincando por ali, não muito longe da mãe, e então a onça pulou para fora dos arbustos. Ela mordeu a cabeça da criança e a arrastou para longe. Eu fui atrás. Não estava com a minha pistola, então tive que usar o que tinha à disposição, que era uma faca. Eu consegui matar a onça.

Ele não disse que o motivo de não estar com sua arma era porque passara a noite anterior bebendo e estava no rio lavando a camisa, suja de vômito. Ele não mencionou a quantidade absurda de sangue que manchara seus dedos. Nem as lágrimas, ou o fato de que depois tentara vomitar e não conseguira. Seu estômago já estava vazio. Porém, talvez Moreau conseguisse entender o quadro geral da história. Seus olhos mostravam que ele sabia de algo.

– E não se feriu?

– Tenho cicatrizes no braço. – Ele parou, sentiu os dedos formigando, como se estivessem se lembrando da luta. Às vezes seu braço doía, restos da batalha que marcou seu corpo. – A criança morreu. Enfim, não adiantou nada.

– Mesmo assim, foi valente.

Montgomery resmungou e bebeu seu chá. Não foi valente dar de cara com uma onça enquanto ela mastigava uma criança e esfaqueá-la de surpresa. As pessoas do vilarejo sabiam disso. O inglês louco.

Depois disso, ele escrevera uma carta para Fanny. Não sabia o que estava esperando. Talvez que ela dissesse que, sim, fora um ato heroico. Talvez que sentisse pena e voltasse para ele, cuidasse dele. Mas ela não se importara e lhe respondera com uma mensagem curta e fria.

— O trabalho em Yaxaktun exige que fique rodeado por animais a todo momento. Exige um certo nível de habilidade — disse Lizalde.

— Não há domadores de leão por perto? — brincou Montgomery.

— Ainda não sei se gosto do senhor, sr. Laughton — disse Moreau em um tom tranquilo, o charuto pela metade preso em seus dedos. — Não sei se é o homem certo para esse trabalho.

— Sinceramente, não tenho certeza se aceitaria esse trabalho.

— Não temos que tomar nenhuma decisão agora, temos? — respondeu Lizalde. — Devemos descansar antes do jantar. Amanhã pela manhã podemos falar de negócios.

Montgomery concordou, principalmente porque queria tomar um gole do cantil de estanho onde guardava bebida no bolso do paletó, e foi o que fez assim que chegou ao quarto que lhe deram. Ele tirou o paletó e a camisa e deu um gole, seguido de outro.

O quarto era grande e a mobília era velha e pesada, feita de mogno valioso. A cama tinha um mosquiteiro ao redor, algo que o deixou muito feliz depois de passar várias noites em redes velhas. Um baú gigantesco estava aos pés da cama. A tranca tinha o formato de pássaros. Havia também uma espécie de mesa portátil de viagem que ele tinha visto uma vez ou outra, um *vargueño*. Seu painel de marchetaria continha elementos de prata e mostrava um padrão abstrato que parecia ter influência moura, herdada dos espanhóis, como os azulejos. Uma cadeira simples com pregos de bronze chamativos estava próxima à janela.

Ali havia também um espelho grande. Ele não ficava em lugares chiques o bastante para terem algo assim, e Montgomery se viu pela primeira vez em muito tempo. Seu corpo estava seco, de uma magreza doentia. Em outra vida, Fanny o achara bonito, ou pelo menos agradável o suficiente. Ele duvidava que ela pensaria da mesma forma naquele momento. Ou talvez fosse mentira. O que ela achava bonito de verdade era dinheiro. Dinheiro que ele não tinha. Ele sabia que Fanny gostava de coisas finas, e não havia contrariado suas extravagâncias durante o cortejo, e achou que ela tinha ficado feliz quando se casaram.

Porém, quando o tio de Montgomery faleceu, Fanny ficara enfurecida por ele não receber uma herança.

– Ele tem filhos lá na Inglaterra – explicara Montgomery na época.
– Mas ele não os amava. E você disse que ele o considerava como um filho.
– Que importância tem isso? – perguntara ele.

A importância era muita. Fanny queria uma vida decente, fora o que dissera. Apesar de Montgomery não achar que a vida deles era indecente, também havia começado a reparar as faltas que tinham no lar, e admitia que Fanny era bela demais para viver uma vida simples e sem graça. Ela merecia brilhar como o diamante que era. Merecia ser feliz. Ele analisara as cortinas feias e o tapete gasto e vira tudo como um reflexo de si. Ele se sentia inferior e tolo, e se preocupava com a careta de desgosto da esposa e o jeito de outros homens olharem para ela.

Montgomery tinha comprado uma casa nova e maior, importado tecidos de Londres e Paris, pesquisado perfumes raros e comprado pulseiras de ouro e um par de brincos de diamante para Fanny, como se fosse um homem rico. Ele pegara emprestado uma quantidade absurda de dinheiro, e depois mais um pouco para pagar o que devia. Mas não valia a pena, se fosse para ver Fanny feliz? Não era suficiente sentir os braços dela ao redor do seu pescoço, ver aquele sorriso perfeito e brilhante?

Finalmente, Montgomery precisara fazer as malas. Ele dissera para Fanny que haveria mais oportunidades para eles nas Honduras Britânicas, mas ela não gostava de lá. Ela nunca havia gostado do Caribe, e aquilo, dissera, era pior ainda. As brigas aumentaram. Ela vivia chorando, estava desolada: não era aquela a vida que ele havia prometido. Ela o acusara de mentir sobre seus recursos.

Montgomery não sabia como conversar com Fanny. Ele ia ficando cada vez mais quieto, distante, concentrado no trabalho.

Ele fora trabalhar em uma madeireira por dois meses. Na volta, sua esposa havia partido. Seus problemas com dinheiro tinham piorado, e Fanny, ciente da situação financeira precária, havia pulado fora.

Ele a entendia. Ele não era rico o suficiente, nem um cavalheiro de verdade, era calado, e já amaldiçoado, antes mesmo de começar a beber regularmente e se lamentar. Era muito temperamental, era demais. Ela não o entendia. Ele a amava porque ela era diferente dele, mas, no fim, foi isso que os destruiu.

Ele percorreu os dedos pelas cicatrizes no braço e se olhou no espelho, sorrindo de leve. Se ficasse em Yaxaktun, talvez conseguisse comer melhor e ganhar peso. Seu trabalho de caçador nas Honduras Britânicas era perigoso. Pagava melhor do que o trabalho como *maquinista*, mas ele o aceitara quando o dinheiro começara a acabar, como forma de tirar os cobradores do seu pé. Ele não tinha economias. O pouco que sobrava ele bebia ou apostava, e vez ou outra contratava uma prostituta. Loira e de olhos azuis, de preferência. Como Fanny Owen.

Porém, ele não tinha certeza se queria viver sob a segurança daquele teto, do dinheiro de Lizalde. Os confortos que poderia ter ali eram consideráveis. A cama confortável, a mobília fina, tudo era muito diferente das mordidas de pulgas e piolhos de costume. Mas o custo...

Ele se deitou na cama, mas não dormiu. Pouco depois, veio uma batida à porta, e Ramona entrou com uma jarra de porcelana e um lavatório. Ele agradeceu e se arrumou para o jantar.

Comeram uma refeição leve e Montgomery aproveitou muito o vinho. Não falaram de negócios, e o jovem passou a maior parte do tempo ouvindo em vez de falando.

Depois do jantar, foram mais uma vez para a sala de estar, e a filha de Moreau tocou piano para eles. Ela não era muito boa nisso. Ele supôs que Moreau fazia o que podia com a educação da filha, mas, sem uma preceptora, nenhum milagre era possível. Fanny tocava maravilhosamente. Ela tinha todas as qualidades que uma jovem bem-nascida deveria ter.

Em certo momento, Ramona veio buscar a menina e os homens decidiram fumar um charuto.

Montgomery pediu licença, lhes desejou boa noite e voltou ao quarto. Mais uma vez, refletiu sobre a situação e o lugar.

Animais híbridos, experimentos. Era como um sonho louco, mas poderia ser pior do que o que ele já vivera? Ele havia enfrentado a exaustão das madeireiras e o frio particularmente gélido da floresta, quando o sol não penetra pelas árvores e a chuva gelada entrava até os ossos. O vento cortava o céu naquele canto do mundo, e fazia as casas gemerem. Muitas pessoas viviam na miséria, a serviço dos *hacendados*. Os rebeldes maias não tinham se revoltado contra os fazendeiros por birra, como muitos mexicanos brancos gostavam de contar. Qual seria o motivo, então? Por todo lugar que Montgomery passara, via a mesma miséria, de diferentes formas. Na Inglaterra era nas fábricas, na América Latina era nas fazendas. Sempre havia alguém com mais dinheiro, mais poder, que se apossava dos outros. Os *hacendados* ofereciam crédito para os indígenas e, assim, eles ficavam endividados para sempre. Porém, se não fosse um *hacendado*, era um padre que vinha cobrar dinheiro, e o fim era o mesmo: era preciso trabalhar para eles, cortando mato, cortando cana-de-açúcar... Trabalhar como um condenado, viver como um desgraçado, e morrer assim.

Ele ouvia outros ingleses falarem que os maias eram idiotas de criar essas dívidas. No entanto, como Montgomery tinha suas próprias dívidas, ele entendia como era fácil perder o controle da própria vida, que as rédeas podiam ser arrancadas de uma hora para outra. Se fosse mais corajoso, Montgomery já teria usado sua pistola para acabar com a própria vida. Contudo, como havia explicado para Moreau, ele não era corajoso. Era um belo de um covarde. Ele se deitou na cama, colocou a pistola embaixo do travesseiro e fechou os olhos. Os lençóis eram macios ao toque. Ele tentou escrever uma carta para Fanny em sua mente, como fazia às vezes antes de dormir.

Vim morar em um rancho pequeno que é propriedade de um hacendado *rico. Você deve estar se perguntando qual é a diferença entre uma* hacienda *e um rancho. É só uma questão de tamanho. Mas os alojamentos são bons e limpos. Não costuma ser assim nessa região cheia de conflitos e lutas. Eu já fiquei em lugares onde o chão era pura sujeira e a cama era uma rede imunda, onde galinhas corriam para todo lado e eu dormia na escuridão completa porque não havia velas por perto. Sei o que você vai dizer: que eu deveria voltar para a Inglaterra. Mas sinto que perdi a Inglaterra, ou nunca a tive de verdade. Sou uma criatura abortada, retirada do útero, sem rumo.*

Ele nunca colocava essas palavras no papel, nem enviava a carta. Porém, pensar em escrever e em Fanny abrindo a carta, as mãos delicadas aproximando o papel da luz, sua voz lendo em voz alta, o relaxava. Mesmo assim, ele não imaginava o rosto dela; não gostava de lembrar-se daqueles olhos azuis e dos cachos dourados, nem do corpo esguio, da pele branca como alabastro, na sua frente.

Não, quando pensava nela, tinha que prolongar a ilusão. Tinha que enfiar o rosto nos cabelos de uma mulher, fechar os olhos e respirar devagar. Sussurrar o nome de Fanny enquanto abraçava outra, tentando trazer o fantasma de volta.

Faltavam palavras, sua mente estava exausta.

Ele sonhou com uma floresta, flores e uma onça sentada em seu peito, pesada como uma rocha. Acordou com o barulho de um grito.

Montgomery se sentou e pegou a pistola.

CAPÍTULO 5

CARLOTA

Ramona foi servir o chá e depois verificar se as malas das visitas estavam nos respectivos quartos. Os criados de Lizalde foram colocados em um quarto, instruídos a esperarem ali, e as crianças a se comportarem e ficarem quietas. Eles se instalaram no quarto de Carlota para brincar, já que não podiam correr por aí.

Cachito rodou o zootrópio e fez os cavalos galoparem. Lupe organizou os soldadinhos de chumbo. Alguns deles eram soldadinhos simples, e outros estavam montados em cavalos com as espadas no ar; tinha até um canhão de mentira. As casacas eram azuis com lapelas brancas e mangas vermelhas, e as calças, brancas, imitando o uniforme da Grande Armée de Napoleão. Eles usavam barretinas pretas, com uma placa em formato de losango na frente. O pai de Carlota era um grande admirador de Napoleão e havia considerado chamar a filha de Josefina, mas mudara de ideia no último segundo.

Ele lhe dera o nome de Carlota porque significa "liberdade", e ele achava que combinaria com ela. Mesmo com a mudança, ela tinha o nome de uma imperatriz: Carlota reinara no México por alguns anos e chegara a visitar Iucatã quando Carlota Moreau tinha apenas oito anos. Porém, como passava a maior parte da vida isolada, ela se lembrava pouco desses anos de império, e não sabia dizer se a presença do exército francês havia mexido com o país.

O que ela sabia era que Carlota havia enlouquecido depois da execução do marido no Cerro de las Campanas, e ela achava estranho ter o mesmo nome de uma mulher louca que estava presa em Bruxelas. Parecia azar. Porém, o pai assegurara que Carlota da Bélgica fora uma mulher formidável e que ele não acreditava em sorte nem azar.

– Aquele inglês não tem cor nos olhos – disse Cachito. – A Ramona quem disse.

– Todo mundo tem cor nos olhos – respondeu Carlota.

Ela havia tirado o vestido chique e estava usando vestes mais simples, deitada de barriga para baixo no chão, observando os soldadinhos. Estava ficando velha demais para brinquedos. Porém, seu pai não havia pedido que parassem de brincar e, por temer que ele a mandasse para longe quando ela se tornasse uma moça, ela se apegava muito à infância.

– Esse daí não tem, não. Ele tem olhos como as nuvens. Não é uma cor de verdade.

– Você entrou no laboratório com eles? – perguntou Lupe.

– Entrei. Vi tudo lá dentro. O pai tem um híbrido lá. Mas não está crescido ainda. Está em um tanque e parece que deveria estar em um útero, ao mesmo tempo que não. É estranho. A pele é meio bizarra.

– No útero? – disse Cachito enquanto coçava a orelha. – Deve ser pequeno, então.

– Não, não é como os homúnculos de que se tem registro.

– Os o quê?

– Um desenho que vi nos livros do pai. As pessoas achavam que podiam criar pessoas minúsculas em garrafas.

– Como se soletra isso?

Carlota soletrou em voz alta. Seu pai a ensinara a ler e ela sempre compartilhava seus livros com Lupe e Cachito. Lupe adorava as ilustrações, mas Cachito se interessava pelas palavras e repetia todas que aprendia, usando-as no meio das conversas.

– Dá para segurar o híbrido em uma mão? – perguntou Cachito.

– Não. Era isso que os alquimistas achavam que podiam fazer.

– Seu pai é um alquimista. Eu ouvi ele dizer isso.

– Não, ele entende de química.

– Qual é a diferença? – perguntou Cachito, fazendo o zootrópio girar de novo.

– Pare de fazer perguntas bobas – disse Lupe e então largou o soldadinho. – Você devia nos mostrar para entendermos o que quer dizer.

– Como?

– Você tem a chave.

– Eu preciso levar de volta ao quarto dele.

– Com as visitas aqui ele não vai voltar para trabalhar no laboratório hoje, o que quer dizer que ele não vai precisar da chave. Aposto que podemos dar uma olhada quando forem dormir, e ele nem iria saber.

– Ele ficaria chateado se descobrisse – disse Carlota. – E para quê? Vocês se divertirem?

– Ele mostrou o laboratório para os visitantes se divertirem – argumentou Lupe.

– É diferente.

– Por quê? Devíamos ir lá hoje.

– Estou falando sério, ele ficaria irritado.

– Se você não nos der as chaves, vamos pegá-las e ir lá sem você; e aí você vai ficar muito chateada por não ter participado, como ficou quando comemos todos os doces que Melquíades escondia embaixo da cama.

– Não é a mesma coisa!

– É, sim. Você sempre reclama depois, se te deixamos para trás.

Carlota mordeu o lábio. Ela não gostava quando Lupe era teimosa assim. Cachito fazia perguntas porque queria aprender, mas Lupe insistia no assunto porque queria ter a última palavra. Mas, não, Carlota não gostava de ser deixada de lado. Ela não queria que a tratassem como se fosse uma coitadinha, algo que o pai fazia às vezes, sempre mexendo com ela, medindo sua temperatura, mandando-a ficar de cama. Ela já estava melhor. Bem mais forte.

– Tá bom, mas vamos depois que eles forem dormir, e precisamos fazer silêncio.

Lupe passou o restante da noite sorrindo, aquele sorriso de quem estava satisfeita consigo mesma, e Carlota pensou que tinha cometido um erro em concordar, mas era tarde demais. Se ela desse para trás, Lupe iria provocá-la, e Cachito também. Ele fazia o que Lupe mandava. Ela tinha esperança de que o pai fosse checar se a chave estava no lugar certo, mas ele não o fez. Talvez estivesse muito ocupado conversando com o sr. Lizalde.

Tarde da noite, Cachito e Lupe bateram à porta e Carlota pegou a lamparina a óleo ao lado da cama. Ela apertou um dedo contra os lábios e eles concordaram com o pedido de silêncio. Descalços, desceram os corredores com pressa até chegarem à porta da saleta do laboratório. Carlota pegou a chave, mas não a encaixou na fechadura.

– O que foi? – sussurrou Lupe.

– Meu pai pode estar lá dentro.

– A luz tá apagada. Para de arranjar desculpa. Você é uma medrosa.

– Não sou – murmurou Carlota, furiosa, enquanto girava a chave, nada disposta a passar uma semana ouvindo provocações dos dois.

Ela queria mesmo ver o híbrido de novo, mas nem por isso era certo ir contra as ordens do seu pai. Talvez, pela manhã, ela pudesse ir à capela para rezar um terço.

Carlota abriu a porta e entrou. No escuro, a saleta, cheia de livros e animais, não parecia um cofre de tesouros, como antes. Era inquietante. Ela segurou a lâmpada com força.

– Vamos – sussurrou Lupe. – Não vamos voltar agora.

Carlota abriu a segunda porta, a porta sagrada do laboratório. Agora, em vez de hesitar, ela entrou sem problemas. A chama da lamparina fez as sombras dançarem, e ela se virou, olhando para Lupe e Cachito, parados na porta, com uma expressão de vitória.

– E aí? – sussurrou Carlota. – Não queriam ver?

Eles hesitaram. Talvez esperassem que ela mudasse de ideia e corresse de volta para o quarto como uma covarde. Entraram devagar no laboratório. Levantaram o olhar para os vidros nas prateleiras e nas mesas. Finalmente, chegaram aonde ela estava.

– Cadê? – perguntou Lupe.

– Segura isto aqui – disse Carlota para Cachito, e entregou a lamparina.

Ela abriu a cortina vermelha. Não tinha o mesmo charme que o pai, mas conseguiu impressioná-los quando apontou para a caixa. Eles ficaram parados em pé, juntos.

– Não parece um bebê – disse Cachito.

– Não é um bebê – respondeu Carlota.

– O que é?

Não havia uma resposta para isso. A criatura flutuava no escuro, pálida, imóvel e cheia de segredos. Lupe se aproximou, saindo da formação, e bateu com o dedo no vidro, de perto.

– Ei, aí – disse ela.

– Não faça isso – advertiu Carlota.

– Por que não? – retrucou Lupe, e continuou batendo no vidro.

Carlota quis tocar no vidro quando viu o híbrido pela primeira vez, mas se conteve. Lupe ergueu o rosto e bateu no vidro com a mão aberta; depois riu. Cachito riu também, e tocou no vidro. Carlota balançou a cabeça, mas bateu no vidro com o dedo, para não ser a única de fora. Estava quente.

Desenhou um círculo no vidro com a unha.

Um olho se abriu. Estava coberto por uma membrana branca.

Lupe e Cachito se assustaram e deram um passo para trás. Carlota encarou o olho que não piscava. Ela abriu a boca para dizer para os outros que eles deviam sair.

O híbrido bateu a cabeça contra o vidro, fazendo Carlota pular para trás e fechar as mãos.

– Temos que ir embora – sussurrou Cachito.

O híbrido bateu a cabeça contra o vidro mais uma vez, e a membrana sumiu, revelando um olho dourado e grande. Era um olho que tudo vê de um deus antigo, um leviatã, terrível e faminto. A boca se abriu, revelando dentes finos como navalhas, como de uma enguia. Ele gritou, mas a água abafou o som e, em silêncio, começou sua agonia. O híbrido se debateu, tentando sair da prisão. Começou a se arranhar, rasgando linhas vermelhas no pescoço.

– Ele tá morrendo – disse Lupe. – Precisamos tirá-lo dali, ele tá morrendo.

– Precisamos chamar meu pai – sussurrou Carlota baixinho.

– Ele não consegue respirar. Está se afogando.

Carlota se virou para Cachito.

– Me dá a lamparina – pediu.

O menino segurou o objeto com força, como se fosse um amuleto pessoal.

– Cachito, solte!

Em vez de obedecer, Cachito se afastou e esbarrou numa mesa. Carlota se virou para dizer a Lupe que ela precisava ir buscar seu pai. Mas Lupe não estava ao lado deles. Ela havia pegado uma das pás de ferro em cima do forno e estava indo em direção à caixa.

– Lupe! – gritou Carlota.

– Temos que tirá-lo dali! – gritou Lupe de volta, e bateu com força.

Apareceu uma rachadura no vidro. Ela bateu de novo e mais uma terceira vez. Carlota correu na direção dela e empurrou a menina. Lupe caiu no chão e a pá rolou para longe, indo parar embaixo de uma mesa.

Carlota olhou para a caixa de vidro e as rachaduras; e, por um breve segundo, achou que poderiam consertá-las. Logo em seguida, o híbrido se jogou contra o vidro com uma força impressionante; e o vidro se espatifou, cacos voaram para todo lado. A água se derramou pelo chão. O cheiro era ruim, como de carne podre. Carlota cobriu a boca com a mão para conter a náusea.

O híbrido se contorceu até ficar de quatro. Seus membros eram magros e pareciam frágeis; a pele dele era quase translúcida, como um ser das profundezas do mundo. Ele fez um barulho que era uma mistura entre um miado e um rugido. Depois, virou a cabeça na direção de Lupe e se jogou para a frente. Não andava. Parecia estar deslizando, mas em uma velocidade tão rápida que Carlota mal conseguiu gritar um aviso para Lupe. A menina tentou ficar em pé, mas não foi rápida o suficiente; então, a coisa avançou nela e enfiou os dentes em sua perna.

Lupe gritou e Carlota se jogou contra a criatura, tentou arrancá-la da menina. Porém, ela estava escorregadia como um peixe; e apesar de puxar e bater com os punhos, a criatura não soltou.

Carlota se lembrou da pá e a buscou debaixo da mesa. Seus dedos estavam melados e a pá quase escapou das suas mãos quando ela bateu na cabeça da criatura. Ela precisou bater mais duas vezes para que soltasse Lupe e, mesmo assim, o híbrido não morreu. O ser rosnou e se contorceu pelo chão.

Carlota soltou a pá e tentou levantar Lupe. A menina estava chorando e se agarrou em Carlota.

– Temos que sair daqui – disse.

– Tá doendo! – chorava Lupe.

Carlota olhou ao redor. Cachito havia pulado em cima de uma mesa e estava cobrindo os olhos. Ela tentou arrastar Lupe para fora do laboratório, mas elas mal tinham dado alguns passos quando o híbrido se levantou e correu na direção das duas. Elas se atrapalharam e caíram para trás.

Lupe gritou de novo, e Carlota se juntou ao grito quando a criatura pulou em sua direção, mostrando as presas, com as costas arqueadas e eriçadas.

Um tiro alto soou pela penumbra, seguido por um baque forte e molhado. Inspirar. Inspirar devagar e soltar. Era isso que o pai de Carlota dizia para fazer quando ficasse nervosa, quando um dos seus acessos ameaçasse dominá-la. Porém, Carlota estava puxando o ar com força; não conseguia controlar a respiração, e Lupe chorava.

Carlota virou a cabeça. Ela viu o híbrido estremecendo no chão, sangue escorrendo da barriga. Ele rugiu e mostrou as presas.

Um par de botas amassou o vidro quebrado no chão.

O inglês se aproximou do híbrido e atirou de novo, apontando a arma para a cabeça da criatura. O híbrido soltou um último silvo e ficou imóvel enquanto o sangue se misturava com o líquido que cobria o chão. Carlota havia mordido o lábio e sentia o gosto de sangue na boca; ao seu redor, sentia o cheiro forte e metálico da morte. Ela abraçou Lupe, que, por sua vez, colocou o rosto contra o ombro da amiga e chorou.

– Carlota! – Seu pai entrou correndo na sala e se ajoelhou ao lado dela, tocando seu rosto. – Carlota, está ferida?

Ele a ajudou a se sentar. Carlota balançou a cabeça e fungou.

– Não. Ele... mordeu a Lupe.

– Garoto, traga aqui essa luz!

Cachito pulou da mesa e levantou a lamparina. O pai de Carlota pediu para ver a perna de Lupe e a menina obedeceu. Ele murmurou algo e então se levantou. Ele olhou a criatura morta e se virou para o inglês.

– Qual é o significado desta chacina?

– Foi minha culpa, papai – disse Carlota, segurando a mão do pai. – Nós queríamos ver o híbrido.

– Sua culpa!

Carlota não queria dizer nada, mas concordou com um gesto tênue. O pai se afastou com uma expressão severa no rosto. Ela se perguntou se ele iria bater nela. Ele nunca a castigara fisicamente, mas talvez ela preferisse isso à expressão fria que ele tinha no rosto.

– Sr. Laughton, preciso cuidar das feridas de Lupe. Pode me ajudar?

– Sim, senhor.

– Papai, o que eu faço?

– Saia da minha frente – disse ele.

A fala soava quase como um grunhido, e ela sentiu as lágrimas se formarem nos olhos; porém o inglês estava lá, e a olhava com tanta pena... e o pai a olhava com tanta raiva que ela se conteve para não chorar.

Carlota esfregou as mãos e saiu do laboratório em silêncio.

Ela os ouviu conversar na manhã seguinte na sala de estar. O pai e Laughton. Ela não sabia se o sr. Lizalde ou mais alguém sabia dos acontecimentos da noite passada. Esperava que não.

– Não deveria ser assim, foi um acidente pontual – disse o pai dela.

Carlota se aproximou da porta, escondida, mas atenta.

– Ainda assim, há um risco.

– Como o senhor mesmo disse, há sempre um risco quando se trata de animais selvagens. Sou grato pelo que fez na noite passada. Acho que é o homem certo para o trabalho.

Houve uma pausa. O barulho de gelo mexendo em um copo.

– Lizalde lhe contou em seu relatório detalhado que eu bebo? – perguntou o jovem.

– É um problema grave para o senhor?

– Não seria um problema grave para *o senhor*?

– O que faz no seu tempo livre não é da minha conta, desde que consiga exercer suas funções.

O jovem riu. Não havia nada de alegre no riso, parecia o latido de um cachorro.

– Eu sempre faço meu trabalho.

– Então vamos nos dar bem. Quer o trabalho?

– Quero – respondeu o homem, sem hesitar.

Ela se perguntou como ele podia dizer isso depois do que acontecera, como ele conseguia parecer tão sereno depois de se encontrar no meio do laboratório, sobre uma poça de sangue, com um cadáver aos seus pés.

Ela colocou a cabeça na abertura da porta para olhar. Seu pai não a viu, mas, pelo ângulo, Laughton fixou o olhar diretamente nela. Como Cachito dissera, não havia cor neles. Eram cinza, meio translúcidos e sem sentimento.

Ela se lembrou do que Ramona dissera, que Yaxaktun era o fim do mundo. E pensou que, sim, aquele homem estava ali porque ele acreditava nisso, que havia chegado ao fim do mundo e estava simplesmente esperando a aniquilação.

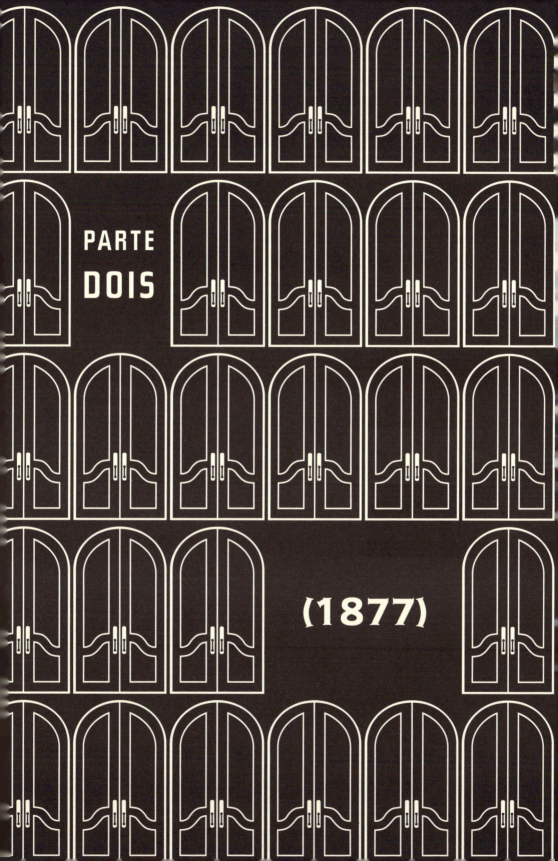

PARTE DOIS

(1877)

CAPÍTULO 6

MONTGOMERY

Ele acordou com uma baita dor de cabeça e o sol forte no rosto, e xingou baixinho por ser preguiçoso. O doutor não reclamava de ele beber, porque Montgomery fazia seu trabalho. Na verdade, ele desconfiava que o doutor gostasse que ele bebesse. Ele nem sabia como podia ter um dia acreditado que o homem teria um problema com aquilo. Era uma forma de controlá-lo, assim como ele fazia com os híbridos, com os sermões e o misticismo.

A bebida fazia Montgomery andar na linha. Ele tentara parar algumas vezes durante os seis anos em Yaxaktun, mas, quando ia à cidade resolver alguma coisa, acabava parando em algum botequim, respirando o ar carregado de tabaco e virando um copo atrás do outro. Ou então encontrava alguma das várias garrafas de aguardente escondidas pela casa e a abria.

Mas era sexta-feira, e Moreau queria dar as injeções. Montgomery jogou água no rosto e se vestiu enquanto olhava para o relógio com uma careta, e então foi para a cozinha.

Ramona e Lupe estavam fazendo *tortillas*, moldando a massa. As batidas rítmicas eram um som familiar para ele.

– Bom dia, sr. Laughton – disse Ramona. – Quer um cafezinho?

– Bom dia. Quero, sim, obrigado. O doutor está no laboratório?

– Não. A gota dele está atacada. Loti disse que ele passou a noite inquieto. Ela lhe deu um remédio hoje cedo. Ele está cochilando e ela saiu para dar uma volta.

Ramona se levantou e colocou a água para ferver enquanto Lupe continuava o trabalho. O café foi feito com rapidez e eficiência, e bebido com a mesma velocidade.

– Eu vou arriscar dizer que Carlota foi para o *cenote* – disse ele, massageando as têmporas e repousando a xícara de argila na mesa.

Na noite anterior, ele estava pensando na irmã. Era o aniversário da morte dela, e isso o deixou com um humor terrível; nem escrever suas cartas para Fanny o ajudou.

– Como sempre – confirmou Lupe, com um tom tão seco quanto cal.

– Você pode ir chamá-la?

– Ela não vai vir se eu chamar. Ela sempre demora quando eu peço – disse Lupe. – É melhor o senhor gritar e chamar.

Montgomery suspirou e saiu da casa. Ele não entendia qual era o problema entre Lupe e Carlota, mas elas estavam sempre se bicando ultimamente. Ele havia sido próximo da irmã, e nunca brigavam, então aquele tipo de comportamento era estranho para ele. Por outro lado, Carlota e Lupe não eram irmãs. Talvez fosse apenas isso.

Lá estava ele, pensando em Elizabeth mais uma vez, então acelerou o passo na esperança de chegar logo ao *cenote* rapidamente. Estar com a mente vazia era um problema para ele; depois que começasse as tarefas do dia, a melancolia passaria.

O *cenote* onde Carlota gostava de nadar se chamava Báalam porque uma rocha no caminho até lá tinha o formato de um homem-onça. O *cenote* era pequeno, e a superfície de água azul-esverdeada que brilhava sob o sol era facilmente acessível depois de se passar por algumas pedras. Era uma delícia entrar naquela piscina em um dia de sol forte.

Carlota não estava nadando. Ela estava deitada no chão, de vestido informal de linho, com um braço sobre os olhos e um leque ao seu lado – um acessório essencial para toda dama mexicana bem-nascida. Em uma cidade grande, uma mulher rica nunca sairia de casa vestida assim. Ela precisaria de várias camadas de seda e uma anágua da última moda, um chapéu elegante e luvas, mas a filha do médico podia fazer o que quisesse, porque estavam em Yaxaktun.

Ele não tinha dúvidas de que, um dia, o pai iria enviá-la para Mérida vestindo suas melhores roupas para encontrar um bom marido. Ela já tinha vinte anos; portanto, estava na idade certa para ser cortejada. A irmã de Montgomery se casara aos dezoito anos.

Ele não gritou, como Lupe havia sugerido. Não havia necessidade.

– Carlota, levante-se. Hora de voltar.

Quando a sombra dele caiu sobre ela, ela levantou o braço lentamente e piscou, fixando o olhar cor de mel marcante nele. Ela fez um bico.

– Mal faz um minuto que cheguei – reclamou.

Carlota tinha uma voz exuberante, como veludo, pérolas e o movimento do seu leque, e seus cabelos, pretos como a noite, caíam soltos pelos ombros.

Realmente, o pai não teria problemas em achar um marido para a filha. Tanta beleza com certeza chamaria a atenção de alguém.

– O dr. Moreau vai precisar de você em breve.

– Você está com olheiras, Montgomery. Elas aparecem quando você bebe. Você fica mais bonito quando não bebe – disse Carlota.

Ela era direta e charmosa ao mesmo tempo. Por mais que agitasse o leque, ela não aprendera os modos de bailes e reuniões sociais, nem a linguagem das flores.

– Que bom que não sou vaidoso – disse ele com um tom calmo.

– Não quero ir. Lupe foi maldosa comigo hoje e eu não gostaria de voltar para casa até ela ficar em paz de novo, e isso só vai acontecer no fim da tarde.

– Não me importa se ela pular e arranhar seu rosto. Hoje é sexta. Você tem que tomar a injeção e depois ajudar seu pai a dar os remédios para os híbridos – disse ele, ainda com o tom mais calmo do que as águas esverdeadas do *cenote* ao lado.

– Não – respondeu ela, fazendo um bico de novo; porém, quando ele lhe estendeu a mão, ela aceitou.

Eles começaram a andar de volta pelo caminho estreito. Passaram pela rocha em formato de onça, e Carlota parou para encará-la. Ele batucou os dedos na coxa.

– Me conte mais uma vez sobre a Inglaterra, e como é frio por lá. Me conte como é sentir a neve na pele.

– Por que quer saber de neve?

– Eu quero saber de tudo. Como meu pai.

Seu pai é louco de achar que isso seja possível, pensou ele. Porém, o mesmo podia ser dito de Montgomery por ficar tanto tempo naquele lugar. Seis anos se passaram num piscar de olhos. Ele sempre dizia que guardaria dinheiro e iria embora no ano seguinte, mas os juros da sua dívida eram um absurdo. Lizalde lhe mandava um pouco de dinheiro às vezes, para mostrar como era bondoso. Montgomery bebia tudo o que recebia quando ia para a cidade, e apostava o restante.

– É impossível saber tudo – disse ele quando voltaram a caminhar.

– É possível, se conversar com muita gente e ler livros o bastante – respondeu ela, com muita confiança.

– Não é possível, não. Tem coisas que você precisa viver para saber.

– Como você está irritante hoje! Parece a Lupe! Vocês estavam fofocando?

– Não. Por que vocês estão brigadas?

Ela suspirou, voltando para ele aquele olhar bonito, de cílios grossos afiados como navalhas.

– Ela quer ir embora. Disse que quer ver o mundo além de Yaxaktun. Quer conhecer Progreso, Mérida e outros lugares. É ridículo.

– Por quê?

– Ela não pode, como tomaria os remédios? E por que alguém iria querer sair de Yaxaktun?

– Nem todos podem conhecer o mundo por livros como você. Outros querem algo mais empolgante.

– Você acha que sou chata?

– Eu não disse isso.

– Yaxaktun é perfeita. É melhor do que qualquer lugar do mundo.

– Você não entende o bastante do mundo para ter essa postura – disse ele, mal segurando uma risada.

– Sério? O que você acha tão empolgante na cidade? Que você pode perder todo o seu dinheiro jogando tute ou bacará? – perguntou Carlota com a voz agitada.

Ele sabia que a raiva dela não era com ele, que ela estava chateada com Lupe, e ele estava sendo alvo da raiva porque estava andando ao seu lado. Mesmo assim, parou de andar e encarou a menina. Ele não escondia seus vícios de ninguém, mas não queria que fossem jogados na sua cara dessa forma.

Moreau gostava de pensar que a filha, como as abelhas dóceis da península que guardavam mel em sacos de cera preta, não tinha um ferrão. Porém, Montgomery sabia que suas palavras não eram sempre doces e elas o feriam uma vez ou outra.

– Um insulto por dia é o suficiente para mim, srta. Moreau – disse ele. – Dois é demais, ainda mais de estômago vazio.

Imediatamente, ela demonstrou arrependimento; ela sempre ficava assim quando fazia alguma pequena maldade. Ela se arrependia com facilidade.

– Me desculpe – disse ela; e tocou o braço de Montgomery, segurando sua manga de leve. – Me perdoe, Monty.

O apelido foi tão inesperado, tão raro, que, em vez de ficar irritado, ele simplesmente acenou com a cabeça e continuou andando em silêncio. Ela parecia arrasada, mas ele não falou mais nada. Porém, olhou para ela.

Era impossível não olhar. Na cidade, as mulheres que cobravam os valores mais altos nos melhores bordéis eram as mais brancas. Garotas de pele cor de leite e cabelos cor de mel. Porém, estava óbvio que a mãe de Carlota não fora uma mulher assim. A pele de Carlota tinha um viço bronzeado, os cabelos, que caíam em ondas suaves até a cintura, eram pretos e o mel estava em seus olhos. Mesmo assim, poderia ser a cortesã mais renomada da cidade, e talvez, se fosse, Montgomery não gastasse seu dinheiro jogando cartas, como ela havia provocado, e sim com outros prazeres.

Ela só precisava se deitar sobre um divã para se tornar uma odalisca, e quando se movia com tanta graça, tanta elegância...

Ele não deveria pensar na filha do dr. Moreau dessa forma, e por isso ficou calado pelo restante do caminho, desejando que não tivesse tido essa maldita conversa e ela não tivesse tocado o braço dele.

Quando eles chegaram na casa, ela entrou e ele ficou matando tempo na entrada, descansando em um dos bancos de alvenaria. Não demorou muito para um grupo de homens montados a cavalo aparecer no horizonte. Ele se levantou em um pulo, entrou na casa e pegou seu fuzil. Carlota e Lupe o viram fazer isso e o olharam, curiosas.

– O que houve? – perguntou Carlota.

– Fiquem aqui dentro – respondeu.

Ele saiu, passou pelo portão de ferro decorativo e pelas portas grossas de madeira, até o banco. Não estavam esperando visitas, e ele ficou desconfiado.

Era um grupo de seis. Dois rapazes desceram dos cavalos. Eles não vestiam as camisas e calças brancas de algodão típicas dos trabalhadores, e sim roupas que as pessoas da cidade usavam. As roupas escuras eram inadequadas para o calor da floresta; os colarinhos engomados e os coletes chiques e bordados chegavam a ser ridículos. Em vez de usarem algo mais casual, como o chapéu Panamá de Montgomery, que o protegia do sol, usavam chapéus de feltro escuro com abas viradas para cima.

Montgomery se perguntou se não estariam cozinhando, com tantas roupas elaboradas. Quando Montgomery saía de casa e se aventurava floresta adentro, ainda mais na época de chuva, às vezes vestia um sobretudo de couro e um par de luvas de camurça gasta. Porém, não cobria as mãos com pelica nem ficava parecendo um janota saindo para passear.

— Aqui é Yaxaktun? — perguntou um dos rapazes ao tirar o chapéu e entregar para um de seus colegas.

Seu cabelo era castanho-claro, e seus olhos, verdes. Ele tinha um bigode perfeitamente aparado, para combinar com as roupas impecáveis e botas de couro novas.

— É, sim — respondeu Montgomery, com o fuzil apoiado tranquilamente no colo.

— Estamos atrás de um grupo de índios rebeldes. Viu alguém passar por aqui?

— De onde vocês vêm?

— De Vista Hermosa.

— O que fazem tão longe de lá?

— Você conhece o lugar? — perguntou o homem, tirando também as luvas para entregá-las para o companheiro, e passou a mão pelo cabelo.

— Conheço — disse Montgomery, acenando com a cabeça. — É bem longe para um passeio a cavalo.

— Não é um passeio. Eu disse que estamos atrás de um grupo de índios rebeldes.

Vestidos assim? Até parece, pensou Montgomery. Depois fez um careta ao se lembrar de algo que ouvira falar havia pouco tempo. Que o filho de Lizalde viria fazer uma visita. Seria ele? A família possuía tantas *haciendas* que era difícil lembrar se o doutor dissera que ele estaria em Vista Hermosa ou não. Porém, fazia muito sentido. Era a *hacienda* mais próxima do rancho. Geralmente Montgomery buscava suprimentos em outros lugares, então ele não saberia dizer se o jovem estaria hospedado lá, mesmo se já fizesse semanas.

— Não tivemos problemas por aqui — disse Montgomery, observando os anéis ostentosos na mão direita do rapaz.

— Bom, vi algumas pistas em Vista Hermosa e eles vieram nessa direção. Achávamos que iríamos alcançá-los. São como cães selvagens. Não gostaria de tê-los nas redondezas, não é?

— Eles já devem estar longe, se vieram por aqui.

– Que tal nos emprestar alguns homens? Podem ajudar a rastreá-los. Aposto que estão indo para o leste, para Tórtola.

– Aqui é um sanatório. Não tenho homens de sobra, apenas pacientes. Com relação aos seus indígenas invisíveis, se abrir caminho pela floresta vai criar uma passagem para eles e, depois que não encontrar nada, vai ter um problema *de verdade* se indígenas *de verdade* seguirem sua trilha. Uma trilha é um convite. Não se abrem trilhas para o leste. Nós ficamos onde estamos e evitamos problemas.

Ele não mentiu. Os rebeldes maias faziam ataques. Eles pegavam comida, animais e prisioneiros. Mas Yaxaktun era afastado e sempre tiveram um pouco de sorte. Se eles tinham um problema com as pessoas de Vista Hermosa, Montgomery queria distância.

O jovem pegou o chapéu de volta e o usou para se abanar.

– Qual é seu nome, senhor? – perguntou.

Ele parecia estar irritado. Não era uma pergunta amigável.

– Montgomery Laughton – respondeu, e usou o chapéu para cumprimentá-lo com um movimento exagerado. – Sou o *mayordomo* de Yaxaktun.

– Perfeito. Sou Eduardo Lizalde. Meu pai paga suas contas. Por que não me arranja alguns homens e vamos indo?

– Eu trabalho para o dr. Moreau e aqui é um sanatório.

– Então busque o dr. Moreau para eu fazer que ele lhe dê a ordem.

– Ele está dormindo. Não posso incomodá-lo. Não por esse motivo.

O companheiro do rapaz riu. Ele tinha o mesmo cabelo castanho que seu jovem amigo, mas os olhos mais escuros.

– Não o ouviu, senhor? Ele é Eduardo *Lizalde*.

– E eu já disse: só um idiota deixaria uma trilha e tentaria ir a cavalo para Tórtola, ou seja lá aonde estejam indo.

– Está nos chamando de idiotas? – perguntou Eduardo.

– Voltem para seus cavalos, cavalheiros.

– Como se atreve, seu maldito! Você não nos dá ordens!

Montgomery se levantou e apontou o fuzil para o jovem, com a mesma tranquilidade de alguém acendendo um charuto.

– Eu *sugiro* que voltem para seus cavalos.

– Não posso acreditar! Isidro, você acredita nisso?!

– Pode acreditar que vou atirar na sua barriga se você não for embora neste instante – disse Montgomery.

Ele deveria ser mais cordial, porém estava de péssimo humor e não estava preocupado com formalidades. Talvez Moreau brigasse com ele por causa disso, mas por ora Montgomery enfrentou os homens e os esperou resmungar e o encarar.

Uma voz doce e agradável surgiu por detrás de Montgomery.

– Cavalheiros, perdoem a intromissão, mas tomei a liberdade de acordar meu pai. O dr. Moreau se juntará a nós em breve.

Carlota saiu da casa e parou ao seu lado. Ela fixou o olhar nos homens e eles fizeram uma reverência com as cabeças. Montgomery fez o mesmo, para respeitar a presença dela.

– Podem me acompanhar até a sala de estar? Sinto dizer que seus companheiros terão que esperar aqui com os cavalos, mas posso providenciar uma bebida para eles – disse Carlota, com um gesto gracioso de mãos, apontando para a casa.

– Ficaríamos muito agradecidos – disse Eduardo, e sorriu. – Com licença, a senhorita é a filha do doutor?

– Sou Carlota Moreau – respondeu ela, e estendeu a mão para eles.

Os homens beijaram as costas da mão dela e trocaram um olhar de surpresa antes de começarem a segui-la. Carlota, com seu vestido informal, parecia uma mulher seminua, então ele não podia culpá-los pelo choque. Por outro lado, mesmo que ela vestisse um espartilho apertado e usasse um vestido abotoado até o pescoço, ainda causaria reações impressionadas e de interesse. Era ela, e não a roupa.

De qualquer modo, ele deveria ter metido duas balas na barriga dos homens pelo olhar atrevido que trocaram. Apesar de isso não os ajudar em nada.

– Nos mostre o caminho, srta. Moreau – foi o que disse.

Ele esperou um instante e entrou na casa, com o fuzil no ombro.

CAPÍTULO 7

CARLOTA

A primeira coisa que Carlota gostava de fazer pela manhã era alimentar as aves no pátio. Ela ouvia seus cantos ansiosos, depois andava pela casa e passava pela divisória que costumava ser a morada dos funcionários, onde atualmente os híbridos moravam. Era lá que Ramona e Carlota cultivavam uma horta. Elas cultivavam cebolas, mastruz pungente, pimentas e hortelã perfumada, tudo organizado em canteiros ou vasos de argila. Ramona dizia que era possível estimular o processo de parto se fervesse hortelã, *yerba buena* e casca de mutamba. O suco amarelado e amargo de *xikin* podia curar desequilíbrio nos humores, a cuieira ajudava com enjoo e *ix k'antunbub* cortava o efeito de venenos.

Essas eram as coisas que ela sabia, assim como os nomes em latim de várias espécies que apareciam nos livros do pai, e os nomes compridos de produtos químicos escritos nos frascos dele. Ela recebera uma boa educação, apesar de irregular, e não conseguia apontar nenhum problema nesse processo.

Quando era mais nova, temia que o pai a enviasse a uma escola para damas, como as pessoas de Mérida faziam com suas filhas, mas seu pai não se interessava pelo currículo desse tipo de instituição. Ele dizia que escolas acabavam com a ambição.

Então, ela crescera isolada em Yaxaktun, sob os cuidados do pai e de Ramona, brincando com Cachito e Lupe, e pulando no *cenote* acolhedor quando o calor se enroscava em seu corpo até tornar-se insuportável.

Naquele dia, ela havia acordado tarde. Às vezes tinha tarefas para fazer no laboratório, fosse para ajudar o pai ou praticar taxidermia, que era a arte de Montgomery. Ele sabia de tantos truques que ela ficava impressionada. Por exemplo, montar um felino era uma tarefa complexa, especialmente por causa da boca. A pessoa precisava encher a parte de dentro dos lábios com argila até ficarem fixos em uma posição e tomar cuidado para a pele não encolher quando secasse. A parte interna da boca era estofada de papel machê; tirar a argila seria muito difícil.

Seu pai estimulava seus interesses zoológicos e botânicos, apesar de também exigir que ela se esforçasse para aprender piano. O instrumento estava completamente desafinado, mas Carlota obedecia e sempre fazia o que o pai mandava: lia os livros que ele lhe dava e rezava à noite. Suas noites eram para tarefas domésticas, bordar ou cerzir as meias do pai. Sua vida era agradável. Sempre que algo parecia errado, quando seu mundo perfeito ficava levemente estranho, ela se recolhia na tranquilidade perfeita do *cenote*.

Depois de alimentar os pássaros pela manhã, ela foi para a cozinha. Ramona estava ocupada no fogão enquanto Lupe secava os pratos com um pano.

– A perna do meu pai está doendo. Acho que vamos precisar fazer aquele chá de jasmim de que ele gosta, em vez do chá de camomila de sempre.

– Se tivéssemos... Acabou tudo – disse Ramona.

– Sério?

– O sr. Laughton deve ir à cidade em breve. Pode adicionar jasmim à lista de compras dele.

– É uma má ideia. Ele anda bebendo de novo – interrompeu Lupe enquanto pegava os pratos e os guardava no *trastero*. – Se chegar perto de Mérida, vai gastar todo o salário apostando.

Carlota odiava quando Montgomery ficava assim, apesar de aceitar que já estava na hora. Ele tinha ciclos de sobriedade. Seu pai parecia não se importar e dizia que a produtividade de Montgomery não diminuía quando estava bebendo, mas Carlota não gostava da aparência dele, com cabelo cobrindo os olhos e um odor azedo.

Ela já pedira para o pai dar um fim a isso, mandar Montgomery parar de beber, mas o pai rira e a dispensara. Homens precisavam de pontos de apoio, dizia ele, e aqueles que não se davam bem com pessoas eram os que mais precisavam disso, e mais se apoiavam nos vícios.

Porém, dissera ela, os híbridos não eram homens, e ele os deixava beber também. E ele havia concordado, não eram homens, mas também precisavam de um apoio. Era uma demonstração de compaixão, dissera o pai.

– Pobre Montgomery – sussurrou.

– Não é culpa sua ele ser um tolo. Mas eu poderia ir até a cidade. Faria um trabalho bem melhor do que ele, e não voltaria lamentando o dinheiro que perdi com jogos de azar – disse Lupe com um tom de zombaria.

– Até parece.

– Por que não? Não é tão difícil resolver algumas coisas e contar moedas.

– Você sabe o porquê. Não seja tola. E se alguém te ver? E você nunca foi para a cidade, então não saberia de nada.

– Você não é a única que consegue ler um jornal e saber das coisas – respondeu Lupe e mostrou as presas para Carlota, formando um sorriso desaforado. – Talvez eu vá, um dia, e nem conte para você.

– Não comece de novo com isso. Vai me dar dor de cabeça.

– Não, eu não gostaria de deixar a madame com dor de cabeça.

– Você é impossível – murmurou Carlota e girou para sair do cômodo, querendo encerrar a discussão.

Lupe andava terrível. Ela teria que aturar Montgomery bêbado e Lupe implicante, uma combinação mais irritante do que o zumbido de um mosquito no pé da orelha de madrugada.

Fugiu para o *cenote* com a intenção de passar o restante do dia ali. O caminho que ela fazia estava sendo lentamente tomado pela selva. Em breve Montgomery e sua equipe teriam que limpá-lo de novo, além da trilha até a lagoa e a que ia até a estrada principal, que vinha do oeste, a estrada que levava ao restante do mundo.

O caminho até o *cenote* era como as rimas de um poema que ela sabia de cor, intrínseco a seu corpo. Ela podia andar de olhos fechados e ainda chegar ao *cenote*. Na verdade, conhecia melhor a floresta com os ouvidos do que com os olhos. Ela sabia, sim, apreciar a beleza ali, mas o som lhe parecia o sentido mais importante do corpo. Ramona explicou uma vez que a floresta era cheia de espíritos, e Carlota os ouvia com atenção, tentava senti-los em cada pedra e pedaço de terra. Quando se deitava no chão, ela fazia uma homenagem à sinfonia da floresta: o barulho dos macacos, o grasnido dos pássaros tuim, o canto das codornas, o murmúrio da água e até o sussurro baixinho dos peixes cegos nas profundezas do *cenote*. Ela se via como esse peixe, essa codorna, esse macaco; se imaginava como os cipós e insetos que escalavam as árvores, como a sumaúma com seus galhos altos, com borboletas trêmulas pousadas em suas flores. Às vezes, ela se imaginava toda esticada, sob o sol, na forma de uma onça, com o gosto de carne na boca.

Ela gostava do ritmo das coisas em Iucatã, a força da temporada de chuva e a calmaria dos meses de seca. Ela se deliciava com o calor úmido que ainda fazia seu pai reclamar baixinho e se esconder no quarto para tentar se refrescar. Ela ia em busca do sol e passava as mãos pelos troncos das árvores.

Às vezes sentia que podia ficar deitada no *cenote* por anos e anos, paciente e silenciosa, e outras vezes ficava inquieta, um sentimento que não entendia e fazia que batucasse os dedos e encarasse as nuvens.

Naquele dia, quando chegou ao *cenote*, se perguntou qual seria a textura da neve. Estava quente, então era um pensamento estranho de se ter, mas foi justamente o calor que a inspirou. Ramona dizia que dava para esfriar o corpo se pensasse em coisas geladas, como jogar água no rosto. Carlota não acreditava nisso, mas se distraiu ao pensar em água e depois, neve. Se alguém olhasse para um floco de neve por um microscópio, veria uma série de triângulos, hexágonos e estrelas prateados. Era o que os livros diziam.

Enquanto estava deitada no chão com um braço sobre os olhos, tentou imaginar o gosto de gelo. Os livros não falavam do gosto da chuva ou do gelo, nem do cheiro de terra vermelha.

Ela poderia ter morado para sempre naquele buraco cheio d'água, deitada tranquilamente. Mas Montgomery chegou, com uma postura séria, e ela o seguiu, passou a mão na velha escultura de onça e então na roupa dele, seguindo a trilha em passos leves que quase não faziam as folhas estralarem, enquanto as botas pesadas de couro dele eram barulhentas em meio aos gravetos e às plantas rasteiras.

Ela gostava de Montgomery do mesmo jeito que gostava de um quati-de--cauda-anelada, um sapo-boi, cujo coaxar mais parecia um bezerro do que outros tipos de sapos, ou do canto da coruja, que Ramona dizia ser um mau presságio. Ela gostava de Montgomery porque ele era parte do seu mundo e ela amava tudo ali. Ele era como aquele caminho bem marcado.

Mas ele podia ser difícil, e às vezes ela queria enfiar as unhas nas mãos dele e deixar marcas. Lupe era assim às vezes também. Cachito não, ele era sempre gentil. Nem o pai. Ela nunca ficava chateada com o pai. Ela o respeitava demais e, se tinham um desentendimento, era Carlota quem rapidamente assumia a culpa, e nunca, nunca o doutor.

Ela deveria ser sempre dócil e gentil. Era assim que o dr. Moreau queria que sua filha fosse. Ela tentava cumprir essa expectativa. Mesmo assim, naquela manhã, havia dito coisas terríveis e sentiu que Montgomery a instigava a fazer isso.

– Sério? O que você acha tão empolgante na cidade? Que você pode perder todo o seu dinheiro jogando tute ou bacará? – perguntou Carlota.

– Um insulto por dia é o suficiente para mim, srta. Moreau – disse ele. – Dois é demais, ainda mais de estômago vazio.

Apesar de ser normal terem pequenas discussões, Carlota não queria magoar Montgomery e se arrependeu durante o caminho de volta. Quando chegaram a Yaxaktun, ele ficou no *portón* enquanto ela foi para o pátio. Lupe estava em pé ao lado das gaiolas e Carlota suspirou, se lembrando que também não tinha sido muito paciente com Lupe.

– Você se esqueceu de alimentar o papagaio antes de sair – disse Lupe.

– Posso fazer isso agora.

– Não precisa. Eu já fiz.

– Ainda está chateada comigo?

Lupe olhou para Carlota e apertou os lábios.

– Achei que *você* estivesse chateada *comigo*.

– Só por um minutinho.

Elas andaram em direção à casa, e Carlota sussurrou um "desculpa", que Lupe repetiu. Nessa hora, Montgomery passou correndo por elas e Carlota ficou surpresa ao ver que ele abriu o armário de vidro e pegou um dos fuzis. Mas o choque não foi essa surpresa, e sim quando Montgomery levantou a voz em um tom severo que fez o corpo de Carlota ficar tenso.

– Fiquem aqui dentro – disse ele com o fuzil em mãos, e ela se perguntou o que ele iria fazer.

Ela o seguiu em silêncio, se escondeu nas sombras perto da entrada e o ouviu falar.

Havia visitantes lá fora. Montgomery falou com aquele tom neutro que escondia sua irritação, como uma bainha esconde uma faca, enquanto os homens falavam com um tom alterado, cada vez mais alto. Ela lembrou que Montgomery tinha voltado a beber e isso a preocupou. A bebida podia mudar um homem e atrapalhar seu bom senso. E se Montgomery tivesse cometido um erro?

– Vá buscar meu pai – sussurrou para Lupe, que estava ao seu lado, ouvindo atentamente.

Ela conseguia imaginar o dedo de Montgomery tocando levemente o gatilho do fuzil e se sentiu obrigada a fazer algo. Carlota se aproximou. O nervosismo não transpareceu em sua voz, as palavras foram educadas.

– Cavalheiros, perdoem a intromissão, mas tomei a liberdade de acordar meu pai. O dr. Moreau se juntará a nós em breve – disse ela.

Havia seis homens, quatro montados nos cavalos e dois que estavam discutindo com Montgomery. A dupla estava bem vestida, como cavalheiros em uma ilustração. Um deles apertava o chapéu nas mãos e pareceu envergonhado assim que a viu. Ela percebeu a semelhança com o sr. Lizalde, mas os olhos do jovem eram verdes, e seus traços, mais delicados do que os do pai.

Em instantes, ela mudou a situação como quem joga um balde d'água em um incêndio. O cavalheiro de olhos verdes se aproximou e beijou a mão de Carlota, e o outro fez o mesmo logo em seguida. Ela os levou para dentro, para a sala de estar, que recebia poucos visitantes. O velho papagaio sarnento, preso na gaiola, soltou um grito de boas-vindas.

– Peço perdão pela apresentação nada ortodoxa. Meu nome é Eduardo Lizalde, e este é meu primo, Isidro – disse o belo rapaz quando ela se sentou, de mãos juntas sobre o colo.

Ele não havia falado durante a caminhada pelo pátio, mas ela reparou as olhadas que dera para os lados.

– É um prazer conhecê-lo. Porém, sinto que o senhor não deva a *mim* o pedido de desculpas. O sr. Laughton estava apenas protegendo nosso lar – disse ela.

Sua voz era firme, mas não havia nada malicioso ali. Ela não estava incomodada com a visita.

– Ora, mas é claro, peço perdão – respondeu o jovem de modo cordial, se virando para Montgomery e levando uma mão ao peito. – O dia foi cansativo e sinto dizer que o calor me afetou.

Montgomery não falou, apenas abaixou o fuzil e cruzou os braços.

Carlota acenou com a cabeça, aceitando o pedido de desculpas mesmo que Montgomery não tivesse dito nada.

Os dois homens eram bonitos e elegantes, de roupas escuras. A postura deles era ereta, e não desleixada como a de Montgomery, que estava apoiado na parede. Ela conhecia poucos homens. Além dos membros da casa, havia os homens dos livros, de romances de piratas. Homens criados por Justo Sierra

O'Reilly, Eligio Ancona e Sir Walter Scott. Seu mundo estático estava sendo invadido por um outro tipo de homem.

Eduardo Lizalde a fitou com seus olhos verdes brilhantes e Carlota baixou o olhar para as mãos.

– Cavalheiros, um bom dia – disse o pai quando entrou na sala.

Ela sentiu o olhar de Eduardo desviar, ouviu-o se virar para seu pai enquanto falava, pedir desculpas mais uma vez, se apresentar, tudo enquanto ela mantinha os olhos voltados para as próprias mãos. Quando Eduardo Lizalde beijara sua mão, ele se atrapalhara. Seus lábios tocaram em seu pulso por um segundo. Ela tocou aquele ponto.

– Bom, caro senhor, Isidro e eu estivemos fora e voltamos recentemente. Meu pai achou que poderíamos nos familiarizar com nossas terras e perguntou se gostaríamos de visitar as *haciendas* da região, ver como estão indo, já que ele não pode fazer isso com frequência. Há muito a ser resolvido em Mérida. É por isso que acabamos nos alojando em Vista Hermosa.

– E como exatamente vieram parar em Yaxaktun? – perguntou Montgomery.

Carlota olhou para ele. Ainda encostado na parede, de braços cruzados e cenho franzido.

O papagaio estava fazendo barulho, aparentemente empolgado com a presença de desconhecidos. Gritava palavras terríveis que aprendera com Montgomery. Carlota se levantou e passou os dedos pelas barras da gaiola, para acalmá-lo. *Quieto*, pediu ela. *Quietinho, passarinho*.

– Como disse, sr. Laughton, havia rumores de que um grupo de índios rebeldes foi visto perto da minha *hacienda*, e pareciam estar vindo nessa direção, por isso pedi trabalhadores para nos ajudar.

– Não somos uma *hacienda* aqui, e sim um sanatório. Não temos trabalhadores comuns. Talvez seu pai não tenha lhe informado disso.

– Meu pai disse que faziam pesquisas aqui. Tuberculose, eu acho – disse Eduardo, com uma voz amigável, enquanto Montgomery estava sendo grosseiro. – Mas deve haver pessoas para cuidar dos doentes.

– O sr. Laughton e eu cuidamos de Yaxaktun, com a ajuda da minha filha – disse o pai dela, sentando-se em seguida. Ele gesticulou para Carlota se juntar a si. Ela se sentou e ele segurou sua mão. – Temos uma cozinheira e dois jovens que ajudam a cuidar dos animais.

Essa era a mentira que seu pai e Montgomery contavam para todos os desconhecidos. Ninguém poderia saber sobre os verdadeiros moradores de

Yaxaktun. Ela supôs que deveria considerar aqueles jovens como desconhecidos, mesmo que tivessem relação direta com o patrono.

– Tão pouca gente assim? Não têm medo? Os índios estão se aproximando destas terras.

Uma brisa soprou as cortinas brancas e Montgomery mudou de posição. O papagaio gritou mais uma vez, alto, mas sem palavras.

– Não seríamos nada interessantes para eles – respondeu Montgomery. – Eles podem até seguir pela estrada principal, mas nos deixariam em paz. É por isso que não recomendo que abra caminho até Tórtola. Chegaria a lugar nenhum ou ficaria ao alcance de pessoas que não quer encontrar.

– Os índios são agressivos, mas não são páreos para homens corajosos com armas de fogo – disse Isidro.

– Vejo que passou pouco tempo em Iucatã. Deve ter sido criado em Mérida e depois, o quê, Cidade do México? – perguntou Montgomery.

– Claro.

– Então não conhece bem a península. Os rebeldes maias estão no leste por um bom motivo. Eles conhecem a terra, são corajosos e são guiados pela fé de seus líderes. Eu não mexeria com um vespeiro e não iria perturbá-los.

– Iucatã seria dividida em dois se o governo mexicano fizesse o que sugere. Precisamos que o presidente Díaz mande mais soldados para dar um jeito nesses índios insurgentes.

– Duvido que isso vá acontecer.

– Não me impressiona que um inglês pense dessa forma – disse Eduardo. – Afinal, vocês, ingleses, fazem comércio com eles. Sr. Laughton, o motivo de virmos para Yaxaktun não é apenas pela ameaça de rebeldes, mas porque ouvimos dizer que os índios consideram esta fazenda um lugar amigável. Que eles têm feito trocas aqui, recebido suprimentos e ajuda.

– Isso sim é mentira, e me pergunto quem teria inventado tal coisa.

– Vista Hermosa pode não ser próxima, mas as pessoas ouvem histórias. Dizem que Juan Cumux anda por estas bandas como se fosse dono da terra.

Cumux era um nome que sempre deixava Carlota nervosa. Ele era um general e, apesar de não ser tão poderoso ou reconhecido como outros rebeldes, como Bernabé Cen e Crescencio Poot, comandava homens o suficiente para chamar a atenção das pessoas e fazer que rezassem para não se aproximarem. Ele já circulava por ali havia anos, desde antes de Montgomery chegar a Yaxaktun; e, enquanto Melquíades resmungava xingamentos ao falar dele, Ramona ficava em silêncio. Ela sempre dizia que era melhor não falar de coisas ruins para não atraí-las.

– Um homem desses não seria bem-vindo em nossa casa. Com certeza deve ter se enganado.

– As pessoas fofocam às vezes, eu admito – disse Eduardo com uma careta no rosto. – Mas preciso ser cuidadoso com minhas terras e não conheço o senhor nem os habitantes de Yaxaktun.

– Não temos muito interesse em conhecê-lo, senhor, pela forma como é insistente e conta calúnias veladas – disse Montgomery.

– Se soubesse que Cumux estava nas redondezas, acho que morreria de tanto medo – disse Carlota, o que não era verdade, mas ela não queria que Montgomery e Eduardo começassem a se bicar de novo, como os galos nos quais Montgomery apostava quando ia para a cidade.

Ela olhou para o jovem com uma expressão tímida, na esperança de distraí-lo.

– Milady, isso seria uma tragédia – respondeu Eduardo, e um sorriso rápido se formou em seus lábios, dissipando a careta. Em seguida, ele se virou para o pai dela. – Perdoe-me de novo. Não acredito que haja motivo para incomodá-los mais do que já fizemos. Devemos partir agora.

– Fico feliz que o assunto tenha se resolvido – disse o doutor ao se levantar e estender a mão para cumprimentar Eduardo.

– Lamento que tenhamos nos conhecido dessa forma. Gostaria de ter enviado uma carta para me apresentar quando cheguei. Agora vão todos achar que sou terrivelmente rude.

– Não, claro que não. Mas devem vir nos visitar de novo. Talvez ficar por alguns dias. Por ter morado na cidade, devem estar acostumados com esse tipo de visita, e o isolamento aqui deve ser exaustivo.

– Estivemos bem confinados, admito – disse Isidro. Ele não era tão belo quanto o primo, mas tinha um sorriso agradável, que virou para Carlota. – Sentimos muita falta de música. A senhorita toca piano, srta. Moreau?

Ele gesticulou para o piano e ela confirmou com a cabeça.

– Um pouco. Meu pai me ensinou.

– Ela também canta – complementou seu pai.

– Então precisamos voltar – disse Eduardo. – Seria um prazer ouvir uma dama cantar.

Apertaram as mãos mais uma vez, e Carlota se levantou. O papagaio na gaiola finalmente se cansara, parando de rir e fazer barulho.

– Posso levá-los até a porta? – perguntou Carlota.

Quando ela começou a andar, Montgomery a seguiu, como sua própria sombra, a três passos atrás dela e dos visitantes.

Isidro andou à esquerda, e Eduardo, à direita. Ela andava com tranquilidade, para olhar melhor os dois. Eles não faziam parte de Yaxaktun, nem do mundo dela, então a novidade era empolgante, e havia algo no jeito como Eduardo olhava para ela que fazia Carlota apertar a palma da mão contra a barriga, só por um segundo, sentindo o tecido macio sob os dedos. Quando ela era criança, tinha medo de homens adultos, medo do que faziam com as pessoas. Porém, ela rapidamente perdera esse medo com Montgomery, pois sabia que ele nunca tocaria nela.

No entanto, Eduardo tinha um olhar faminto e, quando chegaram à entrada, pegou a mão de Carlota e a beijou de novo, deixando-a corada.

– Desculpe-me por tê-la incomodado. Foi muito audacioso da nossa parte. Mas fico feliz por nos conhecermos e, se eu soubesse que a filha do dr. Moreau era tão bela assim, teria vindo antes. Se eu não tivesse sido tão cabeça-dura, talvez este encontro pudesse ter sido mais agradável – disse Eduardo, ao soltar a mão dela. – Não vai guardar uma má impressão de nós, vai?

– Não, senhor. Foi um mal-entendido.

– Que gentileza; me sinto menos envergonhado – respondeu em voz baixa e com um sorriso gentil apenas para ela, depois ergueu a cabeça e olhou para Montgomery. – Sr. Laughton, peço desculpas mais uma vez. Tenham um bom dia.

Os homens montaram nos cavalos e em seguida foram indo embora. Ela os viu sumir no horizonte.

– Me pergunto se vamos vê-los de novo – disse ela.

– Pode ter certeza que sim, apesar de eu esperar que seus cavalos tropecem e eles quebrem as costas.

Ela se virou, chocada.

– Montgomery! Que coisa horrível de se dizer!

– Eles são homens rudes e mentirosos. O que espera que eu faça? Escreva poemas?

– Eles pediram desculpas, e eu ouvi muito bem quando você latiu para eles como um cachorro louco.

– Um cachorro louco. Ora, ora, pelo visto devem ter causado uma boa impressão, para você os defender assim. De qual deles gostou mais? Do jovem de olhos verdes e cabelo bonito? Ou do de olhos castanhos e dentes retos?

Ela não falou nada, ciente da armadilha em que poderia cair, e ainda assim Montgomery deu um sorriso malicioso e se apoiou contra o batente da porta para encará-la.

– O de olhos verdes, então. Acertei?

Ela deu uma cotovelada nele quando passou pela porta, mas continuou quieta.

– Acredite em um cachorro que reconhece outros cachorros: aquele ali ladra e morde.

– Você é impossível! Pare com isso! – gritou ela, enfim.

A risada alta dele foi como levar um tapa na cara, então ela cruzou o pátio com pressa, sentindo as bochechas pegarem fogo. Quando entrou, se sentou em uma cadeira de couro ao lado de uma janela aberta, olhando para fora, para as plantas nos vasos e a fonte d'água, até seu rosto parar de arder e ela conseguir respirar com calma. Cinco, seis, sete. Contar até dez e esperar. Fortes emoções não faziam bem, era o que dizia o pai. Devia manter a calma. A doença da infância não a afetava mais, mas antigamente ela tinha tonturas e seu coração palpitava. Seus primeiros anos de vida foram terríveis e febris.

Lupe apareceu por detrás de Carlota. Ela conhecia seus passos, que eram cautelosos, e diferentes dos passos lentos e pesados de Ramona e da passada rápida de Cachito.

– Eles já foram? – perguntou Lupe.

– Já foram, sim. Não precisa se preocupar com eles.

– Do que vocês falaram quando estavam na sala de estar?

– Disseram que havia um grupo de indígenas que roubavam *haciendas* à solta, e que alguém em Yaxaktun estava dando suprimentos para Juan Cumux. Quase acusaram Montgomery de ajudá-lo.

– Não ficaria surpresa se Montgomery estivesse vendendo mantimentos para Cumux.

– Por que diz isso? – perguntou Carlota, se virando para Lupe; e a menina deu de ombros.

– Ingleses vendem balas e pólvora, todo mundo sabe. E Montgomery é inglês e sempre precisa de dinheiro para beber. Ramona disse que ele tem uma doença na alma, sempre à procura de aguardente para se afogar.

Aquilo era verdade, e não era apenas aguardente. Conhaque ou uísque, ou qualquer coisa. Ultimamente, ele estivera firme e decidido a largar o hábito, mas naquela manhã ela o olhou nos olhos e viu os sinais de sempre: era verdade, ele estava bebendo de novo. Ele era o próprio culpado, mas o pai de Carlota também, por permitir isso, por permitir que Montgomery e os híbridos bebessem seu estoque.

O pai não fazia nada; e Montgomery ia e voltava do seu estado de embriaguez, uma época saudável e bem, outra tendo uma recaída. Mas será que Montgomery era um perigo para eles? Ele se machucava, mas nunca machucava outros.

– Talvez ele esteja nos protegendo, sendo gentil com o *cruzob* – disse Lupe, como se lesse os pensamentos da amiga. – O deus deles fala com eles por meio de uma cruz, sabia? Ele realmente fala, não é tipo o Cristo na capela ou a caveira do burro.

Havia um prédio nos fundos, perto da cabanas, onde alguém pregara uma caveira de um burro em uma parede. Ramona dizia que já estava lá quando ela chegara em Yaxaktun e, naquela época, os trabalhadores que faziam algo errado iam lá e o burro sussurrava quantas chibatadas deviam receber pelo que fizeram. Lupe e Carlota tinham medo daquilo quando eram crianças.

– Uma cruz não pode falar – disse Carlota. – É ventriloquia.

– Ramona disse que pode, sim.

– Você acha que sabe de tudo, mas não sabe.

– Nem você.

Ela se levantou em um pulo, empurrando a cadeira para trás.

– Vou ver se meu pai precisa de mim.

– Não fale para ele o que eu disse sobre Montgomery. Se ele achar que Montgomery é desleal, vai demiti-lo, e vamos ter um novo *mayordomo* enfiando o nariz onde não é chamado. Pelo menos Montgomery nos deixa em paz e não fica pisando forte e gritando como aquele homem de hoje.

– Que homem?

– Aquele sr. Eduardo.

– Você escutou tudo? Por que perguntou do que falamos se estava espiando? – perguntou Carlota, indignada.

Lupe era mais esperta do que isso. Ela deveria ficar longe de visitantes, não arriscar que a vissem. Quando cobria a cabeça e o rosto com um *rebozo*, Lupe parecia humana. Ela não tinha o andar estranho dos outros híbridos.

Porém, sem nada sobre o rosto, era fácil ver a pelugem castanho-avermelhada em seu rosto e reparar os olhos pequenos e castanhos, que eram muito próximos. Seus traços lembravam os de um jaguarundi, e qualquer um ficaria em choque de ver seu rosto. Os outros híbridos eram ainda mais marcantes.

– Eu ouvi um pouco – admitiu Lupe e deu de ombros.

– Ele não gritou.

– Você é surda, Loti.

Carlota saiu marchando da sala. Parecia que todo mundo estava cruel e louco naquele dia, e sem motivo. Ela queria ter ficado descansando no *cenote*, talvez até nadar no fundo, sentir a água gelada na pele.

CAPÍTULO 8

MONTGOMERY

Montgomery andou rápido, indo para trás da parede divisória de pedra, para a área onde ficavam as cabanas dos híbridos. Elas eram feitas da forma tradicional da região, com um teto de *palma de guano* que suportava as chuvas e que era trocado depois de alguns anos. Além delas, havia outras construções lá atrás. Uma delas era uma estrutura de madeira que guardava o equipamento que, em outra época, fora usado para moer cana-de-açúcar. O mais importante era que ali estava a azenha e os burros que faziam a água fluir. Eles trocavam os bichos para que não ficassem exaustos. Um burro não devia trabalhar mais do que três horas pela manhã e três à noite.

O sistema de água da *hacienda* havia sido um dos seus primeiros projetos em Yaxaktun, e ele sentia orgulho das melhorias que havia feito. E do trabalho dos híbridos que limpavam o terreno, mantinham os canais de irrigação limpos e cuidavam das estradas para que a mata não atrapalhasse seus esforços.

Em vez de produzir cana-de-açúcar, eles criavam porcos e galinhas e cultivavam uma pequena variedade de legumes. Em março, plantavam chufa; em maio, *chayotes* e tomates; junho era a época de feijões e milho. Cada mês do calendário tinha suas tarefas, desde cortar madeira até a colheita cuidadosa de mel. A terra ditava o ritmo, como um metrônomo. Esse trabalho seria motivo de piada para qualquer *hacendado*, que diria que essas práticas agrícolas eram para pobres camponeses e que era possível ganhar dinheiro de outras formas, mas Montgomery gostava da operação e da autossuficiência que sentia. Ele gostava de alimentar os animais e de cuidar dos poucos cavalos que tinham. Além do mais, eles precisavam trabalhar. Lizalde pagava por curativos, suprimentos médicos e as coisas do laboratório de Moreau, mas o dinheiro dele nunca seria suficiente para alimentar 29 híbridos, ainda mais os maiores, como Aj Kaab e Áayin.

Ele parou por um segundo e refletiu sobre as conversas com os jovens e a reação de Carlota a eles. Montgomery a provocara sobre os rapazes porque ela havia sido cruel com ele mais cedo. Porém, pensando melhor, ele não deveria ter implicado com ela. Será que devia pedir desculpas? Por outro lado, era algo tão pequeno, e ele se sentiu envergonhado de se imaginar caindo de joelhos e pressionando o chapéu contra o peito para pedir o perdão de uma dama. Se ela recusasse o pedido de desculpas, doeria. Ele decidiu que o que precisava fazer era passar menos tempo pensando em Carlota Moreau, e mais em outra coisa, qualquer que fosse.

Era abominavelmente difícil. Quando começava a pensar em Carlota, era quase impossível parar.

– Bom dia, Montgomery – saudou Cachito, aparecendo atrás dele.

Apesar de ter chegado à maturidade, Cachito mal chegava à altura do peito de Montgomery. Ele era magro e rápido, e sua pelugem era amarelada, mais escura perto das orelhas, com manchas como as de uma jaguatirica. Ele tinha uma voz jovem, quase sempre animada. Era mais simpático do que Lupe e mais fácil de lidar do que Carlota, que podia ir de gentil a maldosa em um piscar de olhos. A menina era uma imperatrizinha mimada.

– Bom dia para você também – respondeu Montgomery, grato pela interrupção. – Estamos atrasados, mas é melhor trazermos a mesa para fora.

– Estávamos esperando – disse Cachito, ansioso.

Às sextas, todos os híbridos recebiam suas injeções e um comprimido, que ajudava a acalmar o estômago, já que a injeção lhes dava mal-estar. Sem essa rotina, eles morreriam. Porém, a empolgação de Cachito tinha mais um motivo. Juntamente com o tratamento que Moreau dava aos híbridos, ele também administrava uma substância que os deixava em um estupor agradável. Montgomery havia visto homens que consumiam ópio com a mesma expressão vazia no rosto e não tinha dúvidas de que era a mesma coisa. Isso os deixava calmos, como se fosse um álcool que o doutor deixava os híbridos beber toda semana.

Montgomery não julgava o médico por nada disso. Ao longo dos anos ele vira como os híbridos contorciam o corpo, as dores que suportavam. As criaturas produzidas pelos experimentos de Moreau não eram completas, ficavam doentes, geralmente morriam jovens. Tinham problemas de pulmão ou arritmia. Como o doutor havia percebido, eles não podiam se reproduzir, mas, mesmo se conseguissem, Montgomery duvidava que as proles viveriam.

Ele nunca quisera filhos. Fanny não gostava disso. Ela sonhava em ter uma grande família. Montgomery tinha medo de que seus filhos puxassem a ele, que fossem bêbados e fanfarrões. Ou pior, que tivessem os traços de Elizabeth. Que descoberta terrível seria ver o rosto da irmã mais uma vez, assombrando-o durante o dia.

Fazia três anos que o doutor não criava novos híbridos. Montgomery era grato por isso, pois lembrava-se de algumas das criaturas que tivera que enterrar. Coisas frágeis embrulhadas em tecido, que descansavam em um cemitério improvisado. Ramona acendia velas por eles e Carlota rezava. Montgomery não dizia nada.

– Que horas o doutor vai vir? – perguntou Cachito.

– O dr. Moreau já vai chegar, sem dúvidas – murmurou Montgomery.

– Talvez você possa pedir a ele que nos dê uma garrafa de rum depois.

– Hoje é sexta, e não sábado, e está cedo demais para beber – disse ele, se sentindo um grande hipócrita, porque às vezes ficava bêbado logo cedo de manhã.

– Não é por diversão. Aj Kaab está com dor de dente.

Aj Kaab tinha duas fileiras de dentes que nunca paravam de crescer, e, se não fossem arrancados, poderiam perfurar seu crânio. Ele era o híbrido mais velho, tinha a voz grossa e a pele acinzentada. Nascera antes de Lupe e Cachito; portanto, tinha mais deformidades. Depois vinha Peek', que ultimamente parecia ser só pele e osso. Áayin era uma criação mais velha também, e sua pele de jacaré vivia descamando. A maioria dos híbridos usava roupas. No caso de híbridos com a aparência mais humana, como Cachito e Lupe, usavam roupas normais. Já outros tinham formatos diferentes de um corte normal, ou mãos deformadas, que não conseguiam fechar botões e laços. Áayin, por exemplo, tinha uma cauda longa e sentia coceira com a maioria dos tecidos. Carlota fervia *chaal che'* para esfregar o líquido nas costas dele.

– É melhor o doutor dar uma olhada nesse dente. Vou avisá-lo – disse Montgomery, parando para olhar os porcos pretos cochilando em seu chiqueiro enlameado.

Porco era um prato comum em Iucatã, mas o doutor os usava para seus experimentos, então era mais provável que Moreau e a filha jantassem peru ou peixe. Os híbridos tinham uma dieta quase completamente vegetariana, com exceção de frango às vezes. Quando Montgomery saía para caçar, talvez comessem outra coisa.

Ele não caçava com frequência e, quando ia, Ramona sempre fazia uma oferenda aos aluxes, para que a caçada fosse boa. Ramona havia crescido em uma cidade pequena, onde seguiam as tradições de *primicias*, não em um centro em que as pessoas esqueceram das coisas. Então, ele seguia a tradição, para agradá-la, e até pedia sorte para as pedras. Ramona levava aquilo muito a sério, e os outros obedeciam da mesma forma que obedeciam aos sermões de Moreau.

Lupe era a única que não era devota.

Cachito se aproximou da cerca.

– Ouvi dizer que um dos Lizalde apareceu aqui hoje.

– Foi Lupe ou Carlota quem contou?

– Estamos devendo para eles, Montgomery? É como a *nohoch cuenta*? – disse Cachito, em vez de lhe dizer um nome.

Os donos da *hacienda* controlavam seus trabalhadores de duas formas. A dívida pequena era quando compravam produtos na *tienda de raya*. Já a dívida grande acontecia quando se casavam ou enterravam alguém; o dinheiro emprestado cobria todos os gastos da igreja e da prefeitura. Escravidão era proibida por lei. Na prática, uma anotação de um *mayordomo* em um registro, indicando o valor do débito, era garantia de que os trabalhadores nunca fossem livres. Não havia *tienda de raya* em Yaxaktun, nem registro onde ele anotava coisas; logo, o comentário era estranho.

– Por que você acha isso?

– Carlota lê as cartas do doutor para ele quando está cansado.

– Você e Lupe passam o dia todo ouvindo conversas atrás da porta – disse Montgomery. – Como você poderia ter dívidas com Lizalde, se nunca o conheceu?

– Bom... *você* deve para ele.

– Porque eu sou idiota. Ao contrário de você, que é inteligente.

– O doutor está devendo também. Foi o que eu entendi atrás da porta.

– Vamos buscar a mesa – disse Montgomery, porque não pretendia discutir a situação financeira de Moreau com Cachito.

Eles trouxeram a mesa para fora e a colocaram na frente de uma das cabanas. Não demorou muito para o doutor e a filha aparecerem; ela vinha carregando a bolsa dele com os materiais, enquanto ele se apoiava na bengala.

Carlota colocou os instrumentos de que precisariam na mesa. Ela se certificou de manter os olhos na tarefa e não olhar para Montgomery, o que o fez entender que ainda estava chateada.

Os híbridos formaram uma fila para receber os medicamentos, os mais novos primeiro. La Pinta, Estrella e El Mustio estavam na frente da fila, magros, de rostos retos, criaturas que lembravam cachorros, pequenos e pouco marcantes quando comparados com outros espécimes, já que havia uma variedade de corpos e animais ali.

Moreau, atacado por um surto de criatividade, tinha criado híbridos peludos com ombros curvados e braços curtos, assim como criaturas simiescas cujas juntas das mãos se arrastavam no chão quando andavam, com costas curvas. Ele criara um híbrido pequeno que tinha os olhos arregalados e pequenos e a língua grande de um jupará, outro com as manchas e pintas de uma paca e um terceiro com as orelhas pequenas e a carapaça dura e listrada do tatu. Havia aqueles com orelhas deformadas e mandíbulas protuberantes, além de pelugem arrepiada que quase escondia olhos pequeninos. Era uma mistura confusa de presas, pelo e escamas, mostrando a flexibilidade de ossos.

Mesmo assim, apesar de tanto mexer com sua composição, era possível identificar o animal de origem: Cachito e Lupe claramente lembravam felinos, e era possível reconhecer em outros rostos uma raposa e um quati brincalhão. Parda tinha um focinho de lobo e andava a passos largos, Weech era pequeno e flexível, enquanto outros andavam arrastando os pés ou mancando e tinham dificuldade para respirar.

No começo, Montgomery ficara surpreso com os problemas, e até preocupado com os andares estranhos. Ele achou que eram criaturas que vinham de lendas, seres que podiam pertencer a manuscritos medievais, produtos da imaginação delirante de um escrivão. Ou então, eram os monstros que habitavam os limites dos mapas. *Hic sunt dracones*!

Depois de tantos anos, porém, Montgomery considerava esses híbridos simplesmente como moradores de Yaxaktun.

Então, eles se alinharam, ele implicou com El Rojo por tentar furar a fila, como El Rojo sempre fazia, deu um tapinha no ombro de Peek e conversou com Cachito.

Era mais uma semana normal, só que não. Montgomery pegou um cigarro e acendeu. Observou o doutor trabalhar e ficou pensando sobre os rapazes que apareceram ali, e, quanto mais pensava nos idiotas intrometidos, mais irritado ficava.

Mais tarde, quando todos os híbridos foram dispensados e voltaram para as cabanas, Montgomery ajudou Carlota a recolher as coisas do doutor e levar para dentro. A menina não demorou nem um segundo a mais do que o necessário no laboratório e saiu.

Montgomery sabia que estava prestes a receber uma bronca, e talvez a menina soubesse também. Ou então a raiva teimosa de Carlota tivesse feito ela sair, porque geralmente ela gostava do laboratório e várias vezes eles passavam uma boa hora ali, limpando e organizando os materiais de Moreau. Às vezes, ele mostrava para ela como se tirava a pele de um animal e se montava um espécime.

– Está comprando briga com nossos vizinhos porque está entediado, Laughton, ou tem algum outro motivo para seu espetáculo de hoje?

– Estava tentando me livrar deles o mais rápido possível. Teria conseguido, se sua filha não tivesse atrapalhado.

– Então é culpa de Carlota? – perguntou o doutor com a voz impaciente.

– Não, senhor. Apenas disse que não precisava da ajuda dela, mas percebi que errei. Talvez o senhor deva mandar uma carta para os rapazes Lizalde, para não virem nos visitar. Podemos inventar algo para que fiquem longe.

O doutor examinou uma garrafa com um líquido amarelo e segurou contra a luz.

– E por que eu faria isso?

– Eles não entendem o trabalho do senhor.

– Não entendem. Eles acham que eu gerencio um sanatório para pobres – disse o doutor enquanto colocava a garrafa de volta na prateleira.

– É melhor escrever a carta, senhor. Posso levá-la amanhã. Se eles nos visitarem, podem descobrir a verdade. E, para ser sincero, senhor, parecem ser o tipo de homens que demonstrariam um interesse excessivo na sua filha.

– Espero que sim – falou Moreau com um tom firme que pegou Montgomery desprevenido.

– Senhor? – perguntou Montgomery, confuso.

– Lizalde está impaciente e cansado de mim. Há anos que prometi resultados e não tenho nada para mostrar.

– Mas os híbridos existem – protestou Montgomery.

– Sim, existem, sim, mas nós dois sabemos como podem ser frágeis – disse o doutor, sorrindo. – Em tudo o que faço, ainda há algo que me faz fracassar. Nunca alcanço aquilo que sonhei. Membros tortos, doenças que surgem... meu trabalho é repleto de erros. Uma vez cheguei perto da perfeição e... Bom, não é um sucesso que posso replicar.

Sem dúvida se referia a Lupe e Cachito, que eram fortes, ágeis e espertos. O restante das criaturas de Moreau era lamentável. As mais velhas eram mais deformadas, mas as mais jovens tinham seus problemas também.

– Todo dia, vejo mais falhas, imperfeições que não deveriam existir – continuou Moreau. – Mesmo que tivesse mais três décadas, não acho que poderia resolver esse quebra-cabeça. Mas não tenho três décadas; não tenho nem um ano. Lizalde está de saco cheio. Para ele, Yaxaktun é um pousio que poderia ser mais bem utilizado, e meu projeto perdeu seu brilho. Escrevi para ele, mas está inflexível. Nossas reservas estão acabando e ele provavelmente não vai nos mandar mais dinheiro ou materiais.

Então Cachito tinha razão. O doutor estava no meio de uma crise financeira e Montgomery não sabia de nada. Ele não gostava de segredos ou truques, mas, antes que pudesse reclamar, o doutor voltou a falar.

– É por isso que a chegada dos jovens Lizalde parece ter sido um presente dos céus. Montgomery, eles podem ser a nossa salvação.

– Não entendo.

– Carlota. Ela não é jovem e bela? Se um deles a cortejar, podemos sobreviver a este momento difícil. Eles não irão nos expulsar e, se ela se casar, tudo estará garantido.

Ah, então esse era o plano! Em vez de arrastar Carlota para Mérida para procurar um marido, parecia que o doutor tinha decidido que o marido havia aparecido na sua porta. Fazia sentido. A irmã dele se casara aos dezoito anos. Ele mesmo tinha 21 no dia do próprio casamento. Montgomery se casara por amor. Carlota casaria por uma fortuna. Talvez ela não se importasse. Fanny tinha uma paixão por coisas refinadas e, quando um marido podia comprar pérolas, muitos defeitos eram perdoados, como ficara óbvio em seu segundo matrimônio, com um homem mais rico.

– O senhor já conversou sobre isso com sua filha?

– Não. A decisão não é dela – disse Moreau, com um olhar decidido e calmo.

Era verdade, já que a lei apoiava a abordagem de Moreau. Mesmo quando uma mulher chegava à maioridade, aos 21 anos, ela não poderia morar fora da casa do pai sem permissão por escrito, nem fazer praticamente nada sozinha. Logo, mesmo que Carlota não concordasse com o plano do pai, ela não poderia se libertar dele. Porém, ele ainda achava insensível nem ao menos informar a menina que ela seria apresentada e vendida para dois cavalheiros como um cavalo de raça.

– Se eles vierem nos visitar, você precisa ser gentil com eles. Não se preocupe com minha filha, vou me certificar de que ela vai se comportar. Chega de brigas com esses jovens, entendido?

– Entendido, senhor – respondeu Montgomery com a voz neutra.

Naquela noite, Montgomery se sentou no quarto, se serviu de um copo de aguardente e pensou de novo em Fanny. Ele não pensava nela havia um tempo. Nos primeiros meses após a partida dela, ele bebia para esquecê-la, mas o tempo havia feito seu trabalho e ele já não se lamentava tanto quanto antes. Suas cartas imaginárias se tornaram mais raras. De que servia escrever apenas na mente? Porém, naquela noite, ele se pegou formando mais uma.

Somos todos mercadorias em Yaxaktun. Produtos a serem vendidos e trocados. Nossos preços variam, é claro. Carlota Moreau vale ouro e rubis. Duvido, porém, que um homem como Eduardo Lizalde vá entender isso. Não deem o que é sagrado aos cães nem atirem suas pérolas aos porcos; caso contrário, estes as pisarão e aqueles, voltando-se contra vocês, os despedaçarão.

Ele bebeu a aguardente e fechou os olhos. Havia passado tempo demais naquele lugar. Devia ir embora. Ele havia conseguido atingir um estado de paz, mas a chegada dos Lizalde era um sinal. Se ele continuasse ali, enlouqueceria como Moreau, que passava os dias obcecado na busca por um segredo que nunca teria.

CAPÍTULO 9

CARLOTA

Ela alimentou o papagaio e sussurrou uma musiquinha para o bicho. Quando terminou de cuidar dos pássaros, pegou a maleta médica do pai e foi em direção às cabanas. O dr. Moreau deveria ter dado uma olhada nos dentes de Aj Kaab no dia anterior, mas ele estava, mais uma vez, sendo negligente com suas tarefas e, mais uma vez, Carlota decidiu ajudar. Aj ts'aak yaaj, o curandeiro, era como os híbridos chamavam seu pai no idioma maia, repetindo os ensinamentos de Ramona. Porém, era Carlota quem estava sempre preocupada com o cuidado dos dentes, ossos e membros deles. Ela não se incomodava com o trabalho. Na verdade, gostava dele. Gostava de se manter ocupada; gostava de ajudar os outros.

Aj Kaab ainda estava sonolento quando ela o chamou naquela manhã de sábado. Era realmente cedo, antes da missa ou do café da manhã, mas era melhor resolver logo esse tipo de coisa. Aj Kaab bocejou e se espreguiçou enquanto Cachito arrastava uma cadeira e a mesa para fora da cabana. Carlota colocou a maleta sobre a mesa e foi encher uma jarra d'água, para lavar as mãos e enxaguar a boca de Aj Kaab.

– Aposto que ele vai gritar e fazer escândalo de novo – disse K'an.

Ela era uma criatura magra com membros compridos e pelugem amarelada que lembrava um macaco, mas também havia traços de lobo em seu focinho longo.

– Vou dar uma dentada no seu rabo – resmungou Aj Kaab.

– Ei, não briguem – disse Carlota, balançando a cabeça e tocando no braço de Aj Kaab. – Abra bem a boca, por favor.

Ele obedeceu e mostrou a boca. Os vários dentes eram afiados, mas ela não hesitou ao passar os dedos pela mandíbula e cutucar de leve onde doía.

Ela encontrou o dente que o incomodava. O problema não era tirá-lo, e sim diminuir a dor. Para isso, ela precisava usar éter, que havia colocado em um lenço. Como já tinha feito esse procedimento várias vezes, ela terminou rápido e o dente longo foi colocado em um prato. Depois, ela encheu o espaço vazio com gaze cheia de iodofórmio. Não ia demorar muito para o novo dente nascer.

– Como você está, K'an? – perguntou Carlota. – Precisa de algo?

– Meu pulso está dolorido – respondeu K'an.

– Pfff! Enrola bem e amanhã vai estar boa – disse Aj Kaab. – É sempre assim, pulso torcido, tornozelo torcido. K'an é feita de vidro.

– E você é fedorento, grande e rude – respondeu K'an, chateada.

– Eu sou do tamanho que preciso ser – disse Aj Kaab, enchendo o peito.

– Vou dar uma olhada – disse Carlota.

Os ossos de alguns híbridos eram frágeis e, apesar de Carlota suspeitar que fosse uma torção, poderia ser uma fratura e, nesse caso, a pior coisa seria não colocar uma tala. O pai dela dizia que mesmo um médico bem treinado podia confundir uma fratura de Pouteau-Colles com uma torção no pulso; e a anatomia específica dos híbridos, assim como a pelagem deles, dificultava alguns diagnósticos. Ainda assim, Carlota nunca tinha errado um tratamento.

Enfim, Carlota decidiu que K'an tinha mesmo uma torção, e uma tipoia de couro seria o suficiente para descansar o punho.

Quando terminou suas tarefas, Cachito serviu água da jarra numa tigela e Carlota lavou as mãos de novo.

De canto de olho, ela viu Montgomery passar. Ele também havia se levantado cedo e estava fazendo suas tarefas. Ela fingiu que não o vira. Ele havia rido às custas dela no dia anterior e ela não queria lhe dar outra chance de fazer isso.

O de olhos verdes, ele dissera. E como ele poderia saber de qual cavalheiro ela havia gostado? Mas ele tinha razão: ela gostava dos olhos de Eduardo.

Carlota juntou os instrumentos médicos e voltou para casa. Na cozinha, a bandeja do pai estava pronta. Às vezes, Carlota cortava uma flor e oferecia ao pai junto da torrada e da geleia. Era um detalhe bonito. Contudo, ela estava com pressa, então dessa vez um sorriso teria que ser o suficiente.

Ela andava com passos confiantes e rápidos, e bateu uma vez à porta antes de abrir e entrar. Com cuidado, colocou a bandeja na mesa de cabeceira e puxou as cortinas brancas, para então abrir as portas francesas e deixar a brisa entrar, além de oferecer uma vista para o jardim do pátio. À noite, era possível ficar em pé no pátio e olhar para cima, para o recorte retangular do céu, e observar as estrelas, mas, durante o dia, o sol banhava as trepadeiras crescendo nas paredes e fazia os azulejos da fonte brilharem. Luz, ar e água misturados criavam um mundo de encantos.

– Trouxe seu café da manhã – disse ela. – E não me diga que não está com fome.

– Não estou – disse o pai, se sentando na cama.

O bigode dele era branco, e o cabelo escuro tinha perdido quase toda a cor. Quando se movia, era mais devagar, apesar de ainda ter uma certa força no corpo, que sempre fora firme como um carvalho. Ele não gostava quando Carlota fazia tanto caso ao seu redor e se sentia ofendido com os gestos carinhosos dela. Ele gostava de lembrar que não era fraco e a mandava embora quando ela exagerava na doçura.

– Já tomou seu remédio?

– Sim, por isso estou enjoado e sem apetite.

– Fiz o seu chá para ajudar com o enjoo – disse ela, servindo a xícara.

O pai sorriu quando tomou um gole da bebida. Ela foi até o armário e tirou as roupas que ele usaria naquele dia, colocando-as na cadeira. A bela mulher loira da pintura oval sorriu para Carlota. Ela queria poder cobri-la com um lenço; aquilo nunca tinha deixado de incomodá-la.

– Você é bondosa comigo, Carlota – disse ele.

Ele estava de bom humor naquela manhã.

Ela sorriu enquanto ajeitava o paletó do pai, passando as mãos pelo tecido com cuidado. Ela gostava quando ele estava bem arrumado, perfeito.

– O que você achou dos jovens Lizalde? – perguntou o pai.

Ela puxou um fio de cabelo branco que não queria soltar da gola do paletó.

– Não tenho uma opinião sobre eles.

– Seria bom se eles passassem alguns dias aqui. Você fica tão solitária...

– Não fico, não. Tenho meu trabalho no laboratório.

Fazia já alguns anos que o dr. Moreau permitia que Carlota entrasse na saleta e no laboratório com mais frequência para ajudá-lo com o trabalho. Ele não havia esquecido aquele incidente de anos antes, quando soltaram um híbrido, mas as crises de gota estavam mais frequentes e ele precisava dela. O dr. Moreau tentava todos os remédios possíveis para aliviar as dores, passando por lítio, colchicina, calomelano e morfina, mas não havia cura simples para a doença.

O trabalho que o pai dava para Carlota era fragmentado de maneira cuidadosa. Às vezes ela cuidava dos híbridos, dos machucados e dores, até misturava alguns medicamentos, limpava frascos e recipientes, mas muitas coisas ainda eram segredo. Ela não sabia todos os segredos das suas conquistas científicas. Nem Montgomery sabia, apesar de também ajudar no laboratório, trazendo lenha e espécimes diferentes de animais.

Ela tinha esperança de que, um dia, o pai a deixasse fazer mais, ler todas as suas anotações e seus livros. Ela precisava ser paciente. O dr. Moreau não tinha pressa.

– Trabalhar no laboratório não é a mesma coisa de socializar.

– Eu tenho você. Tenho Lupe.

– Mas passar um tempo com cavalheiros seria uma boa mudança.

– Montgomery é um cavalheiro.

– O sr. Laughton é muitas coisas, mas não é um cavalheiro. Um pária e um bêbado, isso sim.

– Você também não é um pária? – perguntou Carlota, porque, apesar de estar chateada com Montgomery, seu senso de justiça a compelia a defendê-lo, e ela achava que ele era, sim, um cavalheiro.

O pai ergueu as sobrancelhas ao ouvir isso.

– De onde veio esse comentário rude? Eu? Um pária?

– Você mesmo disse isso uma vez, papai. Estava falando sobre você e o seu irmão...

– Com certeza você não entendeu – disse ele, apesar de Carlota lembrar-se de ele falar isso durante um dos dias em que ficava completamente triste e não queria vê-la, apenas o retrato oval da falecida esposa. – Eu, um pária! Absurdo! Além do mais, não é possível que ache Laughton mais agradável do que os jovens Lizalde.

A voz dele estava severa e, por não querer contrariá-lo, ela balançou a cabeça.

– É claro que não – respondeu rapidamente. – Mas não os conheço.

– Isso pode ser consertado. Você não deve ficar tímida. Seja simpática e gentil se vierem nos visitar. Precisamos sempre agradar os Lizalde. Você tem vestidos bonitos, seria um bom momento para vesti-los, e o seu cabelo... talvez queira arrumá-lo como mostram as ilustrações de moda mais recentes.

Carlota geralmente deixava o cabelo arrumado em uma única trança grossa que ia até a cintura ou solto. Porém, as revistas e os jornais que Montgomery trazia para ela da cidade mostravam as mulheres com penteados elaborados, mechas onduladas e arrumadas com acessórios e clipes de cabelo.

– Você é uma bela jovem, e eles são jovens elegantes. Se estivéssemos na cidade, você já teria sido apresentada para a sociedade. Mas estamos aqui e não houve uma oportunidade para você conhecer o mundo. Uma moça da sua idade pode ser cortejada, sabia? Você deveria praticar piano, e vamos ver o que vão achar de você.

– Sim, papai – disse ela, apesar de se perguntar se achariam seus modos ou jeito de vestir estranhos, mesmo seguindo as ilustrações da moda.

– Não quero que fique ansiosa. Quando está ansiosa, pode ter uma recaída.

– Não, papai. Vou ficar bem – respondeu ela, em voz baixa.

– Qual salmo vamos ler hoje? – perguntou o pai, apontando para a gaveta onde guardava sua Bíblia; durante a semana, pela manhã, ele gostava que Carlota lesse textos científicos, mas, nas manhãs de missa, ele preferia a Bíblia. – *Dominus illuminatio mea*.

– Ainda que um exército me cercasse, o meu coração não temeria; ainda que a guerra se levantasse contra mim, nisto confiaria – disse ela, e sua voz soou mais firme e gentil.

O salmo era tão simples que ela não precisava ler para recitá-lo.

O pai sorriu. Estava orgulhoso.

Depois que o pai terminou o chá e se vestiu, andaram juntos até a capela. Ele realizava uma missa todo sábado, e lia a Bíblia de capa de couro vermelha.

A capela era modesta e mal comportava essa pequena congregação. Ela fora feita para o *mayordomo* do rancho e a família que morou ali antes deles, não para os trabalhadores que poderiam morar atrás da parede de pedra. Logo, eles se apertaram ali e fazia muito calor, mesmo para uma manhã antes de o sol brilhar forte sobre a terra.

Carlota gostava da capela, mesmo com seu tamanho e simplicidade. Havia um belo mural em uma das paredes que mostrava Eva no Jardim do Éden. Ele a interessava porque Eva não tinha a pele pálida e cabelos dourados, como dizia a Bíblia do pai, como a mulher do retrato oval, e sim um tom de pele mais escuro, como o de Carlota. A figura de Jesus na cruz, entretanto, tinha a pele branca como neve, e ela não gostava de olhar para ele, porque seu rosto se contorcia de dor.

Os sermões do pai sempre falavam da dor de Jesus, estimulando os híbridos a entenderem que Deus concedeu tanta dor ao mundo para que as coisas pudessem ser perfeitas. O pecado original precisava ser apagado, mas essa tarefa não podia ser cumprida sem sofrimento. Deus havia confiado ao pai de Carlota o trabalho de aperfeiçoar a Criação e afastá-los do pecado; por isso, o doutor havia criado os híbridos. Logo, o dr. Moreau era um profeta, um homem santificado.

Carlota sabia que esse conceito era estranho para os híbridos. Ela ouvira eles dizerem que o dr. Moreau era o dono do grande mar salgado, o senhor das estrelas no céu e dos raios. E o pai nem sempre os corrigia.

Ela temia que fosse blasfêmia. Preocupava-se com a ideia de mundo que ele lhes ensinava e o propósito de Yaxaktun. Sem os experimentos e a pesquisa médica do pai, ela teria morrido, com certeza. E ele lhe falava, com uma certa frequência, das maravilhas que podem ser descobertas quando se quebra as regras da natureza. Curas para aqueles que não tinham esperança.

Ainda assim... os híbridos nasciam com males estranhos e bizarros que lhes causavam dor.

Os híbridos sofriam para o bem da humanidade. De acordo com o pai, a dor era um presente. Era preciso enfrentar a dor, pois sem ela não haveria alívio.

Naquela manhã, o pai disse que eles precisavam ser obedientes e dóceis, outro assunto recorrente na capela.

– Não falar mal de ninguém, evitar brigas, ser gentil e tratar todas as pessoas com cortesia – disse ele.

Ela viu Montgomery no fundo da capela, encostado na porta, com uma expressão hostil no rosto. Duvidava que ele estivesse prestando atenção. Ela não achou Lupe na congregação. Quando o pai começou a oração, ela abaixou a cabeça e sussurrou as palavras.

Vejam, é o Cordeiro de Deus, que tira o pecado do mundo! Abençoados sejam os que compartilham a comida com o Cordeiro.

Depois que o sermão terminou, e Montgomery e Cachito levaram os híbridos de volta para suas casas e seus afazeres, Carlota foi procurar Lupe. Ela a encontrou no prédio velho com a caveira do burro, observando o objeto. Carlota se sentou ao lado de Lupe no banco e as duas encararam a carcaça do animal. Ela não entendia por que Lupe ia para aquele lugar em vez de para o conforto da capela, mas já sabia que não dava para entender a maioria das preferências de Lupe. Ela não se justificava para Carlota, e as perguntas eram raramente respondidas.

– Você não foi para a capela de novo. Meu pai vai ficar chateado.
– Talvez fique – disse Lupe.
– Você não se importa.
– Cachito vai repetir o que ele disse o dia todo, como um papagaio.
– Não importa. Ele gostaria que você estivesse lá – insistiu Carlota.

Ela não queria que Lupe se metesse em problema, não queria conflitos em seu lar perfeito. Mas Lupe estava com o olhar distante, distraída.

Ela quer voar para longe, pensou. *Se ela tivesse asas, teria chegado ao horizonte.*

– Ele diz a mesma coisa toda vez.
– Não diz, não.
– Você é surda, Loti.

Carlota não respondeu, sem querer começar outra discussão. Lupe se levantou e Carlota a seguiu. Em vez de voltar para casa, ficaram no pátio, ao lado de uma parede pintada de vermelho-sangue e coberta de trepadeiras. Carlota apoiou a cabeça no ombro da menina e olhou para a fonte.

O silêncio aliviava qualquer ferida. Os pássaros cantavam nas gaiolas e a fonte borbulhava. Elas se esqueceram de qualquer desavença enquanto estavam abraçadas.

Foi Carlota quem quebrou a bolha de conforto das duas ao ver as cortinas brancas do quarto do pai voarem com o vento.

– Eu acho que meu pai quer que os Lizalde prestem atenção em mim – disse ela.
– Que tipo de atenção?
– Ele disse que eu já tinha idade para ser cortejada.
– Você gostaria que isso acontecesse?

Em seus romances de piratas, as mulheres eram sequestradas e conheciam seus amores de maneiras empolgantes. Ser cortejada a fazia pensar em um processo tão monótono como cozinhar feijões ou lavar roupa. Ainda assim, era algo estranho, que ela nunca vivenciara, e isso tornava a ideia empolgante, mesmo que para outras mulheres fosse rotineiro.

– Eles são bonitos. Eu teria um belo marido.

Lupe riu e passou a unha pela trança de Carlota, como fazia quando eram crianças. Lupe gostava de trançar o cabelo dela. Como uma boneca. Carlota era uma boneca para todos.

– Esse é um motivo idiota para querer um marido. Pergunte para Ramona, ela vai te dizer. O marido dela era bem bonito, e aí quebrou o nariz dela com o punho. As aparências enganam.

– Ramona não disse isso.

– Disse, sim. Você...

– Sim, eu sei. Eu sou surda – resmungou Carlota.

Ela aceitou que beleza não era o mesmo que caráter, mas não gostava da ideia de se casar com um desconhecido feio de mau hálito. Se ela pudesse ter um marido que fosse um belo cavalheiro, não seria melhor? Não que ela passasse muito tempo pensando em casamento. Presumia que viveria para sempre em Yaxaktun, cuidando do pai, entrando e saindo do laboratório, indo até o *cenote* para nadar. Se ela se casasse, precisaria sair de casa? Talvez, se fosse um dos Lizalde, ela não tivesse que ir longe. Eles poderiam morar em Vila Hermosa e visitar o pai com frequência.

Ela não gostava de mudanças.

Entretanto...

Os olhos de Eduardo Lizalde tinham um belo tom de verde, da cor de folhas da *ja'abin* antes de começarem as chuvas. Ela se lembrava dos olhos e corava.

CAPÍTULO 10

MONTGOMERY

Levou menos de uma semana para Eduardo Lizalde escrever avisando que os visitaria por alguns dias. Montgomery não tinha dúvidas de que ele voltaria, mas ficou impressionado com a velocidade.

Era necessário fazer uma infinidade de preparos para a chegada dos dois jovens. A casa foi varrida com cuidado, a porcelana que ficava trancada no armário foi tirada e lavada, os talheres foram polidos. Até Montgomery se sentiu coagido a tirar o velho paletó azul e o colete do guarda-roupa. Cachito riu quando o viu em frente ao espelho, ajustando a gravata amarela e larga. Fanny gostava de rosas amarelas, por isso ele tinha comprado aquilo.

– Muito ruim? – murmurou.

– Ruim, não – disse Cachito, com uma voz empolgada. – Diferente.

Montgomery pegou o prendedor de gravata de prata que tinha uma cabeça de raposa na ponta e se olhou no espelho. Ele estava mesmo estranho, diferente de como ficava de uniforme – a camisa e as calças brancas que usava todo dia.

Ele não se iludia. Seu rosto era comum e simples, sempre fora. Quando cortejou Fanny, seus esforços foram com o cabelo e as roupas. Ele a namorou com cuidado e, com a jovem ao lado, às vezes ele se sentia como se tivesse se transformado em um príncipe. Mas isso era passado.

Entretanto, ele não podia receber os Lizalde com sujeira debaixo das unhas e o cabelo cheio de nós. Seu paletó não era da última moda, mas ele achava que era suficiente, e um bom corte de cabelo nunca falhava, não é? Mesmo que não se cuidasse havia um tempo, não precisava andar por aí parecendo um caipira.

– Talvez eu deva me barbear – disse para Cachito, passando a mão na bochecha. Os Lizalde tinham bigodinhos aparados. Montgomery tinha deixado a barba crescer. – O que acha, devo me livrar dessas costeletas?

– Você fica feio sem o pelo – disse Cachito.

Foi a vez de Montgomery rir.

– Bom, eu não sou um garoto, mas posso muito bem dar uma aparada nisso aí até amanhã – disse e tirou a gravata.

– Eu queria poder ver as visitas.

– Você sabe que não pode. Precisa sumir de vista.

– Sei, sim. Mas fiquei curioso. São homens que querem matar Juan Cumux. Devem ser corajosos por ir atrás dele.

– São covardes e tolos, todos eles. Se realmente achassem que iriam encontrar Cumux, dariam a volta e fugiriam.

Cachito inclinou a cabeça.

– Não importa. Eles nunca o encontrariam. Juan Cumux conhece cada árvore dessa floresta, e sempre tem sessenta homens com ele. Li isso uma vez em um dos jornais que você trouxe da cidade.

– Você não devia acreditar em todas essas histórias – disse ele, e se perguntou o que mais Cachito havia lido nos jornais.

– Mas ele é corajoso, e luta pelos seus. Diferentemente dos Lizalde. Acho que eles lutam por si próprios.

– Ainda está preocupado com o *nohoch cuenta*? Não precisa.

– Mas você não gosta deles.

– Não gosto, não, mas não é da minha conta – disse Montgomery.

Na manhã seguinte ele estava de pé cedo, sem um traço de aguardente na boca. Tirou a barba, afinal, e deixou um bigode, mas ficou irritado, porque não queria que os rapazes achassem que ele os imitara, então tirou todos os pelos do rosto. Ele parecia cansado e esquelético, mas preferia isso a tentar demonstrar um estilo que não tinha.

Mais uma vez, pensou em Fanny, na forma como ela olhava para ele, nos dias de cortejo e rosas amarelas. Desde então, ele havia quebrado um dente, ganhado cicatrizes no braço e rugas sob os olhos. Ele tinha 35 anos e não se lembrava de quem queria ser quando tinha vinte. Havia se perdido fazia tempo.

Montgomery fez suas tarefas, depois ficou plantado na entrada da casa no horário combinado, esperando os homens. Eles não eram pontuais e, uma hora depois do que disseram, finalmente chegaram a cavalo; e ele os conduziu aos estábulos. Precisava tirar as selas dos cavalos e levar os pertences das visitas para os quartos, então pediu aos cavalheiros que aguardassem na sala de estar.

Feito isso, pediu a Ramona que desfizesse as malas dos homens e parou em seu quarto para trocar a roupa que havia escolhido e colocar a gravata. Quando entrou na sala de estar, viu que o dr. Moreau já estava lá, conversando amigavelmente com os rapazes. Eduardo passou um dedo por uma tecla do piano, tocando a mesma nota três vezes.

Eles mal perceberam a presença de Montgomery em pé ao lado. Não que ele esperasse ser incluso nessas interações. Ele só estava ali porque precisava dar as caras. O dr. Moreau julgaria falta de educação se ele ficasse trancado no quarto com uma garrafa, que era o que queria fazer.

Ele se esqueceu da garrafa quando Carlota Moreau entrou na sala. Quase se esqueceu até de respirar.

Ela usava um vestido verde com uma estampa de folhas brancas delicadas, que descia justo do pescoço ao quadril, depois se abria em uma saia larga. O cabelo estava preso no topo da cabeça, com mechas cacheadas caindo nas laterais do rosto. Trazia um leque na mão direita, que ela movia com a bela naturalidade de sempre.

Como ela era encantadora, a personificação de beleza jovem. Rapidamente ele desviou o olhar, com medo de que alguém percebesse o sorriso repentino que se espalhou em seu rosto, a felicidade de vê-la e o desejo vergonhoso que brilhava em seus olhos.

Eduardo arrumou o paletó antes de se aproximar e sorrir para a moça, pegar sua mão e lhe dar um beijo.

– Srta. Moreau, estávamos nos perguntando onde estaria se escondendo – disse ele.

– Sim, é verdade – disse Isidro. – Eduardo estava ameaçando tocar o piano. A senhorita não pode permitir isso.

– Poderia tocar e cantar para nós?

– Se quiserem – disse Carlota, permitindo que Isidro beijasse sua mão, apesar de seu olhar continuar fixo em Eduardo, mal vislumbrando Isidro por alguns segundos.

Ela nem olhou para Montgomery em seu paletó azul e gravata amarela, que ele julgava serem decentes o suficiente.

Ela se sentou ao piano e escolheu uma melodia simples. A voz dela era firme e agradável, apesar de não ser uma grande musicista. Os cavalheiros aplaudiram educadamente e, depois de algumas canções agradáveis e esquecíveis, Isidro se voluntariou para tocar.

Eduardo convidou a moça para dançar com ele. Em vez de responder com um tom de flerte, ela parecia assustada.

– Sinto dizer que ainda não aprendi a dançar – admitiu.

– É fácil. Para alguém charmosa como você, ainda mais – argumentou Eduardo. – Não acha, sr. Laughton, que uma jovem bela como a srta. Moreau sempre vai se sair bem?

– Não sei dizer.

– Não sabe dizer se ela é bela?

Montgomery percebeu que Eduardo havia visto o olhar que dera para Carlota. Ele era *tão* óbvio assim, ou Eduardo era mais perspicaz do que ele havia pensado? Talvez o jovem estivesse apenas querendo humilhá-lo por causa do conflito que tiveram. Talvez fosse as duas coisas.

– Sem dúvidas a srta. Moreau prefere receber elogios do senhor do que de mim – respondeu.

Carlota olhou para Montgomery, com um ar curioso e confuso.

– Ora, ora, sr. Laughton. Não seja tímido. Uma dama aprecia elogios, não importa de onde venham, e o senhor deve ser um *velho* conhecido dela. Há quanto tempo trabalha para o pai dela, senhor? Seis ou sete anos? Ela deve vê-lo como um tio querido, e todo elogio seria bem-vindo.

Montgomery não respondeu. Eduardo aceitou isso como uma vitória. Ele se virou para Carlota.

– Deixe-me ensinar alguns passos – disse ele.

Carlota pareceu agradecida pela mudança de assunto e concordou. Apesar da inexperiência e incerteza, ela se mostrou graciosa ao dançar com ele. Podia nunca ter dançado, mas entendia de música e era habilidosa. Era ágil e flexível, e Montgomery podia apenas imaginar que maravilha deveria ser segurá-la nos braços.

Quando ela levantou o olhar para Eduardo, seu rosto estava repleto de coisas banais da juventude e emoção.

Montgomery ficou em pé, com as mãos nos bolsos, observando o casal e lembrando-se da última vez que dançara com uma moça. Tinha sido com Fanny, em uma festa. Ele não gostava de festas, mas ela, sim, e ele ia por ela. As quadrilhas mais populares tinham nomes franceses: *le tiroir, les lignes, le molinet, les lanciers*. Mas Fanny dançava melhor a valsa vienense.

Ele se lembrava de segurá-la firme, com a mão na cintura. Lembrava-se da risada resplandecente dela, do vestido cor de granada que ela usou – tule e cetim, macio como as asas de uma borboleta – e, acima de tudo, das notas delicadas do perfume de água de rosas em seu pescoço. Ele se perguntou se Carlota havia passado perfume nos pulsos e na curva da garganta, ou se tinha o cheiro de sal na pele.

Montgomery murmurou uma desculpa e saiu da sala. Os outros não perceberam sua saída.

O dia seguinte era sábado e, já que o sermão religioso do dr. Moreau fora cancelado por causa das visitas, Montgomery foi se deitar cedo e se permitiu dormir até tarde, para não ter que tomar café com as visitas. Quando chegou à cozinha, era quase meio-dia, e Carlota estava discutindo com Ramona.

– Aí está – disse Ramona, se virando para ele. – Sr. Laughton, estou tentando colocar juízo na cabeça dessa menina tola, mas ela não me escuta. Ela quer levar aqueles dois homens para o *cenote* sozinha, e não deveria fazer isso.

– Eles querem ir nadar – disse Carlota.

Ela estava usando um vestido mais simples do que o da noite anterior. Era branco e tinha estampa floral e uma borda verde. Era leve, fresco e atraente.

– Na minha cidade uma mulher nem poderia falar com um homem antes de se casar com ele, e você está me pedindo que prepare comida e a deixe sair com dois.

– Você está sendo ridícula, Ramona. É um piquenique.

– Não se preocupe, Ramona. Eu acompanho os três.

– Não preciso de escolta – respondeu Carlota imediatamente.

– Você não vai sem uma – disse ele.

A menina pareceu incomodada, mas o tom dele deixou claro que não havia espaço para negociação, e ela era esperta ou orgulhosa o suficiente para não reclamar de novo.

– Esqueça o piquenique, então. Vamos levá-los lá sem lanches – disse Carlota em tom sério.

– Por mim, tudo bem.

Ela andou rápido, quase correu, até chegarem ao centro do pátio onde os jovens estavam conversando, então diminuiu o passo e se recompôs. Assim que os jovens viram Montgomery, a alegria deles cessou.

– Bom dia, cavalheiros. A srta. Moreau me disse que gostariam de ir nadar – disse ele, levantando o chapéu para cumprimentá-los.

– Sim. Ela disse que há um *cenote* agradável aqui perto e está incrivelmente quente. Gostaríamos de nos refrescar. – Eduardo sorriu para ele. – Não acho que vamos precisar que busque os cavalos; pelo que ela disse, podemos ir a pé.

– Ir andando é ótimo, realmente. Podemos ir, então – respondeu Montgomery, alegre, e começou a andar sem olhar para trás, apesar de imaginar a expressão decepcionada em seus rostos.

Ele não queria servir de babá, apenas irritar os dois homens.

A conversa enquanto andaram foi pouca, então ele presumiu que havia estragado o passeio, como planejado. Porém, ele ainda nem tinha acabado.

Quando chegaram ao *cenote*, ele apontou.

– Aqui está, cavalheiros. Este é o *cenote* Báalam.

– Muito bom – disse Eduardo, sem um pingo de sinceridade na voz.

Ambos ficaram a uma boa distância da água, como se tivessem medo de cair.

– Vão nadar imediatamente?

– Nadar com o senhor aqui?

– Por que não? – perguntou Montgomery. – Não sejam tímidos. A moça vai virar de costas, como eu imagino que fosse o plano original.

Eduardo ergueu o queixo, mas não falou nada. Montgomery deu de ombros.

– Bom, se não forem entrar, eu vou – disse ele, e tirou o chapéu e depois a camisa.

Ele estava mais uma vez usando a camisa simples de algodão sem colarinho de costume. Não tinha por que posar como um arrumadinho; sem gravatas de seda, sem besteiras.

Ele tirou as botas e viu Carlota virar o rosto, corada. Ele manteve as calças brancas e foi em direção às pedras, à água, e pulou com vontade. O *cenote* era refrescante de um jeito maravilhoso e, normalmente, ele continuaria nadando por um tempo, boiando de olhos fechados, mas depois de um tempo

Montgomery voltou para o lugar onde estavam suas companhias, de calças encharcadas. Ele calçou as botas e jogou a camisa sobre o ombro.

– Senhores, recomendo realmente que deem um mergulho – disse.

– Mergulharíamos se estivéssemos sozinhos – respondeu Eduardo, com a mão apoiada contra o tronco de uma árvore e os olhos apertados. – Como temos companhia, seria grosseria fazer a srta. Moreau observar essa cena, como o senhor fez.

– Mas a srta. Moreau e eu somos velhos conhecidos!

– São mesmo? – disse Eduardo, em tom sarcástico.

– Entendo por que estão tímidos. Não se preocupem, a srta. Moreau e eu vamos lhes dar espaço. Tenho certeza de que conseguem voltar para casa com facilidade, já que a trilha os leva direto para Yaxaktun – disse Montgomery e apontou, indicando o caminho.

Ele pressionou a mão contra a lombar de Carlota e a empurrou para longe dos rapazes. Ela se moveu em silêncio, sem protestar, mas, quando ficaram longe o suficiente do *cenote*, passando da estátua da onça, e quando apenas os pássaros nas árvores podiam ouvi-los, ela parou em sua frente e cerrou as mãos em punhos.

– Como se atreve, Montgomery! – disse ela.

– O que eu fiz? Eu os acompanhei até o *cenote* como combinado e agora estou te levando de volta para casa – respondeu com um tom inocente.

– Não, não foi o combinado. Você os humilhou! E se ficarem chateados? E se contarem para meu pai? E se...

– E se Eduardo Lizalde não quiser se casar com você? Eu imagino que seu pai vá vender você para outro homem. Não se preocupe, ele vai achar um comprador.

Ela cerrou os dentes e lhe deu um tapa, algo que ele já esperava. Depois, os olhos de Carlota se encheram de lágrimas, algo que ele não esperava, e ela saiu correndo.

– Carlota! – gritou e tentou segui-la, mas ela levantou as saias e correu como o diabo que foge da cruz.

Talvez ele a alcançasse, por mais rápida que ela fosse, mas pensou melhor e parou.

Ele havia deixado a camisa cair, e xingou enquanto se virava para voltar. Encontrou a peça de roupa no meio do caminho, suja de terra, e a vestiu.

Ele não viu Carlota enquanto seguia de volta para a casa, e não a procurou. Melhor deixá-la em paz, para sempre, se possível.

CAPÍTULO 11

CARLOTA

Carlota amava tudo em Yaxaktun, mas, acima de tudo, ela amava o pai. Ele era o seu sol, iluminando todos os seus dias.

Ele podia ser severo e exigente às vezes, sim. Entretanto, ela se lembrava de todas as noites, anos antes, quando ela era pequena e ele ainda não tinha desenvolvido um tratamento para a sua doença. Ela se lembrava de como ele alisava o cabelo suado em seu rosto, oferecia água, colocava outro travesseiro na cama. Enquanto estava delirante de dor, seu pai estava ao seu lado, toda noite, prometendo que a faria se sentir melhor.

E ele fizera isso. Ele cumprira a promessa. Por mais que odiasse se sentir impotente e fraca, ou precisar da ajuda de outros, ela era agradecida pelo carinho dele.

Carlota amava o pai, amava agradá-lo.

Quando ela entrou na sala de estar, Eduardo foi até ela e beijou sua mão, e ela sentiu um frio na barriga. Quando ele sugeriu que dançassem juntos, ela mal conseguiu responder.

Ela tinha medo de dar um passo em falso, que a achassem tola, e seu primeiro pensamento foi de recusar. Mas o pai queria que ela socializasse com os jovens, então Carlota forçou um sorriso.

Eduardo segurou sua mão de um jeito gentil e lhe ensinou os passos.

– A senhorita é graciosa – disse ele. – Jamais diria que nunca dançou.

– É muito gentil da sua parte. Tenho receio de pisar em seus pés – respondeu com a voz tão baixa que precisou repetir e ele se aproximou ainda mais para ouvir.

– Não se preocupe com isso. Por que o seu pai não a mandou para estudar na cidade?

– Eu era doente quando criança. Passava várias horas do dia na cama. Mas não me importei de ficar no quarto. Me deu a oportunidade de ler.

A voz dela era um sussurro. Seu sorriso não mudou; era como se estivesse pintado em seu rosto.

– Qual é seu livro favorito?

Ela gostava de livros de piratas e os livros científicos do pai, mas se perguntou se pareceria tola por admitir que gostava de histórias de romance.

– Gosto de Sir Walter Scott e me apaixonei por Brian de Bois-Guilbert – acabou respondendo.

– Não me diga... Ele é daquele livro... Ah, qual o nome?

– *Ivanhoé*.

– Isso! Mas ele não é o vilão? Ou estou enganado?

– Ah, não – disse Carlota, e balançou a cabeça, com a voz mais alta e confiante. – Ele é mais complexo. Ele ama Rebecca e ela não o ama. Ele prometeu nunca mais amar e isso o encheu de sentimentos conflitantes.

– Eu achei que ele era o vilão, mas obrigado por corrigir minha perspectiva errada. Gosta de *Ivanhoé* e o que mais?

– Outros livros. Gosto de *Clemencia*. É romântico. Já leu?

– Eu não era muito estudioso e sempre ignorei minhas leituras – respondeu Eduardo com um tom orgulhoso.

– O que aprendeu na cidade, então?

– Eu aprendi algumas coisas, mesmo não sendo um acadêmico. Meu pai quer que eu cuide das nossas propriedades agora, então vou precisar melhorar a minha matemática. Os detalhes da *hacienda* são responsabilidade do administrador e do *mayordomo*, claro, mas não há mal em olhar o orçamento de vez em quando. Meu pai raramente visita as terras, ninguém visita, mas ele achou que seria bom eu conhecê-las ao menos uma vez. Vista Hermosa costumava ter animais, mas agora é uma *hacienda* de açúcar. Só sabia disso, até algumas semanas atrás.

– Não entendo como alguém pode não conhecer intimamente os lugares que lhe pertencem – disse Carlota, franzindo a testa. – Como pode diferenciar os tipos de solo se nunca os segurou nas próprias mãos?

– Quantos tipos de solo existem por aí?

– Vários! *Tsek'el*, que é ruim para o plantio, e *k'an kaab k'aat*, que é fino e vermelho. *Boox lu'um*, que é preto e rico, e *k'an kaab*, que é amarelo. Se não conhece o solo, não pode entender como plantar coisas novas ou como queimar a terra para novas plantações. Homens inteligentes precisam saber dessas coisas.

– Sou um fracasso, então – disse ele, brincando, e lhe deu um grande sorriso. – Pode me ensinar?

– Eu não me julgo tão sábia. Afinal, é o *senhor* quem está me ensinando a dançar.

– Ora. Dançar não é difícil. Com certeza é mais fácil do que latim. Não sou bom com latim.

– Sou boa com idiomas.

– Talvez a senhorita seja melhor em tudo, afinal.

– Talvez o senhor seja modesto.

– Não sou. Mas posso lhe ensinar outro passo, que tal?

Ela se sentiu mais confortável com ele agora que estavam dançando. A novidade era mais empolgante do que assustadora. Ela era tão acostumada com a severidade e exigência do pai, e os devaneios melancólicos de Montgomery, que o bom humor de Eduardo era muito bem-vindo. Ela sorriu de volta para ele e concordou, se deliciando com o jeito como seu olhar brilhante estava fixo nela.

Esse brilho a seguiu pela casa, mesmo depois de terem terminado a dança e se despedido. Era quase como uma coceira, uma ansiedade estranha e inquieta, e ela se perguntou se ele estaria sentindo o mesmo.

Naquela noite, quando Carlota levou uma xícara de chá para o pai, ele lhe deu parabéns.

– Você foi muito bem hoje – disse, enquanto ela colocava a bandeja na mesinha de cabeceira. – Eduardo parecia estar impressionado. Matrimônio seria bom para você, e nos daria opções.

– Como assim? – perguntou ela, em voz baixa.

– Quando fui embora de Paris, não tive apoio da minha família. Pode-se dizer que eles rejeitaram meus estudos, meu trabalho. Tive que criar uma nova vida para mim sem eles, sem ninguém. Meu irmão me deve uma parte da fortuna da família, mas acha que ele abriria mão disso? Não. E eu ficaria de joelhos e imploraria? Jamais. Deixe que ele apodreça. Eu sobrevivi sem ele.

O pai raramente falava daquela parte da sua vida. Ela sabia que ele havia feito um trabalho revolucionário sobre transfusões sanguíneas, mas por que abandonara a França, como chegara ao México, eram coisas que ele não gostava de falar. Ela ficou surpresa em ouvi-lo falar com tanta sinceridade; então, em vez de interromper, simplesmente ouviu e acenou com a cabeça.

– Eu quero nos dar opções, Carlota. O nome Lizalde abre portas. A fortuna deles é imensa. Eu tive que me oferecer para trabalhar para outros e seguir o caminho traçado por idiotas com dinheiro. Se você entrasse para uma família como essa, teria a oportunidade de fazer as próprias escolhas.

– Então você acha... acha que gostaria que um deles se casasse comigo? Porque são ricos?

– Riqueza é poder. Você não pode viver neste mundo sem dois pesos no bolso e, quando eu morrer, não vai sobrar muito. Esta casa não é minha, Carlota. Nem a mobília, nem o equipamento do laboratório. É tudo emprestado, minha menina.

– Mas você fala como se eu não tivesse escolha, papai, e você acabou de falar sobre escolhas – sussurrou ela, em pé ao lado da cama do pai.

Ele segurou a mão da filha com força.

– Carlota, uma mulher precisa ser esperta, e eu preciso que você seja esperta. Os jovens Lizalde podem ser nossa melhor... não, nossa única chance. Filha, esses podem ser os dias mais importantes da sua vida.

Ela não sabia por que ele insistia no assunto. Ele não tinha tempo para lhe encontrar um marido? Era impossível que Carlota conhecesse um pretendente decente na capital ou em outra cidade? Porém, era o dever da filha agradar o pai. Ela concordou com um gesto tênue.

– E você gosta do Eduardo, não gosta? – perguntou o pai.

– Eu gosto dele, papai – disse ela, e gostava mesmo.

Ao menos, gostava do que tinha visto até então. A forma como dançava, o jeito educado como beijava sua mão, a voz e os belos olhos. Ela não gostava da forma como ele falava com Montgomery; ela não entendia a hostilidade entre os dois, mas talvez homens fossem assim. Eram como galos, ansiosos para brigarem entre si.

O que ela sabia de homens que não houvesse aprendido em jornais, livros ou rumores? Nada. Mas ela gostava do sentimento que Eduardo fazia crescer em seu peito e daquela ansiedade estranha que fazia sua pele formigar.

Na manhã seguinte, depois de um café da manhã simples, o pai pediu a Carlota que levasse as visitas para conhecer a propriedade. Ela pôs um de seus vestidos de verão mais novos e pediu que a seguissem. Primeiro, ela os levou para a capela e, cheia de orgulho, mostrou o mural que sempre lhe chamava a atenção.

Os dois homens o estudaram com atenção, mas Isidro parecia incomodado.

– Não lhe agrada? – perguntou Carlota.

– A pintura é boa, mas parece ter algo de errado – disse o rapaz.

– Errado?

Ela olhou para a Eva de cabelos pretos em pé ao lado da árvore com flores e dos pássaros nos galhos, bem desenhados. Aos seus pés estava um cervo e no fundo havia leões, cavalos, uma raposa e um pavão. Ao seu lado estava um córrego cheio de peixes.

– Se esse é o momento que Eva comete seu grande erro, por que não há uma cobra por perto? E a árvore não é uma macieira. Logo, esse deve ser o Éden antes do pecado original, mas Adão não está ali. É apenas Eva. Ora, me parece *pagão*.

Eva segurava uma flor vermelha na mão, e as mesmas flores decoravam seu cabelo; sua pele era bronzeada, e ela estava sob um sol redondo. Carlota não entendia por que seria pagão. Ela olhou para Isidro, confusa, se perguntando se, assim como os passos da dança, aquilo era algo que ela deveria ter aprendido, mas que o pai se negou a ensinar. Porém, ela lera a Bíblia e ouvia o pai falar de várias passagens.

– Perdoe meu primo; ele era seminarista e estava decidido a se tornar padre, se a família não tivesse outros planos – disse Eduardo. – Ele acha que tudo é pagão.

– Não acho – protestou Isidro. – Além do mais, você não pode negar que, ultimamente, pela forma como as pessoas deturpam os ensinamentos do clero, ainda mais nesta parte do país...

– Não comece – disse Eduardo, cortando a fala.

Isidro fez uma careta, mas ficou em silêncio. Eles saíram da capela e ela apontou para a parede e a entrada principal que levava aos aposentos dos híbridos. A porta estava fechada, como deveria.

– Os pacientes do meu pai moram ali, nas velhas cabanas dos trabalhadores. Meu pai não quer que vão para lá. Há muitas pessoas doentes e elas não devem ser incomodadas – disse ela.

– Não sonharíamos em incomodá-las – disse Eduardo. – São atendimentos gratuitos, todos, não é mesmo?

– Meu pai as ajuda.

– Deve ser um bom dinheiro que meu tio gasta com Yaxaktun para tanta caridade – comentou Isidro.

– Aquele que semeia pouco também colherá pouco, e aquele que semeia com fartura também colherá fartamente – disse Carlota.

Ela achou que Isidro ficaria feliz por ela conhecer versos da Bíblia. Porém, o jovem apenas a encarou e não pareceu interessado. Carlota baixou o olhar e continuou andando, apontando para os estábulos, depois os levou para casa.

Para Carlota, Yaxaktun era mais incrível do que os maiores museus do mundo, mas rapidamente percebeu que seus convidados estavam entediados. Quando chegaram ao pátio, ela esperava que começassem a bocejar.

Ela ficou parada ali, ouvindo os pássaros cantarem em suas gaiolas, sem saber o que mostrar para eles. Tinham visto os azulejos pintados à mão, os murais nas paredes, a árvore primavera. Ela percebeu que Vista Hermosa devia ser muito mais glamorosa do que Yaxaktun, que a casa deles em Mérida devia ser magnífica. E, como o pai havia dito, eles eram donos de tudo aquilo. Cada copo e xícara, e até a árvore florescendo no pátio.

– Vai ser um dia extremamente quente – disse Eduardo. – Não consegui me acostumar ainda. Nunca fica tão quente assim na Cidade do México.

– Podemos ir ao *cenote*. Podem mergulhar lá – disse Carlota. – A água tem um tom azul-esverdeado maravilhoso, e é refrescante e agradável.

– Parece uma ótima ideia.

– Podemos fazer um piquenique – complementou Isidro. – Como os ingleses fazem.

– Ouvi falar sobre piqueniques à noite. Deve ser melhor assim – disse Eduardo.

– Talvez, mas estou com fome agora.

– Me deem um segundo. Vou preparar as coisas – disse Carlota e correu para a cozinha.

Ramona estava limpando pimentas quando Carlota entrou.

– Ramona, pode montar um piquenique inglês para nós? – perguntou.

– O que é isso?

– Não sei. Pedaços de pão e queijo, eu acho.

– Você vai ter que explicar melhor.

– Não sei ao certo. O que quer que impressione nossos convidados. Precisa ser rápido. Vamos comer no *cenote*.

– Por que não pede ao sr. Laughton que ajude a fazer? Ele é inglês. Ele vai saber o que fazer.

– Vamos só ir nadar, Montgomery não vai.

Ramona balançou a cabeça e limpou as mãos com um pano.

– Então você não pode ir.

– Como assim?

– Você vai nadar com dois homens e nenhum acompanhante?

– Não vejo por que não.

– Porque é errado. Não há nenhum compromisso formado entre você e esses homens, nenhum *mujul*. É preciso pedir uma noiva em casamento sete vezes antes de se casarem. Esses homens pediram pelo menos uma vez?

– Não é assim que funciona. Eles não são *macehuales*.

– Os *dzules* precisam cortejar da forma certa também. Não é certo. Não sou idiota, Loti.

– Eu vou – disse Carlota, mudando de uma postura gentil para teimosa.

Porém, enquanto Carlota falava, ouviu passos atrás dela. Era Montgomery. Obviamente, ele ficou do lado de Ramona. Carlota achou que ele fizera isso para irritá-la. Ela não entendia por qual outro motivo ele se importaria para onde iam. Ele não estava fazendo esforço algum para ser sociável. Ela se sentiu enganada enquanto caminhavam em direção ao *cenote*, mas tentou se convencer de que o passeio ainda tinha salvação.

Quando chegaram ao *cenote*, ela ficou, por um instante, feliz. A água era linda, os pássaros cantavam nas árvores e havia toda a mágica e a maravilha que ela conhecia. Ela achou que eles sentiriam o mesmo, que o lugar acalmaria todos.

Então, Montgomery decidiu agir como um palhaço. Cada palavra que emitia fazia crescer uma vontade de cobrir sua boca com a mão e pedir que parasse de falar. Ele estava acabando com a magia que unia a terra e a água, que unia os peixes das profundezas com o sol no céu.

Era como se estivessem soltando uma maldição.

Quando ela achou que não poderia ficar pior, ele tirou o chapéu, a camisa e, sem cerimônias, se preparou para nadar.

Ela sabia nomear músculos e ossos graças aos livros médicos do pai, mas nunca havia visto um homem sem roupa. Ou com metade das roupas, como era o caso, já que ele tivera a decência de pelo menos manter as calças. Porém, como as calças eram brancas e feitas de um material fino, elas ficaram quase transparentes quando molhadas, acabando com qualquer modéstia.

Montgomery era esguio. Tinha cicatrizes nos braços e, apesar da magreza, seu corpo mostrava a força de um trabalho pesado e constante. Ela se perguntou se os Lizalde tinham a mesma aparência por baixo daquelas roupas magníficas, ou se não tinham o físico forte de Montgomery. Afinal, eles tinham passado o tempo na frente de pianos e mesas, acostumados com carruagens e os barulhos da cidade.

Montgomery era como um vaso lascado. Ela não conseguia imaginar uma época em que ele fora completo, e seus olhos, quando olhavam para ela, eram cinza-azulados. Não eram verdes e exuberantes e cheios de promessas como os de Eduardo, e sim cinza como tempestades.

Ela virou o rosto, corando, e juntou as mãos.

Ninguém disse nada.

Ela queria dizer para os jovens que não entendia o que estava acontecendo, que ele não costumava agir dessa forma, que ela esperava que eles não se sentissem ofendidos, mas não conseguia pensar em nada para dizer, ou como começar.

Ele havia jogado uma maldição, com certeza.

Ele havia estragado tudo.

Quando Montgomery saiu da água e a levou para longe, ela ainda não conseguia falar, mas cada passo a encheu de raiva, até que finalmente parou na frente dele.

– Como se atreve, Montgomery?! – gritou.

Em vez de se sentir envergonhado, ele ficou indiferente. Mais do que isso: foi arrogante.

Ela lhe deu um tapa, a mão bateu na bochecha lisa. Mas isso só piorou as coisas, e ela saiu correndo com lágrimas nos olhos. Os pássaros cantaram nas árvores, seus gritos ecoando o deboche dele.

Quando Carlota chegou ao quarto, se aninhou na cama e chorou. Muitos elementos da infância de Carlota ainda estavam ali. O baú de brinquedos ao pé da cama e as bonecas nas prateleiras. Ela encarou seus rostos sorridentes, buscando por conforto, mas eram apenas bonecas velhas e feias.

Ela se lembrou de como Montgomery parecia confiante à sua frente, praticamente rindo. O sentimento insuportável fez que ela enfiasse as unhas na cama, desejando poder arranhar o rosto dele.

Que insolente! Ele se atrevera, sem se importar com nada, e a fizera de trouxa. Ela estava inebriada pela mistura de tantas emoções. Ansiedade, raiva, excitação e vergonha misturadas, deixando seu corpo em caos.

Com as unhas enfiadas no tecido, puxou um fio dos lençóis de linho, e ela se contorceu, tirando a coberta da cama. Ela abraçou o travesseiro.

Mais tarde, quando as sombras da noite começaram a dançar em sua janela, Lupe bateu à porta e entrou. Ela estava com um vestido preto, luvas e o véu que usava quando tinham visitas em Yaxaktun, para se esconder. A menina sempre sumia de vista, mas isso era uma precaução a mais.

Lupe trouxera uma bandeja e a deixara na mesa.

– Os cavalheiros vão jantar em seus quartos e o sr. Laughton disse que está indisposto, então Ramona disse que eu trouxesse um prato para você em vez de pôr a mesa.

Carlota sentiu as lágrimas se formarem nos olhos mais uma vez, olhos que já estavam vermelhos e ardendo de tanto chorar.

Lupe levantou o véu. Estava com uma expressão confusa.

– O que aconteceu? Por que está chorando?

– Fomos ao *cenote* e Montgomery agiu de uma forma terrível com eles. Tenho certeza de que ficaram ofendidos e me acham entediante. Provavelmente vão querer ir embora pela manhã.

– E qual é o problema se quiserem ir embora?

Carlota pressionou a bochecha na cabeceira de mogno da cama.

– Você não entende. Meu pai vai ficar furioso. Ele só fala em como seria maravilhoso se eu me casasse, e que se ele morresse não teríamos nem dois pesos. Eu quero agradar ao meu pai e quero que Eduardo goste de mim.

– Tenho certeza de que ele gosta. Todo mundo gosta.

– Você não, não mais – sussurrou Carlota. – Toda hora você fica olhando para a estrada e só fala do que pode encontrar em outros lugares.

– Eu gosto de você, bobinha – murmurou Lupe e se sentou na cama para abraçar Carlota. – Você é estranha. Isso não foi nada. Quem se importa com esses rapazes idiotas?

Quando eram pequenas, elas se aninhavam juntas e olhavam pelo telescópio, observando cenários distantes aparecerem. Elas davam sustos uma na outra, repetindo as histórias de Ramona sobre espíritos que afogavam crianças em poços. Mas fazia um bom tempo que elas não ficavam próximas assim.

– Você devia ir para a fogueira hoje – disse Lupe.

– Vocês vão fazer uma fogueira? Mas temos visitas.

Lupe deu de ombros.

– E daí? Eles vão estar nos quartos e, se o que você disse é verdade, vão estar contando as horas para irem embora. Por que iriam olhar o que há atrás da parede? Além do mais, Montgomery disse que tudo bem.

– É claro que disse. Ele quer beber.

– Acho que ele já passou a tarde bebendo. Acho que vai estar completamente bêbado quando chegar lá. Quando fica assim, ele não se importa com ninguém.

– Eu não quero ficar perto dele – sussurrou Carlota, se lembrando do sorriso debochado em seu rosto e, pior ainda, do peito e dos ombros bronzeados e nus. E do cabelo, sempre bagunçado e caindo sobre os olhos, molhado ao sair da água.

Era indecente que Montgomery andasse por aí daquela forma. Isso a fez se questionar: se pintasse um Adão no mural, ele se pareceria com Montgomery ou Eduardo? Ela ignorou o pensamento, irritada consigo mesma por tê-lo em mente.

– Por que se importa se ele estiver lá? Se ele a incomodar, jogue o copo de aguardente que ele vai estar bebendo na cara dele.

– Você faz tudo parecer tão simples – murmurou Carlota.

– Então fique se lamentando aqui – disse Lupe. – Talvez eu jogue o copo na cara dele, se você não jogar. Isso ajudaria?

Carlota sorriu um pouco, e Lupe riu.

– Preciso ir. Vou deixar a porta aberta para você, caso mude de ideia – disse Lupe.

Tarde da noite, apesar de ter se convencido a não ir para a fogueira, Carlota acabou pegando um xale branco com a gola bordada e calçou as sandálias. Ela saiu da casa em silêncio. Não precisava de uma vela. A lua estava brilhando no céu e ela conseguia ver muito bem. A escuridão nunca a deixava com medo, nem quando era pequena.

Quando chegou à porta, abriu com facilidade e, na mesma hora, viu a fogueira e o círculo de híbridos ao redor. Eles estavam sentados em cadeiras frágeis, alguns no chão, todos os 29 ali. Alguns tinham dormido, outros conversavam empolgados, e outros comiam e bebiam.

Estrella e K'an jogavam dados enquanto Aj Kaab cutucava os dentes com um palito, fechando os olhos com preguiça. Cachito e Lupe estavam sentados juntos, rindo. Montgomery estava nas sombras e sentado ao lado de Peek', que tinha o focinho comprido de uma anta e mãos deformadas, com apenas três dedos e unhas compridas. As mãos, apesar das limitações, já foram ágeis, mas o híbrido velho tinha artrite e Montgomery o ajudava a segurar uma tigela para poder beber.

Carlota hesitou por um instante, pensando em ir embora. Peek' terminou de beber e se levantou, depois chamou Parda e ficou conversando com ela. Montgomery deixou a tigela de lado, se inclinou para a frente, esticando as pernas compridas, e colocou um cigarro na boca. Ele ergueu uma sobrancelha quando a viu e ela se aproximou da fogueira com os olhos fixos nele. Ele devolveu o olhar, observando-a com um cuidado que ela interpretou como um desafio.

– Loti, você veio! – gritou Cachito, lutando para ficar em pé e segurando uma garrafa com as duas mãos. – Não tínhamos certeza se ia aparecer. Quer beber?

– Talvez meio copo – disse ela.

Ela não estava acostumada a beber como eles. Não gostava que o pai permitisse esse tipo de diversão, mas se sentia corajosa naquela noite. Talvez fosse pela forma como Montgomery estava olhando para ela. Carlota queria que ele entendesse que ela não se importava com ele nem com nada que fazia.

– Eu não sei se temos um copo sobrando, mas toma – disse Cachito, entregando a garrafa para ela. – Vai fundo.

Era uma bebida quente, diferente dos goles de anis ou conhaque que eles tomavam depois do jantar, ou do vinho que às vezes abençoava a mesa. Ela quase teve vontade de cuspir, mas conseguiu engolir. Ela limpou a boca.

Cachito bateu nas suas costas e riu ao ver a careta dela.

Montgomery foi até onde estavam.

– O que você acha que está fazendo? – perguntou ele com a voz baixa.

– Bebendo. Como presumo que você já fez muitas vezes – respondeu Carlota.

Ele jogou o cigarro no chão e o pisou na ponta acesa.

– Você não devia estar aqui. É tarde e seu pai não vai gostar.

– Eu tenho permissão de estar aqui – respondeu, impaciente, querendo empurrar Montgomery e ver o que aconteceria.

Era infantil se comportar dessa forma, pensou ela, mas ele estava sendo infantil também; ele tinha sido um cretino naquela manhã.

– Vamos voltar para casa.

Ele pegou a garrafa dela e devolveu para Cachito.

– Quer que eu vá com vocês? – perguntou Cachito. – Precisamos de mais aguardente, eu posso pegar.

– Eu trago.

– Montgomery, eu posso ir. Não me importo.

– Não precisa – respondeu ele, sem olhar para Cachito.

Montgomery a segurou pelo braço e começou a levá-la para a porta, passando pelo caminho de terra que ia até a casa. A grama alta fez cócegas nos tornozelos de Carlota. O barulho dos insetos e o barulho distante de corujas cortava a noite.

A coruja era mau presságio, e ela deveria ter medo e correr para casa, mas, em vez disso, falou mais alto.

– Lupe me convidou! Me solta!

– Não me interessa nem se o papa te convidar. O seu pai não quer você bebendo com os híbridos – respondeu ele, com a voz seca.

– Por que *você* pode, então?

– Porque eu e você não somos iguais.

– Qual é a diferença?

– Srta. Moreau, você é a filha do meu chefe.

– Sr. Laughton, você só parece se importar com isso quando é conveniente – respondeu rápido, suas palavras quase atropelando as dele.

– O que deu em você?

Ele segurava firme, mas ela conseguiu se desvencilhar e olhou vitoriosa para Montgomery.

– Eu devia ter jogado aguardente na sua cara, como Lupe disse. Não importa. Você foi rude comigo hoje, e não sei por que eu deveria lhe obedecer ou facilitar as coisas ou...

– Então você vai me dar trabalho a partir de agora?

– Talvez! Quem sabe da próxima vez você não decida estragar minha vida.

Naquele momento, ela realmente acreditava que ele havia estragado tudo e que nada mais seria o mesmo. A comida perderia o gosto, o sol não nasceria pela manhã. Seu pai a odiaria e nenhum homem a amaria.

– Pelo amor de Deus, você está me dando dor de cabeça – disse ele, suspirando, e pegou o braço de Carlota de novo.

– Você está com dor de cabeça porque é um bêbado, seu folgado – sussurrou.

A expressão dele era como se ela tivesse jogado aguardente em seu rosto. Não, pior. Ele parecia severo e, tão perto dela, cheirava à bebida que estava tomando e aos cigarros que fumava.

Ela se perguntou o que ele faria, se insistiria em acompanhá-la ou voltaria. Ou talvez se irritasse e brigasse mais. Porém, algo em seu rosto fez Carlota lembrar-se de uma ou outra vez, quando ela o vira encará-la e rapidamente levantar os olhos e fixá-los em um ponto distante atrás dela. Desta vez, ele não fez isso e continuou olhando para ela.

– Senhor! Solte a moça – ordenou Eduardo.

Os dois se viraram para ver os jovens Lizalde a alguns passos dali. Montgomery suspirou.

– Cavalheiros, o que estão fazendo andando por Yaxaktun à noite?

– Poderia perguntar a mesma coisa – respondeu Eduardo. – A moça parece em perigo.

– Estou levando a srta. Moreau de volta para o quarto dela. Agora, se nos dão licença...

Eduardo deu um passo para a frente, bloqueando o caminho de Montgomery.

– Eu quero saber o que você estava fazendo – disse ele.

Ela abriu a boca para explicar. Não a verdade, óbvio. Ela inventaria uma bela mentira, mas Montgomery falou mais rápido, com a voz desafiadora:

– Não é da sua conta.

Inevitavelmente, Eduardo respondeu ao desafio e arrumou o paletó.

– Meu pai é o dono deste lugar – respondeu Eduardo. – A conta é toda *minha*.

Montgomery a soltou, e fechou os dedos em punho. Sua expressão ficou fechada e ela pensou: *ele não se atreveria.* Mas ele tinha bebido a noite *inteira*, e não parecia mais severo. Parecia furioso. Antes que ela tivesse a chance de falar qualquer coisa, ele deu um passo para a frente e deu o soco.

Montgomery acertou Eduardo no rosto, e Eduardo soltou um resmungo e tropeçou dois passos para trás, chocado com a situação, como se fosse a primeira vez na vida em que levava um soco. Talvez fosse. Cavalheiros faziam duelos.

Mas Montgomery não era um cavalheiro, como dissera o pai.

Montgomery logo foi para cima de Eduardo de novo e, desta vez, o jovem reagiu, o bloqueou e acertou de volta. Isidro, não contente em ficar de fora, se meteu na briga e atacou. Montgomery não parecia muito afetado de estar indo contra dois oponentes furiosos.

– Cavalheiros, não! Montgomery, pare! – gritou Carlota. – Parem!

Carlota achou que Montgomery iria obedecê-la, porque seus olhos pararam nela e ele abaixou as mãos, parecendo calmo. Em seguida, Eduardo veio da lateral e acertou Montgomery na cabeça com tanta vontade que ela soube na hora que ele já havia brigado.

Montgomery parecia estar congelado: ele cambaleou, pressionando a mão contra a orelha, e gemeu e se curvou como se fosse vomitar. Isidro aproveitou a oportunidade para chutar Montgomery, e o golpe fez que o *mayordomo* perdesse o equilíbrio. Ele caiu, ainda com a mão na orelha.

De repente, Cachito rugiu e saltou das sombras. Ela levou a mão à boca em choque. Carlota nem sabia de onde ele viera e há quanto tempo estava seguindo os dois. Do nada, ele estava ali, e empurrou Isidro no chão com tanta força que o jovem nem conseguiu gritar. Cachito rosnou de novo, antes de prender a mão de Isidro entre os dentes.

Isidro tentou lutar com o híbrido e Eduardo chutou Cachito. Isidro soltou um grito rouco, finalmente, e ela pegou Cachito pelos ombros e o puxou.

– Pare! – pediu. – Solte ele, pare!

Cachito soltou Isidro. O homem ficou no chão, gemendo de dor, e Cachito, agachado, com sangue escorrendo da boca e as orelhas encostadas no crânio. Quando Montgomery se levantou, ela percebeu que havia sangue na têmpora esquerda dele, onde os anéis de Eduardo deviam tê-lo cortado.

– Por Deus, o que é isso? – sussurrou Eduardo.

Cachito soltou um silvo baixo e Carlota se abaixou ao lado dele, pressionando a mão contra seu braço, os dedos se enfiando em meio aos pelos.

– Um paciente do meu pai – sussurrou.

Eduardo não respondeu. Isidro gemia e tentava se levantar. Montgomery esticou a mão e o ajudou. O rapaz encarou o homem mais velho, mas Montgomery não expressava nada no rosto.

– Cachito, limpe-se e vá dormir. Vamos pedir para o doutor dar uma olhada na sua mão, sr. Lizalde. Venha. Vamos voltar para a maldita casa – falou Montgomery, antes de cuspir no chão.

A coruja continuou a piar a distância, prometendo uma tragédia, enquanto andavam juntos. Montgomery com certeza tinha lançado uma maldição.

CAPÍTULO 12

MONTGOMERY

Eles entraram no laboratório e o doutor pediu a Carlota que o ajudasse, que buscasse gaze, álcool e outros materiais, enquanto Isidro se sentou em uma cadeira para o doutor examiná-lo. Montgomery segurou uma lamparina e Eduardo acendeu outras duas. As sombras logo recuaram, deixando o paciente bem à vista.

– Não é tão ruim quanto imaginei – disse o doutor com a voz calma. – Cachito não é um animal raivoso. Não vai ser necessário cauterizar, nem passar o palito de nitrato de prata na ferida. Será suficiente limpar e enfaixar.

Os dois jovens ficaram aliviados. Montgomery baixou a lamparina e a colocou na mesa. Havia muito sangue manchando a camisa de Isidro, mas o doutor tinha razão. A ferida não era muito profunda. Cachito tinha se controlado, afinal.

– O tratamento parece ótimo, mas pode nos falar o que diabos era aquela criatura lá fora? – perguntou Eduardo. – Sua filha disse ser um paciente, mas não é humano.

– Realmente, não é. É um animal híbrido, parte dos experimentos que faço para seu pai aqui em Yaxaktun. Cachito costuma ser dócil.

– Dócil! Quase arrancou minha mão! – reclamou Isidro.

– Estávamos brigando. Ele deve ter ficado assustado – disse Montgomery. – Ele provavelmente quis me defender. Os híbridos confiam em mim. Me ver em perigo...

– Híbridos, no plural? Há vários? – perguntou Eduardo.

– Sim. Estamos buscando respostas importantes aqui em Yaxaktun, respostas para problemas médicos, e os híbridos podem nos ajudar a encontrá-las. Eu presumo que seu pai nunca lhe contou sobre meu trabalho.

– Não. Apesar de isso explicar por que ele não queria que viéssemos aqui sozinhos – disse Eduardo. – Eu escrevi para meu pai contando que passaríamos alguns dias com o senhor e ele respondeu que não devíamos vir sem ele. Que ele viria de Mérida e visitaria Yaxaktun conosco, já que queria discutir um assunto importante com você. Eu achei estranho ele insistir que não poderíamos seguir sozinhos. Ele odeia sair de Mérida.

E você não podia esperar alguns dias, pensou Montgomery. *Tinha que voltar correndo para olhar de novo para a jovem.*

Ele não tinha dúvidas de que aquele tinha sido o motivo de Eduardo precipitar-se a cavalo até Yaxaktun. Por que mais seria? Montgomery olhou para Carlota, que enfaixava a mão de Isidro, com gestos cuidadosos e gentis. Apesar da comoção, ela se recompôs rapidamente.

– Meu pai disse que o senhor era um gênio e que sua pesquisa médica era importante, mas eu não poderia ter imaginado que resultaria numa criatura daquelas.

– Uma coisa diabólica – disse Isidro.

– Não diabólica, e sim científica. Eu ia lhes mostrar os híbridos, mas achei prudente fazer uma apresentação mais cautelosa. Não pretendíamos manter segredo para sempre – respondeu o doutor. – Estava planejando um jantar para apresentá-los e explicar meus métodos.

– De nada serviram os planos! Como planeja punir aquela criatura demoníaca? – perguntou Isidro, e flexionou os dedos para testar o curativo. – Merece umas boas chibatadas. Me deixe bater algumas vezes e ela não terá mais dentes para morder ninguém.

Carlota arfou em choque. Montgomery manteve a expressão neutra. Ele não podia falar nada, e tinha certeza de que qualquer intervenção sua iria apenas causar mais mal do que bem.

– Nós sentimos muito. Por favor, não batam nele – pediu Carlota, com tanta clemência vulnerável que alguém teria que ser feito de pedra para não se comover com suas palavras.

Entretanto, não parecia ser o caso de Isidro, e ele imediatamente abriu a boca, mas Eduardo segurou o ombro do primo.

– Deve haver alguma alternativa – disse Eduardo.

A mágica de Carlota parecia ter funcionado com ele. Ela era bonita, seus olhos eram grandes e gentis; ou Eduardo estava realmente encantado por ela ou havia analisado a situação e decidido que devia aproveitar para fingir que era um homem galante.

O doutor bateu a bengala no chão, como se estivesse pensando.

– Vou castigá-lo fisicamente amanhã pela manhã. Podem assistir, mas a chibata seria excessiva. Eu não gostaria de chegar a esse ponto. Além do mais, ele estava alterado e bebendo com sr. Laughton e outros híbridos. A aguardente deve tê-lo deixado confuso.

– E Laughton? Não vai ser castigado? – perguntou Isidro.

– O sr. Laughton vai perder o salário por alguns meses. Isso vai ensiná-lo a ter bons modos.

– Seria uma novidade.

– Amanhã, após o castigo, vou mostrar os híbridos e explicar quaisquer dúvidas. Eu garanto que esse foi um acidente terrível, porém raro. Por favor, cavalheiros, peço que deixemos para conversar melhor amanhã.

– Muito bem. Conversaremos amanhã – disse Eduardo.

Isidro se levantou, xingando baixinho, e os dois rapazes se retiraram. Quando os três ficaram a sós, Carlota se aproximou do pai e tentou tocar o braço dele.

– Você não vai mesmo bater no Cachito, vai? – perguntou.

Ele se virou com força, como um cavalo dando um coice, e afastou a mão da filha.

– É claro que vou! Não vê que quase conseguiu causar minha destruição? Eu devia ter concordado com o chicote, então nem pense em pedir outra concessão!

Carlota fitou o pai com os olhos arregalados e ansiosos. Montgomery achou que ela ficaria quieta, mas a menina o surpreendeu ao falar de novo.

– Mas não foi culpa do Cachito. Foi a gente... Fui *eu*.

– Escute com atenção, menina tola, parece que você não entende com o que estamos lidando. Se Hernando Lizalde está vindo aqui para discutir algo importante comigo, quer dizer que está prestes a cortar o apoio financeiro à minha pesquisa. Ele já havia ameaçado fazer isso e agora, sem dúvida, esse incidente com Isidro vai ser a desculpa perfeita. Então eu não vou fazer mais nada para desagradar a família dele, e vou castigar aquele animal idiota. Ele deve agradecer por eu não esfolá-lo amanhã! O que faríamos sem os Lizalde, menina? O quê?!

A voz de Moreau ficava cada vez mais alta e a filha recuava a cada palavra até bater contra uma mesa. Os instrumentos sobre ela tremeram.

– E você – murmurou o doutor, se virando e apontando para Montgomery. – Achei que era mais esperto do que isso. Achei que você entendia. Brigando, como se estivesse em uma taverna barata! Se perdermos os Lizalde, como vou cuidar dos híbridos? Como vou fazer o remédio para cuidar da minha filha?

– Eu lhe daria cem onças se precisasse – disse Montgomery. – Ela não vai sofrer por minha causa.

– Onças! E os outros ingredientes? Os materiais do laboratório? E o espaço? Vai me dar isso também? – continuou Moreau. – Sem o dinheiro dos Lizalde, minha filha estaria acabada! Você é um cretino e minha filha é um fracasso constante! O trabalho de uma vida... você ameaçou o trabalho da minha vida. Tudo... vida, a criação de vida, vida aperfeiçoada...

Montgomery sabia que, quando Moreau entrava naquele estado, podia gritar por uma hora inteira. Porém, desta vez ele fraquejou e segurou a bengala com força, com uma expressão estranha no rosto. Ele estava pálido.

– Pai? – perguntou Carlota, se aproximando dele.

Gotas de suor se formaram na testa do doutor. Ele empurrou a garota para longe e saiu quase correndo da sala.

– Chega de vocês. Todos vocês – murmurou.

Carlota apertou as mãos e ficou em pé no meio do laboratório, com a boca trêmula.

– Deixe-o ir – disse Montgomery, cansado. – Vai piorar as coisas se for atrás.

– Como sabe disso? – sussurrou ela.

– Eu conheço o dr. Moreau.

Carlota, na meia-luz, olhou para ele. Seus olhos pareciam estar brilhando, como os de um gato. Ele já havia se perguntado antes sobre os efeitos do tratamento de Moreau e o funcionamento do corpo da menina. Era apenas o sangue que era fortalecido? O doutor não dissera. Montgomery caçava onças para ele, trazia os corpos dos felinos a cada tantos meses, e Moreau fazia sua alquimia estranha. Gêmulas de onça para mantê-la viva.

E sem elas, sem aquele laboratório com pipetas e medidores, ela murcharia tão rápido quanto uma flor cortada. Os Lizalde eram os donos da sua segurança e de seu futuro. Ela era uma orquídea e deveria ser protegida.

– Sinto muito por hoje – disse Montgomery.

– Eu também – sussurrou ela, e saiu do laboratório.

Ele não dormiu muito depois disso. Estava pronto de manhã, vestido e de barba feita, quando o doutor bateu e, sem delongas, disse para Montgomery buscar Cachito e levá-lo para a cabana do burro.

Cachito estava sentado do lado de fora, perto de onde a fogueira queimara com tanta alegria na véspera. Lupe estava sentada ao lado dele, enrolada em um *rebozo*. Quando eles o viram, se levantaram.

– O doutor disse que você precisa ir para a cabana do burro.

– Para a Casa da Dor – disse Lupe.

Montgomery nunca ouvira aquele nome. Ele não entrava na cabana porque não havia ali nada que lhe interessasse, e a velha caveira de burro lhe dava calafrios que vinham de um medo supersticioso. Ele sentia que algo amaldiçoado vivia ali. Os híbridos sentiam a mesma coisa, com exceção de Lupe, talvez, que ele já vira sozinha na velha cabana.

Moreau usava o medo como uma vantagem. Quando queria repreender ou castigar um híbrido, ele os levava para a cabana do burro. O álcool os mantinha obedientes, os remédios, leais, os sermões fixavam as regras em suas mentes e a cabana garantia que os erros fossem rapidamente corrigidos.

– Vamos – disse Montgomery.

Eles o seguiram sem falar mais nada e os três esperaram na frente da cabana. Logo Moreau apareceu. Com ele vieram os Lizalde e, para a sua surpresa, Carlota estava junto. Montgomery tirou o chapéu quando os três passaram pela entrada.

O lugar estava precisando de reparos. Montgomery fazia o mínimo de reparos possíveis. Havia ninhos de aranhas em todos os cantos e tudo estava coberto de poeira. A luz entrava pelos buracos nas tábuas de madeira e acertava a caveira do burro presa na parede de uma forma que quase a fazia brilhar. Parecia até que ela estava sorrindo.

Os cavalheiros pareciam mais curiosos do que amedrontados com a velha cabana e os ossos pendurados na parede.

– Cachito, você mordeu a mão do sr. Lizalde e por isso será punido – disse Moreau, assim que tirou o paletó e o entregou para Carlota. – Não hesites em disciplinar a criança; ainda que precises corrigi-la com a vara, ela não morrerá. Castiga-a, tu mesmo, com a vara, e assim a livrarás do Sheol. Repita.

– Castiga-a, tu mesmo, com a vara, e assim a livrarás do Sheol.

– O castigo é duro e você vai senti-lo agora. Ajoelhe-se e reze.

Cachito obedeceu, se ajoelhando do jeito que fazia na capela durante os sermões do doutor. Quando Moreau pregava, Montgomery não prestava muita atenção. Ele virava o olhar, bocejava e não ouvia. Quando Moreau castigava um dos híbridos, Montgomery nunca marcava presença. Porém, não tinha escolha a não ser olhar.

De início, o doutor não fez nada. Cachito continuou rezando e o homem o deixou em paz. Depois, o doutor ergueu o braço e o desceu com força, batendo o punho na cabeça de Cachito. Mesmo na idade avançada, o doutor era alto, forte, uma criatura de proporções hercúleas. Cachito era pequeno e frágil.

O menino gemeu e o doutor bateu nele de novo. E de novo. De repente, Montgomery se lembrou do pai, e da forma como seus dedos se fecharam na gola de sua camisa, puxando-o para perto, do hálito azedo e depois da ardência da mão na sua pele.

Montgomery não chorava quando seu pai batia nele, ele não reclamava. Sabia bem que uma lágrima sequer ou um grito de terror resultaria em golpes mais fortes. Ele só respirava.

Cachito parecia estar fazendo o mesmo. Ele se contorcia, mas, fora o primeiro gemido assustado, não emitiu som algum. Aceitou os golpes, e os golpes vieram, cada vez mais fortes.

Todos os pais são tiranos, pensou Montgomery.

Até aquele momento, Moreau tinha batido em Cachito apenas com as mãos, mas finalmente pegou a bengala de Carlota e a levantou. A ponta de prata brilhou.

Montgomery esmagou o chapéu nas mãos, e pedaços de palha caíram no chão. Porém, não foi ele quem falou.

– Papai, por favor! – gritou a menina.

A voz dela foi como uma trovoada. Assustou a todos. Moreau fraquejou, a bengala no ar, mas seu rosto estava cheio de dúvida. Eduardo pigarreou e falou:

– Acredito que ele aprendeu a lição.

– Sim – respondeu Moreau. Seu rosto estava vermelho. – Aprendeu, sim.

Moreau baixou a bengala e pegou o paletó com Carlota. Os homens saíram juntos. Os dedos de Montgomery relaxaram e ele sentiu-se prestes a rir. *Eu sou um covarde de merda*, falou para si.

Lupe ajudou Cachito a se levantar. Ela ouviu Carlota dizer alguma coisa sobre limpar as feridas de Cachito, e ele seguiu os três até a casa. Por que os seguiu, não fazia ideia. Não precisavam dele. Ele não podia fazer nada. Não podia nem levantar a voz quando falava com Moreau. Quando mais importava, ele era inútil.

Carlota trouxe álcool etílico, bolas de algodão e outros mantimentos para o quarto. Cachito se sentou na cama da menina e Lupe ficou ao seu lado. Montgomery ficou em pé na porta. Ele queria abrir outra garrafa de aguardente, imediatamente, e mais uma vez sentiu vontade de rir e teve que cobrir a boca com a mão.

Meu Deus. Ele era um merda.

– Como você está, Cachito? – perguntou Montgomery com a voz rouca.

– Como acha que ele está se sentindo? – respondeu Lupe, quase sibilando.

– Está tudo bem – disse Cachito. – Estou bem.

– Me desculpe – falou Carlota enquanto se ajoelhava ao lado de Cachito e tocava em suas mãos. – Mil desculpas.

– Eu sei onde encontrar Juan Cumux – disse Lupe para Cachito. – A gente devia ir, fugir deste lugar. Eles não nos procurariam lá.

Carlota soltou Cachito e olhou para Lupe.

– Do que você está falando? Você não pode ir para lugar algum. Você morreria lá fora. Você está sempre contando histórias tolas...

– Você que está cheia de histórias na cabeça. Toda essa besteira que lê nos livros.

– Parem, por favor – disse Montgomery, balançando a cabeça. – Não comecem a brigar agora. A última coisa que queremos é que o doutor ou um daqueles dois apareça aqui.

Elas ficaram em silêncio. Montgomery entrou no quarto, chegou mais perto dos três e falou com a voz baixa:

– Moreau está enrolado com dinheiro. Ele quer que aqueles homens continuem financiando Yaxaktun, mas não confio neles. Temos que nos apoiar e não nos separar.

– E se nos separarmos? Não podemos continuar vivendo assim. O dr. Moreau nos mantém em rédea curta. Sem a fórmula secreta dele, sem um jeito de nos automedicarmos, não podemos ir para lugar algum.

– Você quer mesmo ir embora? – perguntou Carlota para Lupe.

– Quero. Quantas vezes mais preciso dizer?

– Eu posso pedir a fórmula para o meu pai. Talvez ele me dê. Mas isso significa... – disse a menina e a voz falhou.

– Ele nunca faria isso – respondeu Lupe em um tom amargo.

– Talvez ele dê – disse Montgomery. – Talvez Carlota consiga convencê-lo. Mas você não vai a lugar algum se falar de Juan Cumux com eles por perto.

Lupe franziu o cenho. Depois, ela concordou.

– Vamos ficar quietos, mas você precisa nos ajudar – disse Lupe, e olhou para Montgomery e depois para Carlota. – Vocês dois. Vamos, Cachito, você tem que descansar.

Cachito se levantou e se apoiou em Lupe, andando devagar. Carlota começou a guardar o material na bolsa médica preta.

– Eu não devia ter dito aquilo. Não devia lhes dar ideias – sussurrou ela.

– Querida, eles já pensam nisso há um bom tempo. As coisas não podem ficar assim para sempre, e seu maldito pai já mostrou que...

– Não o insulte. Meu pai está tentando nos salvar – disse ela, com convicção, ao fechar a bolsa.

– Seu pai está tentando seguir um plano desesperado que nunca vai funcionar. Ele está tentando salvar a si próprio.

Ela inspirou com força e apoiou as mãos na bolsa.

– Imagino que você queira nos deixar também.

– Eu deveria ter partido há anos. Talvez eu possa levar Lupe, Cachito e os outros para um lugar seguro.

– Você acha que é Moisés?

Seu pai acha que é Deus, pensou ele. Mas não queria antagonizá-la ainda mais. Sem perceber, ele havia se aproximado de Carlota e estava a poucos passos dela. Ela estava voltada para ele, os olhos grandes cheios do que poderiam ser lágrimas dali a um minuto.

Ela esticou a mão para pegar a dele, passando o polegar pela cicatriz que descia pelo pulso de Montgomery, onde a onça havia mordido, e ele sentiu um calafrio.

– Eu não quero que nada mude – disse ela.

– É inevitável.

Ela levantou a mão e colocou sobre a bolsa, enfiou as unhas no couro e apertou os lábios. Como ele queria persuadir aquela mão a voltar para a sua pele... Nada mais do que um toque; os dedos dela entrelaçados nos seus. Seria um sonho.

O braço esquerdo de Montgomery ficou imóvel ao seu lado, a mão segurando o chapéu. Ele então segurou o chapéu com as duas mãos e se afastou. *Covarde de merda*, pensou. *Você é um covarde para absolutamente tudo.*

CAPÍTULO 13

CARLOTA

Seu pai passou o dia com os Lizalde, explicando os experimentos ou simplesmente tentando apaziguar seus medos, ou os dois, ela não sabia dizer. Porém, ele avisou Ramona que teriam um grande jantar e que os híbridos iriam servi-los. Queria que fosse uma demonstração, para provar que suas criaturas eram confiáveis.

Geralmente, os preparativos para um evento assim deixavam Carlota empolgada, mas ela estava contida. Foi à cozinha, pensando em ajudar com algumas tarefas. Apesar de precisar do trabalho, estava distraída, e Ramona brigou com ela.

– Carlota, você está colocando açúcar rápido demais. O merengue não vai inchar – disse a mulher.

O pai dela amava merengues, mesmo que fossem diferentes dos feitos na França. Ela achou que poderia fazer um agrado, mas estava falhando.

– Desculpe – resmungou Carlota.

– O que houve, menina? – perguntou Ramona, levantando o rosto de Carlota.

Carlota não sabia o que dizer. Estava *tudo* dando errado. Ela estava enjoada e queria falar com o pai, mas ele estava ocupado. E, apesar de uma conversa com Ramona e Lupe talvez ajudá-la a dissolver as preocupações, ela não conseguia pensar no que dizer.

– Ela está pensando no jovem senhor – disse Lupe.

– Não estou – respondeu Carlota de imediato.

– No que mais estaria pensando, além de em você mesma e nos seus pretendentes? Não na gente, com certeza. Você nem perguntou como Cachito está hoje. Ele passou a noite com dor, sabia? Todo mundo ouviu.

– Eu não bati nele.

– Não, foi o seu pai. Para agradar àqueles palhaços que você está tentando impressionar.

Lupe a encarou e Carlota desviou o olhar. Ela sentiu gosto de bile na boca e estremeceu.

Ramona balançou a cabeça.

– Carlota, você devia se aprontar. Seu pai vai querer te ver bem arrumada.

Ela concordou e foi para o quarto. Lá, jogou água no rosto. Depois, passou as mãos pelos vestidos no guarda-roupa grande. Havia um que ela raramente usava e que o pai havia comprado no ano anterior. Todos os vestidos de Carlota eram feitos por uma costureira em Mérida que havia recebido suas medidas. Montgomery levava as roupas de volta para Yaxaktun junto com os suprimentos de que eles precisavam para a casa.

Esse vestido, em especial, era um certo exagero, a coisa mais extravagante que possuía. Era um vestido de noite, para festas, mas ela não ia a festas. Ela vira algo parecido em uma revista feminina e implorara ao pai. Tinha uma saia branca com babados de filó, borda decorada de renda e uma sobressaia de cetim azul. O decote do corpete era ousado e mostrava os ombros.

Ela arrumou o cabelo lentamente. Quando se olhou no espelho, sentiu como se houvesse uma rachadura invisível nele, talvez nela mesma. A rachadura aumentava aos poucos, ameaçando destruir Carlota.

Ela derrubou os grampos duas vezes e teve que respirar fundo antes de continuar com o penteado cuidadoso.

Finalmente, entrou na sala de jantar usando o vestido azul-escuro com detalhes amarelos. A toalha de mesa estava posta e sobre ela estava o candelabro prateado e cintilante, cujas velas queimavam lentamente. Ramona e mais alguém se deram ao trabalho de cortar flores e colocá-las em uma grande tigela de cristal cheia d'água. Pela manhã, estariam murchas, graças ao calor da selva, mas por ora exibiam suas lindas cores.

– Minha querida, você está linda – falou o pai quando ela chegou, aproximando-se dela. – Comporte-se – acrescentou, em voz baixa –, precisamos conquistá-los.

Carlota acenou com a cabeça e sorriu para os convidados. O jantar seria servido para seu pai, Eduardo e Isidro e, surpreendentemente, Montgomery. Ela supôs que o pai estava tentando ensinar uma lição a ele ao fazer todos se sentarem juntos após a briga. Quanto à comida, não eram os pratos que chamaram a atenção dos convidados, mas a aparência dos que os serviram. Lupe, Aj Kaab, Parda e La Pinta se revezaram para trazer as travessas cheias de carne ou encher os copos com vinho tinto. Lupe agiu como se Carlota não estivesse ali e manteve o queixo erguido. Mais uma vez, Carlota teve a sensação de que alguma coisa estava quebrada dentro dela.

– É impressionante a variedade de formas e aparências dos seus híbridos – comentou Eduardo. – Às vezes não consigo dizer de qual animal eles derivam. Um parece meio felino, outro com um lobo.

La Pinta limpou migalhas do canto da mesa enquanto Eduardo falava, e Parda colocou um prato na frente de Carlota. Ela agradeceu com um sussurro.

– Como o sr. Darwin diria, recebemos o presente de ter infinitas belas formas – disse o pai. – Admito, contudo, que mamíferos são o tipo mais adequado para meu trabalho. Meus experimentos com répteis foram decepcionantes. Mas o que eu gostaria que fizessem, cavalheiros, é considerar as outras possibilidades que mencionei mais cedo. Há inúmeros milagres médicos que podemos alcançar. Minha filha, por exemplo, não estaria sentada conosco hoje se não fosse pelo tratamento que desenvolvi para ela. Ela seria uma inválida, trancada em seus aposentos. Mas a questão não é Carlota, não é essa a única possibilidade, não, senhor. A cura para a cegueira ou dar a habilidade da fala para quem é mudo pode estar ao nosso alcance.

Ela observou uma mariposa, que havia conseguido entrar na casa, voar pela sala e parar na parede, como uma pequena mancha marrom. Quando uma libélula entra em uma casa, significa que uma visita está chegando. Quando uma mariposa entra, pode ser um presságio bom ou ruim. Se fosse preta, significava morte. A marrom não significava nada.

– Isso é ótimo, mas não acredito que meu tio esteja procurando a cura para a cegueira, não é? – perguntou Isidro. – Ele está lhe pagando para que lhe entregue trabalhadores. Mas os que o senhor tem aqui devem ser terrivelmente caros. Quanto ele já gastou com esse experimento?

– A pesquisa sempre tem seus custos – respondeu o pai dela, seco.

– Isso está óbvio. A vida aqui não é sem seus luxos – respondeu Isidro e olhou para Carlota de um jeito que pareceu estar calculando quantos metros de cetim foram necessários para fazer aquele vestido. – Os índios do leste são mimados. Eles precisam ser castigados; de maneira correta, é claro, senão vão sair por aí como crianças mal-educadas. Mas pode garantir que seus híbridos são melhores? Afinal, vi em primeira mão o temperamento deles.

Com essas palavras, Isidro ergueu a mão enfaixada, com o orgulho de um homem que apresentava um troféu.

– Cachito estava assustado – disse Carlota; ela baixou os olhos e manteve um tom gentil. Até então, ficara de fora da conversa, lembrando o pedido do pai e com medo de cometer um erro. – Se alguém que o senhor ama estivesse em perigo, o senhor o defenderia.

– Mas então a senhorita acha que aquela criatura *ama* o sr. Laughton? – perguntou Isidro, incrédulo.

– Cachito é bondoso. Se o conhecesse melhor, veria...

– Vejo que tem um coração mole. As pessoas se aproveitam dos que têm corações moles. Em nossas *haciendas*, se deixássemos, os índios trabalhariam um dia e descansariam cinco. Não precisa nem acreditar na minha palavra; se quiser, pode perguntar para o padre local.

– Sim. Os padres também cobram suas taxas – disse Montgomery. – E eu não confiaria neles para esses assuntos. Já os vi exigirem pagamento para batizar uma criança que morreria em breve, e os pais venderam tudo o que tinham a fim de garantir que a criança fosse para o céu. Isso lhe soa certo?

– O senhor é ateu?

– Somos devotos nesta casa – disse o pai de Carlota. – O sr. Laughton participa da nossa missa toda semana. Minha filha conhece a Bíblia de cor.

– Que bom. Aqui, estão longe da civilização e perto daqueles monstros pagãos que infestam a península. Seria terrível imaginar que foram tomados pelas superstições e se afastaram de Deus. Fé, srta. Moreau. A pessoa precisa ter fé. É isso que falta nos índios. Esse é o problema deles – disse Isidro com um sorriso satisfeito.

Carlota ajeitou uma mecha de cabelo atrás da orelha.

– Precisamos amar uns aos outros, senhor.

Sua voz soou apagada, como as cores da mariposa na parede, e mesmo assim chegou aos ouvidos de Isidro, pois estavam sentados lado a lado.

– Como assim? – perguntou ele, surpreso.

– Assim, permanecem agora estes três: a fé, a esperança e o amor. O maior deles, porém, é o amor – disse Carlota, mais alto e com mais força.

– Não entendo por que o amor tem relevância nesta conversa.

– Jesus nos disse para amar uns aos outros. Se falta fé nos *macehuales*, talvez falte amor no senhor.

Isidro soltou o ar, irritado. Ela achou melhor se explicar, mas o pai lançou um olhar para Carlota, indicando que ela devia ficar em silêncio. Montgomery, sentado à sua frente, estava sorrindo e Eduardo parecia surpreso. Ela havia dito algo terrível? Achava que não. Entretanto, a voz de Isidro assumiu um tom seco.

– A senhorita simplesmente não entende nossa situação. Seria melhor trazer aqueles trabalhadores chineses de que as pessoas tanto falam. Eu achei que era uma despesa desnecessária, mas, se for para o meu tio gastar dinheiro, pelo menos eles não vão me morder. Ou então podemos continuar com os índios. Com ou sem amor – concluiu Isidro.

– Eu acho que alguns deles, sim, gostariam de tirar um pedaço de nós – disse Eduardo. – Algumas das histórias que meu pai conta sobre a revolta de 1847 deixariam qualquer homem assombrado.

A mariposa voou e se chocou contra uma das velas. Caiu queimada na toalha de mesa, ao lado da mão de Carlota, que esticou o dedo para tocar a asa, mas La Pinta veio por trás, em silêncio, e tirou o inseto, depois deu a volta na mesa e encheu o copo do doutor.

– Foi a execução de Manuel Antonio Ay que começou a revolta – comentou Montgomery, limpando a boca e jogando o guardanapo perto do prato.

– Pois não? E daí? – respondeu Eduardo, impaciente. – Está querendo dizer que isso justifica eles terem matado todas aquelas mulheres e crianças em Tepich?

– A guerra nunca é justa para nenhum dos lados envolvidos.

– Você se esquece de que o sr. Laughton é inglês – disse Isidro. – O que é justo é o que é melhor para a Coroa.

– Ótimo argumento. Estou curioso, sr. Laughton, sendo um membro da Coroa britânica, o senhor apoia a criação de um Estado maia independente? É claro que "independente" não é a palavra certa, já que tenho certeza de que os britânicos fiscalizariam de um jeito ou de outro.

– Estou certo de que não vão começar um conversa desnecessária sobre política – disse o pai de Carlota.

Em resposta, Montgomery enfiou a mão no bolso do paletó e tirou uma caixa de cigarros e fósforos.

Era um costume que, quando um homem fumasse, ele deveria oferecer cigarros para os outros ao redor, mas Montgomery não fez menção disso, o que alguns poderiam julgar como ofensivo. Ou eles não perceberam ou decidiram ignorá-lo.

– Acha que a política é desnecessária? – perguntou Isidro.

– Sou um cientista. O estudo da Natureza me compele. Eu me concentro apenas na pergunta a que busco responder. A pesquisa é a parte mais importante – disse o doutor, orgulhoso. – Pesquisa médica de verdade. As curas...

– Ah, sim. Para a cegueira – disse Isidro de modo desdenhoso.

Apesar de não gostar de Isidro, Carlota sentiu uma pequena satisfação de ver como ele havia cortado o pai. Ninguém em Yaxaktun falava assim com Moreau. Era como um deus. Porém, na presença de outros homens, não parecia incrível ou impressionante como sempre. A forma como tratara Cachito a chocara. Era cruel da parte dele obrigá-los a participar daquele evento, exigir que fossem corteses enquanto Cachito se contorcia de dor.

Ele é um pai ruim, disse para si mesma.

Quase imediatamente ela se sentiu culpada por um pensamento tão ingrato. Mais uma vez, sentiu que havia uma rachadura dentro de si, crescendo aos poucos, e se lembrou de como Montgomery havia dito que tudo precisa mudar. Ela olhou na direção dele, se perguntando no que ele estaria pensando, mas seu rosto era uma máscara de pedra.

Montgomery havia acendido um fósforo e o pressionava contra a ponta do cigarro, levantando o rosto para olhar para ela enquanto apagava a chama.

As mãos de Carlota tremeram sobre o cetim do vestido e desceram pela barriga até pararem no colo.

– Bom, eu acredito que a pesquisa do dr. Moreau é interessante, mesmo que as aplicações ainda não sejam práticas – disse Eduardo. – Afinal, como ele explicou, se não fosse pelo trabalho com as ciências biológicas, sua filha não estaria forte e saudável, jantando conosco. Para mim, seria uma pena. A senhorita é uma bela visão, srta. Moreau.

Ela sorriu ao ouvir isso, contente por alguém estar feliz com a presença dela naquela mesa. Isidro com certeza não estava muito animado para conversar com ela. À sua frente, Montgomery se recostou na cadeira e sorriu por uma fração de segundo.

– Obrigada – disse ela, corando.

– Na verdade, não devíamos estar falando de trabalhadores e esses assuntos – acrescentou Eduardo. – É um tédio, e a srta. Moreau não deve ficar com a impressão de que somos entediantes.

– Agora ele vai nos fazer passar a noite inteira falando de cavalos – disse Isidro, revirando os olhos.

A conversa continuou em frases leves e fáceis, nada de profundo foi discutido. Depois do jantar, Isidro disse estar cansado e se recolheu ao quarto. O pai de Carlota sentou-se em um banco no pátio e Montgomery ficou encostado na parede de braços cruzados. Eduardo e Carlota passearam pelo pátio.

Ela se sentiu estranha, sendo observada por dois pares de olhos, e ainda mais por estar caminhando com Eduardo. Achou que era como se os homens estivessem observando o ritual de cortejo de um pássaro colorido. Ela estava ali para apresentar um espetáculo.

– A senhorita esteve quieta hoje – disse Eduardo. – Tenho medo de tê-la desagradado.

– Eu estava pensando a mesma coisa do senhor.

– Mas como poderia me desagradar, quando é tão encantadora?

– O seu primo não parece gostar de mim – sussurrou.

– Ele está chateado. Com dor na mão.

– Sinto muito, de verdade. Mas precisa acreditar quando digo que Cachito é um menino adorável. Nós crescemos juntos.

– A senhorita cresceu com essas criaturas horrendas? – perguntou Eduardo.

Era estranho ouvir Eduardo falar deles como "criaturas horrendas" quando ela os considerava amigos. Quando era criança, Aj Kaab a levantara no colo, fazendo que risse sem parar; ela brincara de esconde-esconde com Cachito e Lupe e ensinara aos outros as rimas que aprendia nos livros. As mandíbulas protuberantes, os olhos em lugares estranhos e as mãos deformadas não a incomodavam.

Entretanto, ela supôs que não era inesperado que Eduardo visse os híbridos como horrendos. O próprio Montgomery havia ficado em choque com a aparência deles no começo e agora brincava e trabalhava alegremente com eles.

– O senhor não os conhece, mas, se conhecesse, veria que não há nada a temer – respondeu.

– Aquela coisa meio lobo tem dentes que poderiam rasgar o pescoço de um homem em segundos. Isso não a incomoda?

Parda tinha mesmo dentes grandes e protuberantes no focinho, e olhos pequenos e compridos, mas ela mordia apenas o próprio pelo quando coçava, e mais ninguém.

Carlota balançou a cabeça.

– Não. Na verdade, não consigo imaginar ficar longe deles.

– Em algum momento eles serão mandados para Vista Hermosa ou outra *hacienda*.

– Por quê?

– Eles vão ser trabalhadores, não?

Ela sabia que o pai fazia os híbridos para agradar Hernando Lizalde e que, no fim, ele planejava usá-los em suas *haciendas*, mas ela nunca achou que eles abandonariam os muros de Yaxaktun. A pesquisa do pai não estava no ponto certo para que isso acontecesse e, além disso, ela havia criado um senso de segurança que a acalmava.

– A senhorita também terá que abandonar Yaxaktun – disse Eduardo.

– Por que eu faria isso? – perguntou, assustada.

– E todas as grandes cidades do mundo? Não quer vê-las, nem explorar terras distantes? Eu mal podia esperar para sair de Mérida.

– Queria ficar longe do seu pai?

– Se a senhorita conhecesse meu pai, não iria querer ficar perto dele – disse Eduardo com amargura.

– Ele o tratava mal?

– Ele... Tudo precisa ser feito do jeito dele. Ele dita cada passo e todos nós precisamos segui-lo. Sem dúvida, a senhorita nem sempre quer fazer o que seu pai diz.

– Uma filha precisa ser obediente – respondeu ela, rápido. Mas foi a força do hábito que fez essas palavras saírem, e ela franziu o cenho, estranhando que a obediência incondicional viesse com tanta facilidade. – Mas, tenho que admitir, eu também gostaria de dar minha opinião.

– Em que sentido?

– Eu quero cuidar do meu pai, dos híbridos, deste lugar. Eu amo meu lar, mas é... Às vezes meu pai dita muitos passos, como o seu – explicou, olhando para ele.

Os dedos dele tocaram a mão de Carlota.

– É um desperdício a senhorita ficar aqui.

– Por quê?

– Se estivesse em Mérida, seria convidada para inúmeras festas.

É claro que ela ouvira falar de Mérida. Sabia das grandes casas com pórticos colunados, dos portões de metal curvados, das *calesas* puxadas por belos cavalos, das árvores que fazem sombra na alameda onde se podia passear quando o calor do dia abria espaço para o frescor da noite. Mas o que havia de mais? O frescor da noite em Yaxaktun também lhe agradava, no pátio interno com as plantas.

– A Cidade do México é maior, claro. Eu gostei de estudar lá. Nós temos uma casa na capital, obviamente, e, apesar de não ter conseguido ir visitar Paris, espero fazer isso em um ou dois anos. Sem dúvida, a senhorita gostaria de conhecer Paris, certo? Afinal, seu pai é francês.

– Eu gosto de quando meu pai fala de Paris, porque quero aprender sobre a cidade. Também gosto quando o sr. Laughton fala da Inglaterra, ou das ilhas que conhece. Mas não acho que amaria nada em Paris – disse ela, sentando-se na beirada da fonte e mergulhando os dedos na água.

– Preciso admitir que estou perplexo. Toda jovem que já conheci gostaria de ser vista e admirada pela maior quantidade de pessoas possível.

Carlota balançou a cabeça em negativa.

– Eu sinto que Yaxaktun é um lindo sonho, que eu gostaria de sonhar para sempre.

– Mas na história da Bela Adormecida, o príncipe beija a princesa e ela acorda – disse Eduardo e se aproximou dela, deixando suas mãos se tocarem.

Ele conseguia fazer o rosto de Carlota corar com muita facilidade. Pelo canto do olho, ela viu que seu pai se fora, mas Montgomery estava parado em seu lugar, o cigarro brilhando como um vagalume.

– O sr. Laughton está nos observando – sussurrou ela.

Eduardo concordou.

– Como um falcão. Estou cansado de pais e babás. Venha.

Ele se levantou e ela o seguiu. As árvores de primavera do pátio estavam cheias de cores, de parede a parede, criando bolsões de nuvens magenta até alto no céu. Eduardo a guiou por um desses aglomerados de flores e rapidamente a escondeu na sombra da árvore. Ela percebeu que, envoltos pela escuridão perfumada, Montgomery não os veria ali.

Antes que pudesse perguntar algo para Eduardo, ele a empurrou gentilmente contra a parede e pressionou os lábios contra os dela. Ela abriu a boca para ele e sentiu os braços de Eduardo envolverem sua cintura. A força daquele abraço a fez se arrepender da falta de resposta na mesma altura, pois não queria que ele a achasse uma tola. Porém, ela não sabia de nada, e a timidez lutando contra o desejo de pressioná-lo também, de beijá-lo com força.

Damas devem ser dóceis, pensou, mas colocou uma mão na gola do casaco dele e a outra ao redor do pescoço para puxá-lo para mais perto, o mais perto que pudessem ficar.

Carlota achou que o coração ia explodir com o toque e, quando ele apoiou o queixo no topo de sua cabeça, ela teve certeza de que toda Yaxaktun poderia ouvi-lo, batendo alto como um tambor. Ainda assim, ela inclinou a cabeça e começou outro beijo, o que fez Eduardo rir.

– Corajosa, hein?

– Não sou, não – sussurrou.

Ela não era mesmo, e sabia que, se Ramona ou Montgomery os vissem, brigariam com ela, e esse medo fazia que ela quisesse fugir. Contudo, Eduardo era gentil, e ela gostava de como seus corpos se moldavam, então ficou parada.

– O que posso lhe dar para agradá-la? – perguntou ele.

– Me agradar?

– Um presente, uma lembrança – disse ele, com a voz baixa e cheia de uma ferocidade que a fez tremer. – Peça qualquer coisa.

Ela pensou que a resposta apropriada seria pedir flores ou chocolates, mas não queria nenhum dos dois. Seus dedos traçaram os botões de bronze no paletó dele, e ela não conseguiu pensar em mais nada para dizer além da verdade, aquilo que ela realmente queria.

– Você poderia... se um dia for seu... me dar Yaxaktun?

– Você é mesmo atrevida.

Ele não parecia chateado, mas ela corou. Ele a beijou na boca rapidamente antes de se afastar. De volta a céu aberto, andaram lentamente pelo pátio, e ela apoiou a mão no braço de Eduardo. Montgomery estava parado no mesmo lugar, fumando o cigarro, e no chão havia pedaços de fósforos e uma ponta de cigarro acesa. Quando passaram, ele pisou na ponta e ergueu o olhar para eles com tanto desaforo que ela teve certeza de que Montgomery vira o beijo e lhes daria uma bronca. Porém, ele apenas acenou.

Ela passou correndo por ele e foi para o quarto. Um pouco mais tarde, Ramona veio ajudá-la a tirar o vestido. O barulho do cetim era ruidoso para seus ouvidos sensíveis e ela estremeceu.

– Está se sentindo mal? – perguntou Ramona.

— Estou cansada – respondeu Carlota, sentando-se. – E meus nervos... Estou muito nervosa.

Ramona tirou os grampos do cabelo da menina.

— Nervosa por causa desses rapazes? São apenas homens, Loti.

Mas não são, pensou ela, e olhou para o espelho, observando Ramona guardar os grampos no copo.

— Montgomery não gosta deles – disse ela.

— O sr. Laughton não gosta de ninguém. Ele está doente, precisa de um curandeiro que possa ouvir seu sangue.

— Ele não está doente.

— É claro que está. Seu papai pode curar várias doenças, mas não conhece todos os males. O sr. Laughton perdeu a alma. Ela voou para longe e está perdida em algum lugar. Eu falei pra ele uma vez, vá visitar um curandeiro, se livre dessa doença. – Ramona deu de ombros. – Não importa o que o sr. Laughton pensa sobre ninguém.

— Importa o que meu pai pensa – murmurou Carlota, e virou a cabeça. – Uma casamenteira preparou o seu casamento?

Ramona confirmou com a cabeça.

— Consultaram as estrelas e eu ganhei um belo colar para o meu *mujul*. Mas não foi uma boa parceria.

— Eu não tenho *mujul* – sussurrou Carlota, lembrando-se do que o pai falara. Que nada naquela casa pertencia a eles. Não que Eduardo fosse pedir um dote, mas ela se lembrou das circunstâncias. – E como saber se vão ser um bom par ou não?

— Não dá para saber – disse Ramona. – É assim que as coisas são. Todos temos um caminho a trilhar e o destino está escrito no livro dos dias.

Mas Carlota se perguntou: qual seria o seu caminho?

CAPÍTULO 14

MONTGOMERY

Eles foram para a beira d´água, para onde as raízes dos manguezais se emaranhavam como cobras escorregadias. Teoricamente, estavam ali para conferir o esquife no píer. Era o meio de transporte mais rápido que tinham, e sua porta para o mundo exterior quando precisavam de mantimentos. Era preciso verificá-lo regularmente e cuidar da trilha que levava até o píer.

Não era necessário, porém, que se sentassem e colocassem os pés na água, nem que se demorassem ali. Mas assim fizeram, porque Montgomery estava tentando manter Cachito longe da casa e dos visitantes. O olho direito de Cachito estava inchado dos golpes de Moreau. Montgomery não queria que eles tivessem outra chance.

— Como está isso aí? — perguntou, apontando o olho.

— Melhor, eu acho. E seu corte na testa?

— Não vai estragar meu visual.

Montgomery pegou a caixa velha de cigarros do bolso e ofereceu um para Cachito, que o recusou, balançando a cabeça. Não muito longe, dois íbis brancos estavam nas margens, contrastando com o verde das árvores. Devagar, bem devagar, um deles se virou um pouco e olhou na direção dos dois.

— Ele nunca tinha me batido. Melquíades me batia, e uma vez eu o mordi e ele me bateu mais ainda, mas o doutor, nunca. Eu sempre achei que ele fosse *melhor* do que isso. Ele fala de obediência e de docilidade e diz que ama a gente, e aí ele... e aí ele...

– Ele é um hipócrita? – respondeu Montgomery. – Eu morei em um vilarejo em que o padre falava do inferno e dos pecados. Ele pedia às moças mais jovens que ajudassem na limpeza da igreja depois da missa. E quem diria, depois de toda aquela pregação, que aquelas meninas ainda acabavam carregando bastardos que pareciam muito com o padre.

Ele sabia de casos piores. Já ouvira e vira uma imensa ladainha de horrores. O mundo era assim. Quando era criança, e a caminho de se tornar um herege, ele achava que era obra do demônio. Mais velho, achava apenas que era o trabalho de um deus cruel e perverso.

– Às vezes, nos jornais, eu leio anúncios de *hacendados*. Eles dizem que um trabalhador fugiu e oferecem recompensa para quem o trouxer de volta – disse Cachito. – Mas eles não conseguem encontrar todos. Alguns se escondem e se tornam bandidos ou fogem para um lugar seguro. Se eles conseguem, quem disse que não vamos conseguir?

Montgomery concordou, mas não quis dar uma resposta completa. O que podia dizer? Se Cachito fugisse, morreria em poucos dias sem os remédios, e, se durasse, talvez Hernando Lizalde mandasse um caçador de recompensas atrás dele. Era o que faziam com trabalhadores que se atreviam a abandonar as *haciendas*. Depois, o custo do caçador era adicionado à dívida do trabalhador com o *hacendado*. Era por isso que Montgomery ainda estava ali. Ele devia dinheiro e Lizalde podia vir coletar sangue se ele fugisse.

– Foi assim em Cuba?

– Quer saber se as pessoas fugiam? Eles têm trabalhadores escravizados lá também. Faz décadas que enviam chineses para trabalhar nas plantações. Eles chamam de tráfico de "coolies". Oito anos, é esse o tempo que os chineses precisam ficar. Agora, estão mandando índios maias rebeldes para a ilha. Em vez de jogar na cadeia, botam eles em um navio e os levam para Cuba. É tudo a mesma coisa – disse enquanto balançava o cigarro no ar. – Todo mundo está condenado e, se barrarem a exploração dos índios, vão dar um jeito. O tráfico de escravos supostamente acabou há sessenta anos, mas deram um jeito de contornar as leis.

– Os rebeldes lutam. Eu sempre achei que você fosse corajoso por ter lutado com uma onça, Montgomery. Mas eu não acho mais que seja tão corajoso. Você não luta por nada. Você só quer morrer – disse Cachito, melancólico.

Montgomery balançou a cabeça e tragou o cigarro. Ele não se deu ao trabalho de negar. Estava, sim, morto e morrendo, um peixe se debatendo e tentando respirar, e por algum motivo o universo não cortava completamente seu suprimento de oxigênio. Aquele deus cruel e mesquinho gostava de vê-lo sofrer. Talvez ele se deleitasse com isso. Talvez essa seja a verdadeira face de deus: terror implacável.

Os íbis brancos voaram para longe e Cachito falou:

– Lupe disse que ela viu Juan Cumux uma vez. Perto do *cenote*.

– Como ela sabia que era ele?

– Ela sabia. Ele não estava com seus homens, estava sozinho. Ela disse que ele é velho, mas não como o Moreau. Moreau é velho como se fosse feito de pedra, mas Cumux é velho como o manguezal. Ele enfrentaria uma tempestade.

Ele tocou o ombro do menino.

– Você vai ficar bem. Não tenha medo, Cachito.

– Não estou com medo – respondeu o garoto, incisivo.

Montgomery pensou em contar para ele que não havia nada de errado em sentir medo, que ele sentira medo várias vezes na vida. Que, quando o pai batia nele, Montgomery fechava os olhos e rezava para voar para longe. Mas não adiantava nada, porque ele sabia, pela dureza do olhar do menino, que aquilo só ofenderia Cachito. Então deixou para lá e, quando Cachito esticou a mão, Montgomery lhe deu um cigarro.

Ele se sentiu velho ao andarem de volta. Quando parou em frente à porta da biblioteca, estava exausto. Então viu Carlota, encolhida no único sofá do cômodo. Ela segurava um livro na mão e um leque na outra. Estava mordendo o lábio inferior, absorta em pensamentos. Devia ser um dos livros de que ela gostava, com piratas ou vândalos, cheio de aventuras emocionantes e romance.

– Onde está Eduardo? – perguntou para ela.

No dia anterior, ela estava dando voltas e voltas no pátio com o jovem. Montgomery imaginou que o rapaz ficaria grudado a ela, como uma craca. Era um prazer raro encontrá-la assim, sozinha, e, por um instante, desejou não ter falado nada e só admirá-la de longe. Ela parecia tranquila.

Carlota marcou a página do livro com uma fita antes de olhar para ele. Atrás dela estavam estantes cheias de vários volumes, mas a biblioteca era vazia em comparação com a sala de estar, pois tinha apenas uma mesa no canto que servia de apoio.

– Está cochilando. Onde você estava? Meu pai estava procurando você.

– Saí para caminhar com Cachito. Era importante?
– Com certeza ele vai encontrar você se for urgente.
– Tudo bem, então. Eu queria falar com você, na verdade.
– O que foi?

Ela se sentou direito, apontando para o sofá com o leque e abrindo espaço, caso ele quisesse se sentar com ela. Ele fez isso.

– Suponho que ainda não tenha falado com seu pai sobre os híbridos.
– Quer saber se eu perguntei para ele sobre a fórmula.
– Isso mesmo.
– Ainda não tive uma oportunidade.
– Não, é claro que não – resmungou. – Não com o jovem senhor por perto para distraí-la.
– O que isso quer dizer? – perguntou ela, irritada. – O que você quer de mim?
– Nada. Eu estava pensando em você e Eduardo, mas não devo me meter.
– Isso não é "nada". Fale a verdade, senhor.
– Eu disse que não é nada.
– Você vai me responder – disse ela, e bateu com o leque no braço de Montgomery.

Quando ela estava com Eduardo, usava o leque colorido como uma arma de brincadeiras; tremia em suas mãos como uma saudação, o movimento marcava sua risada. Com Montgomery, porém, o leque servia para castigo. E ela estava com um olhar tão petulante, o queixo tão erguido, que ele não conseguiu se conter, apesar de saber que ela estava envergonhada, com as bochechas coradas, e por isso agia dessa forma.

– Em vez de fazer algo útil, você está desperdiçando tempo com aquele Eduardo. É claro que ainda não falou com seu pai, pois gasta todas as suas palavras com outra pessoa, é isso que eu acho – respondeu com um tom amargo e, quando ela o encarou, de olhos arregalados, ele continuou, querendo instigar ainda mais a raiva dela. – Ou tem medo do doutor? É por isso que não fala com ele?

– *Você* poderia falar com meu pai, Montgomery, se quisesse – respondeu ela.

– Mas eu não prometi que faria isso. Você prometeu a Lupe e Cachito que os ajudaria. Tudo bem, então. Se vai ser covarde, então eu me viro.

– Você não tem o direito de me chamar de covarde. Você é tão cruel quanto Lupe!

Indignada, ela ameaçou lhe dar outro tapa com o leque fechado, mas ele segurou o leque e sua mão. Quando sentiu aquela mão sob a sua e a pulsação acelerada debaixo dos dedos, sua amargura dissipou-se.

– Carlota, eu não sei o que Lupe lhe disse, mas eu não falei isso para ser cruel. É que esse Eduardo não é bom o bastante para você – explicou em tom mais gentil.

– Você tem outros pretendentes para me apresentar?

– Não. Mas alguém de valor vai aparecer. Outro rapaz.

– Meu pai iria me... Qual é o problema com ele? – perguntou, e também se acalmou, não afastou a mão.

Em vez disso, ela o olhou com uma expressão curiosa.

– Eu conheço esse tipo. É o tipo de homem que só toma as coisas. Não acho que ele a amaria de verdade, e você, Carlota... bom, eu te conheço. Você tem a mesma doença que eu.

– Uma doença? – perguntou, mais curiosa do que irritada.

– Sim, do coração. Você está apaixonada pela ideia de estar apaixonada, Carlota – disse ele, segurando a mão dela com mais força. – Pelo conceito disso. Eu vejo em seu rosto. Você deseja *tudo*, e está prestes a cair no abismo. Algumas pessoas dão um pouco de si, mas tem outras que se entregam por completo. E você vai fazer isso. Vai se entregar completamente. Eu já estive na mesma posição. Eu fui jovem e fiz uma má escolha, e isso acabou comigo.

Ele pensou na bela Fanny Owen e nos poucos momentos de felicidade que foram destruídos por dor e sofrimento. Era impossível de explicar. A maioria das pessoas achava ridículo que alguém pudesse ser tão ferido por outra pessoa, mas ele sempre fora romântico, e talvez fosse solitário e assustado e quisesse ser salvo, mesmo naquela época. Fanny era o aroma de floresta verde, primavera e esperança, até tudo se estragar.

– Eu não quero que o mesmo aconteça com você – disse ele, e afastou a mão.

Era tudo verdade. Ele tinha certeza de que, um dia, ela encontraria um rapaz que ela amasse, e ele nunca a invejaria por isso. Porém, terminar nos braços de Eduardo Lizalde parecia quase obsceno. Por que não outro homem? Qualquer homem. Ele dançaria contente no casamento dela, desde que o noivo não fosse aquele terrível arrogante.

Carlota franziu o cenho, como se estivesse pensando com cuidado.

– Mas talvez ele me dê Yaxaktun – disse. – Caso contrário, como teríamos dinheiro?

– Uma mulher não deveria se casar apenas por dinheiro – disse ele, e pensou na coitada da irmã, em sua morte precoce e terrível.

Ele entendia o que um casamento ruim fazia com uma mulher.

Se ele pudesse voltar! Mas ele perdera Elizabeth. Ele perdera tudo. Sentia que Carlota estava prestes a enfrentar um destino semelhante e terrível, e ele não podia deixar isso acontecer, por mais que Moreau desejasse a fortuna de Lizalde. Precisava se pronunciar, mas ela não parecia estar prestando atenção.

– É fácil para você falar – disse ela, balançando a cabeça. – Se o sr. Lizalde tirar este lugar de nós, você pode ir trabalhar em outro lugar. Pode voltar para as Honduras Britânicas, Cuba ou até a Inglaterra. Mas o que nós faríamos? O que *eu* faria?

Então venha comigo, ele pensou de repente. Ela podia não vê-lo de maneira romântica, mas ele podia levá-la embora se ela quisesse, e, se ela gostasse dele, pelo menos um pouco, isso seria o suficiente para ele. Era uma ideia tola, mas ele pensou em declará-la. Porém, ela continuou falando, rápida e nervosa.

– Esta casa... esta vida... as árvores e os híbridos e, ah, até coisas como este livro e meu leque – disse ela, como se estivesse suplicando. – O que eu faria sem elas?

– Eu imagino, sim, que seja difícil comprar leques com cabos de marfim se o sr. Lizalde parar de pagar suas contas – respondeu, irritado.

Ele estava prestes a se declarar para ela, como um tolo, e ela estava pensando no leque.

– Você é terrível.

– Sou. E preciso ir embora – disse, começando a se levantar.

Ela segurou seu braço e o puxou para baixo.

– Você me julga de um jeito cruel, mas não me dá alternativas. Eu não entendo o que fiz para merecer esse tratamento.

– Me solte, Loti – respondeu, cansado.

Ela soltou. Ele se levantou e deu alguns passos, até ela se levantar também e apertar o livro nas mãos.

– Eu te odeio! Você é terrível! – gritou ela, e jogou o livro em sua direção.

Acertou a parede.

Montgomery se virou. Ela estava de pé no meio da biblioteca, pressionando a mão no estômago, olhando para baixo.

– Você devia se controlar. Se destruir esse livro, não tenho dúvidas de que seria descontado do meu salário, que não vou receber, já que estou sendo punido – disse ele, esperando que ela jogasse o leque em seguida.

Mas ela ficou parada, sem olhar para ele. Suas mãos tremiam.

– Carlota? – chamou, aproximando-se.

Ela não parecia bem. De repente, ela caiu nos braços dele e se segurou, tentando se equilibrar.

– Não consigo respirar.

Os olhos dela brilhavam, estavam de um tom muito amarelado. Não âmbar, e sim dourado.

O doutor havia lhe dito que, quando Carlota era mais nova, ela tinha crises terríveis e passava a maior parte dos dias na cama, doente e frágil. Apesar de Montgomery saber que às vezes Carlota precisava descansar, e que quando ficava agitada podia se sentir tonta, não se lembrava de ela jamais ter tido uma crise. Era por isso que tomava os medicamentos. Para ficar a salvo.

– Montgomery – sussurrou.

A voz estava quase falhando, e ela enfiou as unhas no braço dele com tanta força que o fez estremecer.

– Um minuto, querida – disse ele, enquanto a pegava no colo, como um homem carrega a noiva, porque ela estava prestes a desmaiar. – Vamos procurar o seu pai. Só um minuto. Pelo amor de Deus, só um minuto.

CAPÍTULO 15

CARLOTA

De início, ela não ouviu nada. Sentia apenas a pressão dos braços de Montgomery ao seu redor, a carregando e a segurando. Sentia o coração dele batendo, o sangue passando por suas veias. Ela não ouvia o coração bater; era uma vibração, um tambor silencioso. Estava com o queixo pressionado contra a clavícula dele e sentia seu cheiro. Havia o sabão que ele usava para lavar o rosto todo dia, a camisa lavada que estava secando no dia anterior, o cheiro do suor e do seu corpo por trás de tudo aquilo.

Ele murmurou alguma coisa; ela não sabia o que era. A cabeça dela piscava em tons de vermelho e amarelo.

Depois, veio a voz do pai, alta e firme, o barulho de metal e vidro e o travesseiro debaixo da cabeça. Montgomery havia se afastado. Ela não sentia mais a pulsação dele. Porém, ele ainda estava ali, em algum lugar da sala. Ela ainda ouvia o coração dele. Queria lhe perguntar por que estava tão alto.

– Me dê aquele vidro.

A seringa beliscou seu braço e então veio a pressão da mão do pai contra a dela. Longe dali, ela ouviu o cantar de um pássaro. Ela se perguntou se conseguiria pegá-lo, se corresse.

Ela virou a cabeça. Na prateleira estavam suas velhas bonecas, encarando-a com os olhos de vidro. Ela sentiu que voltava no tempo, para uma infância que era uma nuvem de dores e doença, já meio esquecida.

Depois, veio uma compressa gelada na testa, e ela respirou. Os minutos se passaram. Quando ela abriu os olhos, seu pai ainda estava sentado ao lado da cama.

– Papai – disse.

– Aí está você – disse o pai, e apertou sua mão. – Beba um gole d'água.

Ele pegou a jarra e encheu um copo. Carlota se sentou e bebeu a água, obediente. Suas mãos tremiam, mas ela só derramou algumas gotas. Ela devolveu o copo.

– Filha, você me assustou.

– Desculpe, papai. Não sei o que aconteceu.

– Nós conversamos sobre isso. Eu disse para você manter a calma e não se exaltar. É o medicamento, precisa ser ajustado.

– Eu perdi o controle. Joguei um livro – murmurou.

– Por quê? O que a deixou nervosa?

– Estava brigando com Montgomery. Mas eu não tenho uma recaída há anos, papai. Eu nem lembro como era estar doente – disse, e realmente não lembrava.

Aquela onda de dor parecia tão distante, e as lembranças mais vívidas eram do pai ao seu lado, confortando-a, livrando-a do sofrimento.

Seu corpo, contudo, parecia lembrar. Vibrava com uma dor antiga, como se houvesse cicatrizes por baixo da pele, invisíveis, que emergiam como cogumelos depois da chuva.

– Talvez você aprenda a lição e brigue menos com ele. Você não é mais uma criança para ter ataques de birra assim.

– Eu sei – sussurrou, e se lembrou da briga e das coisas que Montgomery dissera.

Ele era terrível! Mas tinha razão sobre uma coisa: ela não havia perguntado para o pai sobre os híbridos, apesar da promessa.

– O que acha que aconteceria se nossos convidados vissem essa cena? Ou se vissem você jogando livros no Laughton e brigando como uma louca? A opinião deles sobre você seria destruída.

– Estávamos apenas nós dois na biblioteca.

– Carlota, você é melhor do que isso. Não é decente.

– Eu entendo.

– Ainda bem que Laughton trouxe você para mim tão rápido. Você vai se recuperar em breve. Mesmo assim, precisa dormir. A medicação precisa fazer efeito, e isso não vai acontecer se você ficar andando pela casa – disse o pai ao se levantar, parecendo cansado, e talvez ansioso para sair dali.

Carlota queria fechar os olhos e dormir sem falar mais nada, mas o que Montgomery havia dito ainda a incomodava. Sim, o maldito homem tinha razão: ela era uma covarde e tinha feito uma promessa.

– Papai, eu gostaria de saber a fórmula do meu remédio – disse, rápido, antes de o pai ter a oportunidade de fugir, antes que a coragem lhe escapasse.

Seu pai franziu o cenho.

– Por que está me pedindo isso?

– Porque... acho que eu me sentiria mais segura. E eu gostaria da fórmula do remédio dos híbridos também.

– Você não se sente segura comigo?

– Sinto, sim, mas todos dependemos de você, e você mesmo disse que não sou mais uma criança. Se eu me casar e for embora de Yaxaktun, como vou tocar minha vida se não conseguir cuidar da minha saúde? Você vai me visitar sempre que eu tiver uma crise?

A boca do pai tremeu de leve.

– Você não teria crises se seguisse as regras que lhe dei. Ir para a cama toda noite no mesmo horário e dormir profundamente, rezar e ler a Bíblia, ser gentil e calma e evitar se desgastar fisicamente.

– Mas ninguém consegue ficar calmo a todo momento – disse ela, com a voz trêmula.

– São questões médicas complexas.

– Você mesmo disse que eu sou inteligente. E eu o ajudo com as tarefas do laboratório há anos. Eu conseguiria aprender, tenho certeza.

– Não tão inteligente assim – disse o doutor. Ele não levantou a voz, mas estava irritado e suas palavras eram como gelo. – Você e Laughton podem me ajudar com pequenas tarefas aqui e ali, mas não é a mesma coisa que ser um médico treinado.

– Papai...

– Chega. Preciso que você descanse. Vai ser uma boa menina?

Ela baixou o olhar e concordou. Sua voz estava tranquila, tão delicada quanto a renda do vestido.

– Sim, papai.

– Bem-aventurados os mansos, porque herdarão a terra. Repita.

– Bem-aventurados os mansos.

– Durma um pouco e logo vai se sentir melhor – disse ele, e beijou a testa da filha antes de sair.

Porém, ela não conseguia descansar, porque o paradoxo continuava em sua mente: para o pai, ela deve ser uma criança e uma mulher adulta ao mesmo tempo. Ele não a deixava crescer, mas esperava que ela se comportasse como uma pessoa madura e sofisticada.

A filha de Moreau devia ser uma menina para sempre, assim como as bonecas que a observavam com tanta atenção. Ela estava inquieta; sentiu que tinha crescido para além da pele e precisava mudar.

Ela se deitou na cama e fechou os olhos, mas não dormiu.

Mais tarde, Lupe lhe trouxe uma bandeja, um bule de chá, uma xícara e um pedaço de pão com mel. O sol estava se pondo e o calor exaustivo do dia abria espaço para o frescor confortável da noite. Esse momento a fez querer se esticar e observar as estrelas.

– Montgomery achou que seria bom você tomar chá. Eu acho que chocolate é melhor. Mas você o conhece, ele odeia chocolate – disse Lupe, fazendo careta. – Esses ingleses. Chá, chá, chá.

– Foi gentil da parte dele, eu acho.

– Ele está arrependido, dá pra ver. Vocês brigaram?

Carlota assentiu. O chá era de camomila. Ela se serviu de uma xícara e usou a pinça prateada para pegar um cubo de açúcar. Lupe acendeu duas velas e as colocou na mesa comprida do outro lado do quarto. Em cima dela estavam o espelho, a escova de cabelo e as caixas de madeira que guardavam colares, braceletes e um terço.

– Por que brigaram dessa vez?

Carlota não podia contar que Montgomery a chamara de covarde. Ela não queria repetir a fala de Montgomery sobre desejo. Lembrar-se do que ele dissera quase a deixava tonta. *Apaixonada por estar apaixonada.* Ele achava que ela era tão tola assim? E teria ele razão? Até onde sabia, ele havia amado apenas uma vez. Aquela esposa que o abandonara anos atrás. Se fosse esse o caso, que conhecimento ele poderia lhe oferecer? Talvez pouco, talvez nenhum.

Eduardo não era belo? Beleza não era tudo, mas o beijo tinha sido bom, e ele era um grande cavalheiro. O próprio pai dissera.

Apaixonada por estar apaixonada.

– Falamos de algumas coisas – disse Carlota, mexendo o chá.

– Alguém está fugindo do assunto.

– Não estou. Foram várias coisas e não sei se ele gostaria que eu repetisse a conversa.

Lupe não pareceu convencida. Ela deu uma volta pelo quarto, fingindo arrumá-lo. Guardou um xale branco que Carlota havia deixado na cadeira, colocou um livro de volta na prateleira. Carlota bebeu o chá. Estava quente demais e queimou sua língua. Ela deixou a xícara de lado.

– Eu perguntei para meu pai sobre a fórmula. Ele não me deu – disse, enquanto mexia de novo o chá.

– Ficaria surpresa se tivesse lhe dado.

– Ainda posso conseguir.

– Como?

Carlota respirou fundo. Ela temia dizer aquilo, mas disse:

– Os cadernos dele no laboratório.

– Você conseguiria fazer algo com eles?

– Não sei. Entendo pouco do trabalho dele. Mas eu preciso tentar, não preciso? – perguntou, não gostando do agudo na voz, que fazia parecer uma súplica.

Lupe ainda rodava pelo quarto. Finalmente, ela voltou para o lado de Carlota e se sentou na cadeira em que o pai estivera mais cedo.

– Vou te contar uma coisa, mas precisa guardar segredo. Combinado? – perguntou Lupe, no mesmo tom que usava quando eram pequenas e estavam conversando sobre aprontar algo, como roubar doces.

– Sim, é claro.

– Tem uma trilha aqui perto que vai direto para o acampamento de Juan Cumux. É bem escondida, ninguém sabe que está lá. Mas, se conhecer os sinais, pode achá-la.

– Ele mora lá? Juan Cumux?

– Se não for ele, é um dos seus homens de confiança. Carlota, se Cachito e eu e os outros fôssemos para lá, não conseguiriam nos pegar. Podíamos ir para mais longe, depois. Para o sudeste, para as terras dos rebeldes. Ficaríamos seguros lá.

– Mas você acha que eles seriam bons com vocês?

– Acho que sim. Você poderia vir. Ora, Montgomery poderia vir se quisesse. Ele poderia nos ajudar a viajar. Poderíamos ir para as Honduras Britânicas. Lá tem precipícios e riachos, lugares para nos esconder. Eu li isso nos jornais, e Montgomery disse a mesma coisa.

Lupe parecia tão feliz que o coração de Carlota doeu. Ela se questionou se conseguiria fazer o que prometera. Não apenas descobrir a fórmula, mas reproduzi-la. Mais do que isso, ajudar os híbridos a escaparem. Seria uma traição a seu pai. Carlota podia brigar com Montgomery ou discutir com Lupe quando ela a irritava, mas não respondia o doutor. Ela fazia a vontade dele. Todos faziam.

– E se pudesse ficar segura em Yaxaktun? – perguntou Carlota.

– Como? Os Lizalde não se importam com a gente. Você os ouviu falando no jantar. Falando de dinheiro, de como Yaxaktun era cara e como não achavam que traria muito lucro. Se fecharem este lugar, o que acha que vão fazer com a gente?

Ela pensou nos olhos verdes de Eduardo e em como ele havia dito para ela pedir qualquer coisa, e ela respondera que queria Yaxaktun. Ele a chamara de atrevida, mas também a beijara. Ele gostava dela, e o que era Yaxaktun para ele? Era apenas uma fazenda, nada de mais, considerando sua imensa fortuna. Era o mesmo que lhe dar um pente de cabelo.

– Talvez isso nem aconteça. Tire a bandeja e sente-se aqui, sente-se comigo e segure minha mão – disse Carlota.

Ela pegou a mão peluda de Lupe, sentiu as garras retraídas.

– Está se sentindo mal de novo?

– Um pouco de febre, como quando eu era mais nova. Meu pai disse para eu descansar.

– Então eu deveria ir e deixar você descansar. A menos que queira que eu chame o doutor?

– Não, não precisa incomodá-lo – disse Carlota. – Vou dormir e pela manhã estarei melhor.

– Tudo bem.

Elas ficaram sentadas juntas por um tempo. Depois que Lupe foi embora, Carlota afastou as cobertas e ficou em pé na frente do espelho. A luz das velas fez seu reflexo parecer estranho. Mais uma vez, ela sentiu aquela impressão estranha de que havia uma rachadura, uma sutura, dentro de si. Passou os dedos pelo pescoço, procurando um defeito que não conseguia ver. Seus dedos, no espelho, pareciam muito longos, as unhas quase afiadas demais, e os olhos...

Ela se inclinou para a frente e viu seus olhos, vivos, quase brilhantes. Mas era a luz da vela e, quando se viu por outro ângulo, o efeito sumiu.

Ela ouvia, lá fora, o bater de asas de uma mariposa e, lá dentro, alguém andar pelo corredor. Quando fechou os olhos, praticamente sentiu o cheiro... Montgomery estava andando por aí? Mas era sua imaginação. Ela não podia sentir o cheiro de nada além do quarto.

Ela se aproximou da porta e pressionou a mão ali, ouvindo atentamente. Os passos pararam. Ela esperou por uma batida, mas não veio nada, nenhum barulho. Então, os passos se afastaram. Ele estava indo embora.

Ela pensou em abrir a porta e perguntar o que ele queria.

Em vez disso, foi até a mesa, assoprou as velas e voltou para a cama.

CAPÍTULO 16

MONTGOMERY

— Ela sempre foi assim, apesar de os últimos anos terem sido bons com ela – disse Moreau, acalmando a ansiedade de Montgomery quando conversaram na sala de estar, as cortinas brancas esvoaçando ao vento. – Só preciso ajustar a dosagem dos medicamentos.

— Mas a aparência dela, doutor... Eu já a vi cansada, mas isso foi completamente diferente. Nunca a vi daquele jeito.

Moreau estava em pé, de frente para a gaiola do papagaio, que o encarou, inclinando a cabeça. O doutor olhou para Montgomery com uma expressão de tédio, praticamente.

— Cansaço, articulações inchadas, febres leves, dores de cabeça, mãos dormentes. É uma constelação de sintomas que podem ir e vir. Eu lhe disse isso.

Moreau estava agindo como se Carlota tivesse batido o pé, não caído desmaiada nos braços de Montgomery. Ele ficou perplexo e, apesar de ver que Moreau não queria continuar falando do incidente, continuou:

— Eu achei que ela fosse morrer. Fiquei apavorado. Entendo que Carlota tenha uma doença...

— Uma doença sanguínea. Minha esposa tinha... Ela morreu. Eu não consegui fazê-la parar de sangrar. E a criança... – Moreau parou de falar e seus olhos focaram em um ponto distante. – Pelo que soube, era impossível parar o sangramento.

– Não sabia que tinha sido casado com a mãe de Carlota – disse Montgomery.

Até onde ele sabia, Carlota era filha biológica do doutor, mas não de um casamento. Como tal, ela não tinha todos os direitos de uma filha legítima. O doutor podia não ter muito dinheiro, mas havia alguns pesos em sua conta do banco em Mérida. Se Carlota não fosse uma filha ilegítima, e sim sua herdeira, após a morte de Moreau, poderia ser a signatária da conta. Isso lhe daria mais poder e influência social do que Montgomery acreditava anteriormente.

O doutor piscou, como se tivesse acabado de acordar. Ele se afastou da gaiola do papagaio.

– Carlota? Não, eu não me casei com a mãe dela. Suponho que eu sinta que tenha sido uma situação semelhante a um casamento. Me perdoe, não gosto de falar dela.

– Eu entendo – disse ele, presumindo que a mente senil de Moreau havia misturado a primeira esposa e a amante, formando uma só imagem.

– Carlota disse que vocês estavam brigando quando a crise aconteceu.

– Tivemos uma divergência de opiniões.

– Ela não deveria se exaltar e ficar ansiosa.

– Mas foi apenas isso? Ela ficou ansiosa e isso gerou uma reação tão violenta?

Ele não conseguia acreditar. Carlota, por mais charmosa que fosse, podia discutir com ele sobre vários assuntos. Com Lupe também. Ela não tinha um paroxismo por nada disso.

– Ela é adulta. Ela mudou e continua a mudar. – A voz do doutor tinha um tom seco, que não era de raiva e talvez fosse de dúvida. – Eu a entendia completamente quando era criança. Eu sabia qual era a dosagem do remédio e como manter a doença sob controle. Mas um organismo vivo é instável. Não é feito de pedra. Estou usando todo o meu conhecimento científico sobre leis de crescimento, mas não é suficiente.

– Então isso é sério. Ela deve estar muito doente, e não deve ser um episódio isolado como disse.

– Posso controlar isso – insistiu Moreau, se livrando de qualquer traço de insegurança que tinha havia pouco, como um mágico executando um truque perfeito. – Carlota sempre foi um trabalho constante. Um projeto. É isso que um filho é, Laughton: um grande projeto.

Como sempre, Moreau foi pomposo e Montgomery se preparou para ouvir um discurso interminável, mas, em vez disso, o homem lhe lançou um olhar suspeito.

– Eu quero que você tome cuidado com Carlota. Por favor, não a incomode.

– Não vou incomodar, senhor. Não faria isso.

Moreau não parecia convencido. Ele apoiou a mão na bengala e franziu o cenho. Eduardo e Isidro entraram na sala de estar, ambos com uma aparência tão saudável e de tão bom humor que Montgomery logo se irritou com seus sorrisos e vozes altas.

– Cavalheiros, para onde foi a srta. Moreau? Estávamos procurando por ela – disse Eduardo.

– Meu primo quer convidar a dama para andar a cavalo. Claro, com a sua permissão, senhor – continuou Isidro.

– Sinto dizer que vai ter que esperar até amanhã. Carlota está cansada – respondeu Moreau, mas abriu um sorriso educado para os jovens.

– Está tudo bem? – perguntou Eduardo.

Ele parecia solícito, mas o som da sua voz era irritante. Montgomery preferiria a companhia de sanguessugas e morcegos-vampiros.

– Completamente. É um pequeno mal-estar que às vezes aflige minha filha. Mas ela já tomou o remédio. Não precisa de mais nada.

– Doutor, talvez seja melhor mandar um chá para ela – sugeriu Montgomery, desejando se recolher para a cozinha, longe desses homens. – Posso pedir a Ramona que prepare algo.

– Boa ideia. E eu ficaria feliz em fazer companhia a ela também – disse Eduardo. – Afinal, é um pouco deprimente tomar chá sozinho.

– Fazer companhia a uma dama em seu quarto, senhor? Não me parece muito adequado.

– Fico surpreso que se preocupe com o que seja adequado, sr. Laughton. O senhor não me parece muito... convencional – disse Eduardo, sorrindo.

Você me parece um idiota, pensou Montgomery.

– Por que não achamos outra forma de entretê-lo? – disse Moreau, se levantando. – Talvez com uma partida de xadrez comigo?

– Com prazer.

Os homens saíram da casa, para seu alívio. Porém, Isidro continuou ali. Ele passou a mão pela lareira, cantarolando para si mesmo, antes de ir até o piano e tocar algumas teclas.

– Não joga xadrez? – perguntou Montgomery, desejando que o homem sumisse.

– Não é meu passatempo favorito. Qual é o seu?

– Cartas.

– Quer dizer que é um homem de apostas.

– Às vezes.

– E alguém que entende de chances.

– O que quer dizer, senhor?

Isidro se afastou do piano e se sentou em frente a Montgomery, se recostando na cadeira com uma indolência ensaiada.

– Eu conheço meu primo e, se fosse de apostar, diria que as chances de Carlota são muito boas.

– De quê?

– De fisgá-lo. Vamos ser sinceros. Ela está tentando agarrar o rapaz.

– E o senhor não gosta dela.

– Ela é bela o suficiente. Mas tem alguma coisa nela... algo *devasso* – respondeu Isidro, parecendo desconfortável. – Ela não foi educada corretamente. Ninguém seria, se crescesse em uma propriedade tão distante. E o que ela pode oferecer para ele, além do rosto bonito?

– Talvez isso seja o suficiente para o jovem mestre.

– Os sentimentos de Eduardo são como um pavio, queimam rápido. Ele não tem paciência e, quando quer algo, não desiste. Qual é a linhagem da garota, afinal? O dr. Moreau pode até ser médico, mas ele não pertence a nenhuma grande família de Iucatã. Vai saber quem era a mãe. Ela é uma bastarda, disso eu sei. E ela é escura. Bonita. Mas escura.

Como você é detestável, pensou ele, apesar de o comentário não ser uma surpresa. No México, como em muitos lugares do mundo, a árvore da vida era uma estrutura firme. Sua cor e linhagem determinavam qual era seu galho. Os espanhóis abandonaram o país, mas seus costumes ficaram. As castas permaneciam, assim como velhos preconceitos. Montgomery, um estrangeiro sem dinheiro, ocupava um espaço nebuloso nessa teia complexa de pessoas, e ele poderia atravessar classificações. O lugar de Carlota, entretanto, fora delineado por uma mão um pouco mais firme.

– Ela é uma jovem gentil. O jovem Lizalde tem sorte por ter sua atenção – disse Montgomery.

Isidro se reposicionou, jogando o braço sobre as costas da cadeira.

– Imagino que o senhor espere que ele se case com ela. Mas e se ele a tomar como amante? E aí?

A boca de Montgomery tremeu.

– Seria um pena.

– Agora estamos começando a nos entender. Eu sei que não gosta de mim, sr. Laughton, e o desgosto é recíproco. Mas nenhum de nós dois quer que Eduardo e Carlota acabem nos braços um do outro e causem um caos. Ele vai arruiná-la e depois vamos ter que limpar a bagunça.

– O que quer de mim? – perguntou Montgomery, irritado.

– Eu escrevi uma carta para o meu tio, insistindo que venha a Yaxaktun e dê um jeito no filho – respondeu Isidro, e tirou do bolso do paletó um pedaço de papel dobrado. – Eu gostaria que o senhor levasse a carta para Vista Hermosa. O *mayordomo* de lá vai fazê-la chegar rapidamente à cidade.

– Por que eu deveria levar?

– Não posso partir. Eduardo saberia imediatamente que eu mandei a carta. Isso não pode acontecer.

– Então quer que eu seja seu mensageiro em segredo?

– Tenho certeza de que pode selar um cavalo e ir e voltar de lá em segurança.

– E arruinar o futuro de Carlota.

– Quando morávamos na Cidade do México, Eduardo ficou interessado por uma costureira. Ele a cortejou por uma estação, a amou na estação seguinte e na terceira fugiu. Quantos meses acha que levaria até ele se cansar de Carlota? Não sou um homem que tolera imoralidades. Eu não quero ver a honra de uma dama ser destruída. Meu primo é tolo e impulsivo.

Montgomery pensou na irmã e no marido monstruoso. Ele não salvara Elizabeth, não fizera nada para impedir seu casamento. Poderia deixar Carlota se perder para um cafajeste? E se ela se casasse com ele, e ele aparecesse com várias amantes? Ou, como Isidro dissera, ele a tomasse como seu par por uma ou duas estações? As leis do México determinavam que, se um homem seduzisse e deflorasse uma mulher, teria que casar-se ou lhe pagar uma restituição. E apesar de essa violência ser um crime ser bem definido, e a pena existir, ele supunha que não seria o suficiente para sanar as feridas da menina se ela fosse usada e logo em seguida rejeitada.

– Fale disso com o pai dela.

– Moreau? Nós dois sabemos que ele não vai me ajudar e fará tudo o que for possível para me impedir.

– Eu poderia impedi-lo também. Me dê a carta e eu a entregarei ao doutor.

– Não acho que fará isso. Posso ver o quanto gosta dela – disse Isidro, e segurou a carta entre dois dedos.

– Com certeza.

– Então faça alguma coisa.

– Partir seu coração?

– Melhor assim do que a alternativa, não acha?

Montgomery se levantou e pegou a carta da mão dele.

– Não prometo entregar.

Isidro assentiu.

– Tudo bem. Pense no assunto. Vou ver como está indo a partida de xadrez.

Montgomery, sozinho, pediu a Ramona que mandasse chá para o quarto de Carlota à noite, achando que isso lhe faria bem, e foi conversar com uma garrafa. Depois de alguns copos, ele mesmo começou a escrever uma carta em sua mente.

Querida Fanny,

Já se viu em uma situação em que fazer o mal causaria algo bom? Carlota é uma garota adorável, até demais, para passar por esse tipo de dor e sofrimento. Eu estou numa posição em que posso evitar esse sofrimento e vacilo em tomar a decisão. Eu sei o que vai dizer: que estou tentando me livrar de um rival. Mas isso é absurdo, pois imaginar Eduardo como meu rival significaria que eu tenho chance de conquistar a moça ou que quero conquistá-la. Eu não tenho e não quero. Não vou.

Fanny, quando éramos jovens, o que você viu em mim? O que uma mulher poderia ver em mim agora que o que há de melhor se foi?

Alguns copos depois, a noite tomou conta do quarto. Ele acendeu uma vela e mexeu na carta de Isidro, examinando o envelope. Com um simples movimento, poderia queimá-la e jogar as cinzas pela janela. Em vez disso, guardou a carta no bolso e saiu do quarto. A casa estava em silêncio e ele andou como um sonâmbulo até parar na frente da porta de Carlota. Ele passou a mão pelo cabelo e tentou se arrumar. Suas roupas estavam amassadas e ele fedia a aguardente. De novo.

Ergueu a mão para bater à porta. Queria mostrar a carta de Isidro e explicar o que o homem havia dito. Mas encostou a mão na porta e percebeu que não podia fazer aquilo. Ela não acreditaria nele; e se acreditasse, ele tinha medo de falar besteira.

Ele estava bêbado e era um idiota. Se ela abrisse a porta, ele seguraria o rosto dela em suas mãos e a beijaria. Primeiro a boca, depois o longo pescoço atraente que ficava nu quando o cabelo estava trançado. Ele imploraria a ela que não se casasse com aquele menino, imploraria até perder o juízo.

E ela diria que não, ele tinha certeza.

Ela diria que não, bateria a porta e daria tudo errado. Moreau se livraria de Montgomery e Carlota ficaria enojada.

Moreau dissera a ele que não incomodasse a filha.

Ele não incomodaria.

Montgomery se virou e cambaleou de volta para seu quarto.

CAPÍTULO 17

CARLOTA

Na manhã seguinte à crise na biblioteca, Carlota foi ao laboratório.

Seu pai tinha razão. Ela estava bem. A doença fora breve e sumira ao amanhecer. Mesmo assim, ela se sentia um pouco estranha. Permanecia aquela sensação da rachadura que temia crescer em si. Não sabia o que significava, a sensação desconcertante de que algo estava errado, algo estava diferente, mas sabia que não gostava disso.

Depois de tomar uma pequena xícara de café, ela lavou o rosto, pôs um vestido informal azul e saiu do quarto. Carlota olhou ao redor da saleta, folheando os livros e os cadernos nas prateleiras. Havia muitos desenhos de animais selvagens do pai. Um desenho mostrava a cabeça de um coelho morto visto de cima. O crânio fora removido e a posição dos nervos estava meticulosamente anotada. O desenho de um cachorro mostrava sua medula espinhal.

Onças sempre apareciam nos desenhos do pai. Às vezes não pareciam parte de um estudo científico, e sim trabalhos artísticos. Ela admirou as presas do animal e se lembrou que uma onça quase destruiu o braço de Montgomery, deixando para trás uma teia de cicatrizes.

Porém, apesar de tantos desenhos, os papéis do pai não tinham nenhuma informação sobre as fórmulas dos remédios.

Carlota foi da saleta para o laboratório e viu um armário que o pai mantinha trancado. Por trás das portas de vidro, ela viu mais cadernos com capas de couro. Ela se perguntou se era ali que ele mantinha as anotações sobre a formulações. Porém, ela não tinha a chave.

Ela passou a manhã inteira no laboratório e não encontrou nada útil. Entretanto, ainda havia muito para investigar. Sua exploração superficial não era suficiente e ela temia que, mesmo se encontrasse as informações de que precisava, não conseguisse entender. Ela entendia, sim, coisas básicas sobre o laboratório do pai, sabia destilar ácido sulfúrico e álcool para criar éter, nomear os ossos do corpo humano e inserir uma agulha hipodérmica com facilidade, mas percebeu que tudo isso era quase nada.

Quando saiu do laboratório, Carlota estava desanimada, mas lhe ocorreu que talvez Montgomery soubesse se as anotações estavam naquele armário de vidro, ou se ela deveria se concentrar em outra parte do laboratório. Porém, Montgomery não estava no quarto.

Ela procurou pelo restante da casa. Quando se aventurou até a sala de estar, viu Eduardo, sentado e folheando um livro. Quando ele a viu, se levantou imediatamente e sorriu para ela.

– Srta. Moreau. É um prazer vê-la de pé e saudável. Está se sentindo melhor? – perguntou, e beijou a mão dela. – Seu pai disse que estava doente.

– Estou bem. Não era nada. Como vai?

– Um pouco inquieto, para ser sincero – disse. – Olhe, encontrei um velho amigo seu: Sir Walter Scott.

– Está lendo *Ivanhoé*! Achei que não havia gostado dele.

– Eu vou tirar essa ideia tola do meu coração mesmo que cada fibra sangre enquanto o faço! – declarou, e isso a deixou contente.

Montgomery e o pai dela não gostavam dos seus livros de aventura e ela achou que o fato de Eduardo conhecer o livro era um bom sinal. Se ele gostasse do mesmo tipo de literatura que ela, seria um bom indicativo de que era uma boa pessoa, talvez um bom par.

– Eu o li, sim – continuou. – Não é ruim, mas o dia está quente. É difícil ler quando se está suando – concluiu, e jogou o livro de volta na cadeira onde estava sentado. – Estava pensando em voltar para o *cenote* que nos mostrou. Quer ir comigo?

– O sr. Laughton não está aqui para nos acompanhar.

– Eu preferiria que ele não fosse. Para ser sincero, ele é um terrível acompanhante.

O relógio da lareira marcou a hora. Doze tiques e doze batidas no coração.

– Acho que posso acompanhá-lo por parte do caminho – ofereceu ela.

Ela não queria mesmo que Montgomery fosse com eles, e sabe-se lá onde ele estava escondido. Ela temia que ele fosse causar outro escândalo. Montgomery e Eduardo não se davam bem.

A caminhada até o *cenote* foi lenta e agradável. Depois que chegaram ao caminho conhecido, a derrota da busca matinal de Carlota e a sensação de que havia algo de errado sumiram. Ela deu um passo e pensou em voltar, se despedir de Eduardo, pois dissera que andaria com ele por parte do caminho, mas então deu mais um passo, porque estava um dia lindo.

Eles chegaram juntos ao *cenote* e se sentaram ao lado, sob a sombra de uma árvore. Não podiam ir nadar, pois, para isso, precisariam despir-se na frente um do outro. Apesar do desejo de sentir a água na pele, a luz que passava pelos galhos e a beleza tranquila do oásis eram suficientes para ela.

O ar estava carregado com o aroma de plumérias vermelhas e brancas. Ela fechou os olhos.

– No que está pensando? – perguntou Eduardo.

– Não estou pensando, estou ouvindo – respondeu. – Sinto que, se eu fechar os olhos e prestar atenção, posso ouvir os peixes na água.

Na noite anterior, a audição dela estava incrivelmente afiada. Uma vez, Ramona lhe dissera que tudo estava vivo e tudo falava. Até as pedras tinham seu próprio idioma. Ela também dizia que pessoas com tuberculose tinham uma ótima audição. Seria uma boa justificativa, mesmo que não fosse essa a doença de Carlota.

– Você tem uma grande imaginação.

Ela abriu os olhos e se virou para ele.

– Isso é ruim?

– De maneira alguma. É parte do seu charme.

– Montgomery diz que eu passo tempo demais sonhando acordada. E que minha cabeça fica cheia de histórias de livros.

E que estou apaixonada por estar apaixonada, pensou.

Eles estavam sentados lado a lado, mas com uma certa distância entre si. Entretanto, quando falou, Eduardo estendeu a mão e tocou seu braço. Era um toque leve, como se estivesse chamando sua atenção.

– O sr. Laughton fala demais. Vou fazer que seja demitido.

– Não deve fazer isso – respondeu ela, rapidamente.

– Por que não? Ele não faz nada além de ser impertinente.

– Ele pertence a Yaxaktun.

– Aquele rapaz pertence à sarjeta em que meu pai o encontrou.

– Não diga isso. É cruel. Prometa que não será cruel com ele. Ele está sozinho no mundo.

Eduardo pegou uma mecha do cabelo de Carlota e a enrolou no dedo. Ele franziu o cenho.

– Vou ficar com ciúme se mencioná-lo de novo.

– Não seja tolo.

– Ele a observa.

– Qual é o problema disso?

– Bom, ele faz isso sem nenhum tipo de decoro. Me preocupa.

Carlota já havia pegado Montgomery a observando algumas vezes, com um olhar frio e constante, mas ela não havia percebido que era considerado insolente. Montgomery sempre parecia um pouco perdido. Ela não imaginava que ele fosse capaz de causar-lhe mal, apesar das discussões que tinham.

– Eu conheço Montgomery há anos – protestou.

Eduardo afastou a mão, com uma careta.

– Talvez o prefira, então.

– Preferi-lo? Em que sentido?

– Ora, você sabe – disse ele, baixando a voz e insinuando o óbvio.

– Por favor, não confunda meu carinho por um velho amigo com algo... ora, algo...

Algo indecente, pensou. Não conseguiu dizer. Era errado criar essa ficção, já que Montgomery jamais falava com ela com qualquer tipo de afeto amoroso, jamais a tocava. Entretanto, pensando bem, talvez ele não fosse tão indiferente, afinal de contas. Por alguns minutos na biblioteca, ele parecera possuído por uma avidez que lhe parecia passional. Pensar nisso a fez querer se esconder.

– Montgomery é nosso *mayordomo* – respondeu ela, juntando as mãos sobre a musselina da saia. – Ele é o braço direito do meu pai.

– É o seu também?

Ele está mesmo *com ciúmes*, pensou ela, e olhou para Eduardo, surpresa.

– Eu disse que ele é um amigo. O que mais quer que eu diga?

– Só diga que prefere a mim – disse Eduardo, como se fosse um desafio, em seu tom de voz petulante. – Que, se pudesse escolher, se deitaria comigo.

Ela soltou a saia e se perguntou como deveria responder. Montgomery dizia que ela só entendia de aventuras em livros e que não se podia aprender tudo em livros. Talvez ele tivesse razão e ela quisesse saber de tudo, afinal, curiosa para entender os vários fatos estranhos a si. Porém, parecia indecente responder Eduardo com uma afirmação, mas, se ela não respondesse, talvez ele a achasse tola, uma menina simplória que não compartilhava da mesma sagacidade.

Um silêncio doloroso se prolongou entre eles.

– O quê? Não vai dizer?

Ele parecia irritado. Ela achou que precisava seduzi-lo, responder com uma brincadeira. Nada lhe veio à mente.

– Tem coisas que quero lhe dizer. Não sei como – respondeu, delicadamente. – Quando estou com você, o mundo parece não fazer sentido. Fico nervosa demais.

A expressão de Eduardo se suavizou.

– É verdade?

Eduardo se aproximou e roçou os dedos sobre os pulsos de Carlota antes de pegar a mão dela e beijá-la. Ela inspirou fundo. Queria prolongar o toque, pressionar o rosto contra o peito dele. Ela virou a cabeça e puxou a mão.

– Não deveria fazer isso – sussurrou.

Ele pareceu refletir por um instante e assumiu uma postura séria.

– E se eu pedir sua mão em casamento?

Ela piscou e conseguiu murmurar uma resposta:

– Você se casaria comigo?

– Não tenha dúvidas.

– Sua família... seu pai, ele gostaria de mim? Ele nos daria sua bênção?

– Estou cansado de pedir permissão para tudo – respondeu Eduardo, bufando. – Meu pai acha que sou ainda um garoto, mas já sou um homem. Se digo que me casarei com você, é o que farei. Duvida de mim?

– Não.

– Então? Talvez não goste mesmo de mim, afinal.

O coração dela pulou, e ela o olhou, quando ele a acariciou no rosto.

– Não comece com isso de novo – disse Carlota.

– Me perdoe por soar mesquinho, por soar desconfiado. Mas você é bonita e tenho certeza de que outros iriam cobiçá-la. Parece bobo, eu sei; e você vai achar que eu sou um tolo impulsivo, por pedir sua mão dessa forma, mas não posso mais nada. Eu morreria sem você.

– Você fala como um personagem de um livro – respondeu, maravilhada, empolgada com a confiança nas palavras dele e o medo da rejeição em seu olhar.

– Eu achei que gostasse de livros. Livros de romance e aventura.

– Eu gosto. – Carlota passou os dedos nos lábios dele. – E você gosta de falar de contos de fadas.

– *As mil e uma noites* de Sheherazade. Branca de Neve e Cinderela casando-se com príncipes no final. O beijo da Bela Adormecida. Todos eles.

Ela acariciou a mandíbula dele e desceu a mão, parando no colarinho da camisa.

– Sim.

A sílaba foi dita com um suspiro, mal formando uma palavra. Ela estava tonta de desejo.

Ele a puxou para perto, descendo os dedos pela coluna de Carlota por baixo do vestido antes de posicionar a boca contra a dela para um beijo doce. O beijo se prolongou, mais desesperado, até ela sentir a língua dele em sua boca e a mão em sua coxa.

– Você me dará Yaxaktun como presente de casamento? Como eu pedi? – perguntou ela, apesar de a garganta estar pegando fogo e ela mal conseguir falar.

– E mais. Pérolas para um colar, uma carruagem para nos levar para o Grande Teatro Nacional e milhares de vestidos. Eu quero mimá-la. Qual é a sua pedra preciosa favorita?

– Não sei.

– Rubis? Esmeraldas, talvez?

Os olhos dele tinham um belo tom de verde. Mais brilhante do que qualquer pedra preciosa.

– Esmeraldas.

– Eu sabia que a amava assim que a conheci e talvez antes disso. Retribua o meu amor – pediu ele.

Ela não teve tempo para pensar em uma resposta, porque ele a beijou de novo, abafando a frase que poderia tentar formar. Além do mais, ela sentiu como se ele estivesse puxando um fio e ela fosse se desfazer por completo. Seu coração batia acelerado e ela segurou o rosto dele nas mãos, beijando-o até ficar sem fôlego, então o afastou e olhou em seus olhos.

– Tire o vestido. Eu quero vê-la – disse ele.

Ela corou e não se mexeu, confusa demais para obedecer. Ele estava começando a tirar as próprias roupas, o paletó, o colete e finalmente a camisa.

Apesar de estar desorientada, as mãos de Carlota subiram pelo peito dele. Ela estava curiosa para tocar a pele, sentir os músculos. De perto, ele cheirava a canela e laranjas. Era o aroma de seu perfume, refrescante e forte, como ele. Montgomery tinha um mapa de dores tatuado no braço, grandes cicatrizes como rios em um atlas e rugas finas ao redor dos olhos. O corpo de Eduardo não tinha cicatrizes, o mundo não havia tido a oportunidade de machucá-lo.

– Você é bonito – disse ela.

Ele riu. A combinação de pura alegria e desejo ardente o tornou ainda mais atraente.

Ele começou a ajudá-la a tirar o vestido, mas, de tantos beijos, o processo foi lento. Ela não se importou. Era uma tortura e também uma delícia. O corpo dele era uma maravilha, um mistério. Ela nunca havia visto alguém como ele, e seu próprio corpo também parecia completamente novo. Ela tocou os músculos fortes, a pele, a aspereza dos pelos pubianos.

Ela sentiu o lábio dele na orelha. A boca dele era macia, e ele estava suado e quente; ela sentiu o gosto de sal em sua pele. Ele pressionou o rosto no pescoço dela, entre seus seios; e depois a puxou para mais perto, em seu colo, até ela firmar as unhas nas costas do rapaz e ele fazer promessas que ela mal conseguia ouvir.

Algo sobre amor.

Então era isso, ela de fato o amava quando ele a penetrou, quando ele a pressionou contra a terra preta e fina e eles se moveram juntos. Os dedos dele seguraram seus pulsos com força. Um pássaro gritou e ela riu de leve quando ele soltou um xingamento e sua voz parecia se partir com a força. Ela achou que também se partiria toda. Mas não. Eles apenas ficaram deitados juntos, e ela enterrou o rosto no peito dele até o pássaro que estava cantando se cansar e ir embora. Depois, eles entraram no *cenote* para se lavarem. As coxas dela estavam grudentas com o sêmen dele, e ela também sentia o cheiro forte e metálico de seu sangue.

Ela pulou na água, feliz por sentir o toque em sua pele. Ele entrou depois, a abraçou e beijou, e foi diferente, porque ele estava menos agitado e seus lábios estavam frios.

– Está satisfeito? – perguntou ela.

– Nunca estive com uma virgem antes. Eu meio que esperava que você... bom, não importa – respondeu ele, balançando a cabeça.

– Você já esteve com muitas mulheres?

– Você não deveria perguntar isso – disse ele, parecendo envergonhado.

– Não me importo. Desde que seja meu agora – disse ela, tirando uma mecha de cabelo dos olhos dele. – Você é?

– Eu disse que me casaria com você.

Não foi isso que ela perguntara, mas ela também não sabia explicar o que queria dizer. A água, a terra preta, as árvores e os pássaros voando eram todos dela, não porque ela era dona deles, mas porque estavam juntos. E ele pareceu completamente apaixonado naquele momento, quando sorriu para ela. Foi como se Carlota tivesse um segundo sol.

Eles se aninharam nas pedras até secarem o suficiente para se vestir de novo. Ela abotoou a camisa dele e deu um nó em sua gravata, pensando que, dali em diante, faria isso para ele toda manhã e ele poderia amarrar seus corpetes. Eles fariam um milhão de coisas maravilhosas um pelo outro, e ninguém diria não para eles. Podiam garantir que Yaxaktun fosse um paraíso belo e tranquilo.

A parte em si que parecia estar quebrada e destruída pela manhã finalmente parecia estar curada. Não havia rachaduras.

Ela sabia que seria feliz para sempre.

Na caminhada de volta, eles andaram de mãos dadas.

CAPÍTULO 18

MONTGOMERY

Ele cavalgou rápido e esperou que algo ruim acontecesse. Talvez o cavalo perdesse uma ferradura ou ele fosse arremessado da cela. Porém, não encontrou problemas e chegou aos portões de Vista Hermosa sem um arranhão.

Ele queria que o destino interviesse para que ele não pudesse entregar a bomba em seu bolso, mas também se sentia motivado a completar a missão.

O *mayordomo* o fez esperar e Montgomery balançou a perna, impaciente. Enfim, depois do que pareceram horas, o homem chegou ao pátio, coçando a cabeça.

– Tenho uma carta que deve ser entregue ao sr. Hernando Lizalde. Mande um mensageiro imediatamente – disse Montgomery.

– Bom, com certeza consigo enviar alguém amanhã...

– Eu disse imediatamente. É do jovem senhor.

Ele entregou a carta e o *mayordomo* deu de ombros.

– Muito bem.

Montgomery levou o cavalo para o bebedouro de pedra e também encheu o cantil de água, em vez de pedir um copo de aguardente para o *mayordomo*. A volta para casa foi consideravelmente mais lenta. Ele parou mais de uma vez sob a sombra de uma árvore e contemplou a terra ao redor.

Ele o fizera. Havia se metido no destino de Carlota, talvez até causado uma tragédia, e não queria lidar com as consequências. Se Moreau soubesse da traição, ele seria expulso aos gritos de Yaxaktun.

Ele disse a si mesmo que fazia aquilo por ela, mas mesmo assim se sentia um desgraçado.

Quando entrou na sala de estar, já era o fim da tarde. Todos estavam lá, sorrindo e com taças nas mãos.

– Sr. Laughton! Andou sumido hoje – disse Moreau.

– Sim, por um minuto achei que não nos acompanharia na comemoração – falou Eduardo.

– O que estamos comemorando?

– Eu pedi a mão da srta. Moreau em casamento, e ela aceitou.

O sorriso de Eduardo era largo. Ao seu lado, Carlota também sorria.

– Junte-se a nós em um brinde – disse Moreau, e serviu para ele uma taça de vinho antes que Montgomery pudesse reagir. – À minha filha, a mais abençoada de todas. E ao seu noivo, que ele a faça feliz.

Todos ergueram as taças, apesar de Isidro, sentado na poltrona, tê-lo feito sem entusiasmo. Ele lançou um olhar inquisitivo para Montgomery, como se estivesse tentando garantir que ele havia completado a tarefa. Montgomery desviou o olhar do homem e segurou a taça com dois dedos, a mantendo longe de si.

– Eu sou o homem mais feliz do mundo, o mais feliz – disse Eduardo. – Quero que o casamento ocorra antes do fim do verão.

– Seria um noivado breve – disse Isidro.

– Não há por que esperar. Aonde vamos em nossa lua de mel? A escolha óbvia é Cidade do México, mas eu prefiro ir para mais longe.

– Desde que seja longe daqui, acredito que será ótimo. As criaturas me dão arrepios – disse Isidro. Enquanto falava, deixava cair gotas de vinho na camisa limpa.

– Elas são assustadoras, não é mesmo? – comentou Eduardo. – Mas não serão mais uma preocupação quando morarmos em Mérida.

– Você quer morar em Mérida? – perguntou Carlota, se virando para o futuro marido.

– Por que não? Não podemos viver aqui.

– Mas Yaxaktun é linda.

– Querida, Yaxaktun é uma propriedade inadequada para a esposa de um Lizalde – disse Eduardo, brincando e erguendo o queixo dela. – Além do mais, eu quero que conheça meus amigos e me acompanhe a vários eventos.

– Eu gostaria de ficar mais perto de casa, da minha família.

– Eu quero que você tenha o que há de melhor.

Não, você quer exibi-la como um troféu, pensou Montgomery. Como um homem que compra uma pintura valiosa ou um anel. Um homem em uma loja, apontando para um brinquedo e pedindo que seja embrulhado para ele. Eduardo ficava ao lado de Carlota com toda a segurança de um proprietário.

– Eu acredito que Yaxaktun é uma bela propriedade.

– Carlota, você não viu nada do mundo.

– Talvez. Mas eu prefiro ter uma opinião nessas decisões. Afinal, precisamos montar um lar, juntos, que agrade aos dois – disse ela, sem perder a doçura na voz, tocando de leve o braço do noivo. Mas seu tom era firme.

Eduardo arqueou uma sobrancelha.

– Devemos brindar de novo, porque, apesar de não concordar com a ideia de Baudelaire, de que é preciso estar sempre bêbado, é importante que fiquemos bêbados na festa de noivado da minha filha. *Pour n'être pas les esclaves martyrisés du Temps, enivrez-vous sans cesse* – disse Moreau, pegando a garrafa e servindo mais vinho.

Ah, como você é esperto, pensou Montgomery. Tentando evitar qualquer atrito entre o casal, distraindo-os com vinho e um comentário inteligente.

Montgomery não tinha bebido um gole sequer, então não foi preciso completar a sua taça. Ele continuou parado no mesmo lugar, desconfortável, esperando poder desaparecer sem levantar suspeitas. Como se lesse seus pensamentos, Eduardo se aproximou, trazendo Carlota junto de si.

– Senhor, estou tentando escolher uma joia para a minha noiva. Ela pediu esmeraldas, mas me sinto compelido a escolher uma pedra mais diferente. Talvez uma safira amarela, que dizem ser a pedra mais valiosa da Birmânia. Pode ser que fique parecido com os olhos dela, que são os mais belos do mundo.

– Eu não entendo de casamento nem de joias – respondeu Montgomery, se lembrando de Fanny e dos brincos magníficos que ele comprara para ela. Mas não conversaria sobre ela com aquele homem.

– Eu esqueço que um homem solteiro como o senhor não tem a oportunidade de escolher presentes para uma dama.

– Por favor, não provoque o sr. Laughton – disse Carlota, deslizando os dedos pela manga do paletó de Eduardo.

– Não farei isso. Às vezes, sou terrível, sr. Laughton, e nem todos riem das minhas brincadeiras.

– Parabéns pelo noivado – disse Montgomery com a voz neutra, o olhar fixo em Carlota.

Eduardo sorriu para Carlota, que abaixou levemente a cabeça, tímida como um cervo.

Eles se viraram e se afastaram de Montgomery. A mão de Eduardo ficou na lombar de Carlota. A forma como eles se olhavam denunciava a intimidade de amantes. Ele podia imaginá-los se beijando e se tocando. No sorriso de Eduardo, ele viu o sentimento triunfante de um conquistador. O idiota não via os fios de seda de desejo com os quais a menina o envolvera. Mesmo assim, no fim, mesmo que ele fizesse a vontade dela, ou o contrário, ele a tinha na palma da mão. O *hacendado*, com uma casa gloriosa, móveis extravagantes e uma bela esposa, que tinha o corpo da estátua de Vênus.

Menina, você se vendeu, mas calculou bem o preço?, se perguntou Montgomery. O rapaz tinha um ferrão. Talvez ela não se incomodasse. Algumas pessoas criavam escorpiões como bichos de estimação.

Montgomery se encostou em uma cadeira até o relógio completar uma hora, e então deu uma desculpa e se retirou. Sozinho no quarto, esticou as pernas e fumou, jogando a cabeça para trás e encarando o teto.

Depois que a escuridão tomou conta da casa, ele pegou uma lamparina de óleo e foi para o pátio, sentindo os aromas da noite. A casa parecia pequena para ele, mesmo com tantas janelas e tantos quartos.

– Não consegue dormir de novo? – perguntou Carlota.

Ele se virou. Ela estava em pé nas sombras, sem lamparina na mão, de cabeça inclinada, observando-o. Seu xale vermelho-escuro se misturava bem com a noite e o cabelo trançado caía nas costas. Ela deveria estar na cama. Todos estavam.

– O que está fazendo, senhorita? – perguntou e pensou em um encontro à meia-noite com um amante. Ela talvez estivesse procurando por Eduardo.

– Eu ouvi você andando ontem à noite. Você parou na frente da minha porta – disse ela, sem se preocupar em responder à pergunta e dando um passo para a frente.

Por um segundo, seus olhos brilharam, como se refletissem a luz. Ela entrava e saía da escuridão com facilidade e, quando se movia, como naquele instante, tinha uma elegância que tirava seu fôlego.

Ele abaixou a lamparina, colocando-a ao lado do pé. O chão estava coberto de pétalas da árvore que protegia a fonte.

– Estava bebendo. Não me lembro de onde fui – respondeu.

– Você não bebeu hoje. E não sorriu.

– Você é observadora. Além de esperta e sagaz. Foi uma jogada muito boa. Rainha toma o rei.

– A vida não é um jogo – disse ela.

O movimento do xale enquanto ela se movia era como uma música. Eles andaram lado a lado, em círculos, rodando como duas mariposas.

– Eu discordo. Somos todos peças de xadrez no conjunto de marfim e mogno do seu pai. Mas você é a rainha dele, que anda livremente pelo tabuleiro em todas as direções e segue todas as ordens. Bom trabalho.

– Você precisa estragar meu dia? – perguntou ela, jogando a cabeça para trás. – Foi um belo dia. Tenho Eduardo, e tenho Yaxaktun.

– Sim, é verdade. Eu tento mandar o homem embora e você corre até ele mais rápido do que um beija-flor. Mas não devo brigar com você.

– Não, não deve.

Ela girou os calcanhares e ele achou que ela ia se afastar, mas ficou parada, olhando para a casa.

– Preciso ter certeza de que posso confiar em você, Montgomery. Yaxaktun vai precisar de você.

– De que forma?

– Alguém precisa cuidar dela e dos híbridos quando eu não estiver aqui. Você ouviu Eduardo. Ele quer que moremos em Mérida e, mesmo se morarmos em Vista Hermosa, eu precisaria ir embora de Yaxaktun.

– Seu pai está aqui.

– Nós dois sabemos que ele está velho e doente. Além do mais, talvez eu decida fazer as coisas de outra forma, agora que tudo isso vai ser meu. Ele me dará as terras como um presente de casamento. Tudo isso – disse, abrindo os braços.

– No que está pensando?

– Meu pai precisa oferecer o segredo da fórmula para os híbridos. Aqui precisa ser um santuário, e não uma brincadeira para o meu pai.

– Que coisa estranha de se dizer, já que é a filha obediente que tanto o ama.

– Eu amo Lupe e Cachito também. E eles estão infelizes. Eu quero ter certeza de que eles nunca mais serão maltratados. Meu pai quer que eu seja uma mulher adulta, então devo agir como tal. Mas fazer isso quer dizer ter responsabilidades das quais não posso fugir.

– Então você falou com seu pai?

– Eu pedi a fórmula. Não sou tão covarde quanto você pensou.

– Peço desculpas por ter dito que era.

Ela pareceu surpresa com a fala e assentiu. Suas costas estavam bem eretas. Ela juntou as mãos.

– Quando pedi ao meu pai que me desse a fórmula, ele disse que não o faria e que eu era tola demais para entender a ciência dele. Eu li as anotações do meu pai, tentando descobrir a resposta. Não encontrei nada do que precisava, mas devo manter minha promessa.

– Você está chateada com ele, então.

– Não estou. Raiva não é o que me motiva a fazer isso. Como eu disse, é o meu amor por Lupe, por Cachito e pelos outros.

– Há também o seu amor por Eduardo. Uma quantia impressionante de amor que você tem – disse ele, sem conseguir se controlar.

– Eu fico feliz e também desejo o melhor para os outros. É algo tão ruim assim? – perguntou. – Você não deseja felicidade às pessoas?

– Como vou saber? – murmurou, se lembrando de que poucas horas antes havia levado a carta para Vista Hermosa.

A felicidade dela duraria pouco se Hernando Lizalde soubesse da situação. Talvez fosse por isso que Eduardo queria um casamento rápido, na esperança de que pudesse fechar negócio antes de a família interferir. Ou talvez fosse o desejo do corpo, o desejo de ter a moça esquentando sua cama o quanto antes.

– Se todos ficarmos seguros, então ficarei feliz.

– É isso, então? Você está se sacrificando pelo bem dos outros? – perguntou ele.

– Eu amo Eduardo.

Amor naquela idade era um fogo que queimava rápido, então ele não devia ficar surpreso pela forma como ela falava, mas ainda doía ouvi-la falar de seus sentimentos com tanta facilidade. Ela conhecia o rapaz havia menos de um segundo e seus lábios já se curvavam de alegria quando dizia seu nome. Depois de um mês, ela estaria desejando que uma víbora a mordesse se o garoto mimado a deixasse.

– Como você entende de amor? De ter lido no dicionário ou na enciclopédia? Da escrita de Altamirano ou de outro escritor de que gosta?

Amor! Ele é rico, e isso é bom – disse Montgomery, apesar de não querer ser mesquinho.

– Por que você pode definir o que é amor para mim? – perguntou ela, estreitando os olhos de raiva.

– Amor é fácil quando se pode oferecer joias para uma dama. Se ele fosse um sapateiro, mesmo com toda a sua beleza, você não teria aceitado.

Ele achou que ela daria uma resposta sagaz, mas, em vez disso, os olhos de Carlota ficaram tristes.

– Monty, eu não gosto quando você é cruel.

– Eu sou sempre cruel – respondeu, mais para contradizê-la do que para provar seu argumento.

Ele estava pronto para aceder a qualquer coisa que ela pedisse e tinha apenas adiado sua derrota.

– Não, não é – disse ela, balançando a cabeça. – Você gosta de dizer que é, e de se esconder do mundo. Mas você é um homem bom, e eu acredito que posso confiar em você para cuidar deste lugar. Eu sei que você ama Yaxaktun. Meu pai mora aqui, mas ele não ama isso tudo.

– Carlota, eu prometo ajudar se você me pedir – disse.

Ele não queria dizer que tomaria conta de Yaxaktun, porque não conseguiria prometer tal coisa, sabendo que Hernando Lizalde talvez não reconhecesse o noivado do filho com Carlota.

Aquela carta! Por que ele mandara aquela maldita carta? Como ele poderia olhar nos olhos de Carlota com uma espada sobre a cabeça? E depois que ela havia dito que amava Eduardo, aquele tolo.

Ela examinou o rosto dele, talvez tentando desvendar uma mentira, e ele olhou para baixo.

– Obrigada – disse ela.

– Não me agradeça, Carlota. Eu não a ajudei nada hoje – murmurou.

Mas era impossível que ela entendesse o que ele quis dizer, e ela simplesmente deu de ombros e se afastou, longe do alcance dele, o xale balançando com a brisa que cortava o pátio, fazendo pétalas de flores caírem na lamparina.

CAPÍTULO 19

CARLOTA

Depois que Eduardo pediu a mão de Carlota, ele anunciou que ficaria em Yaxaktun até o casamento. Seu primo não pareceu feliz com a decisão, mas Eduardo estava apaixonado e disse para Carlota que não sairia do seu lado. Ela suspeitou que ele também esperava encontrar uma oportunidade para fugirem para o *cenote* de novo, mas isso não aconteceria. Isidro havia se declarado acompanhante do casal e, quando ele não estava por perto, Montgomery aparecia, andando sempre alguns passos atrás deles enquanto passeavam pelo pátio.

Carlota queria mais do que receber um beijo do noivo na bochecha, mas ela se lembrou de que paciência era uma virtude e, em vez disso, se distraiu vasculhando os cadernos do pai. Era uma busca inútil e, mesmo tendo pedido para Montgomery, ele dissera que não tinha a chave do armário de vidro que chamou a atenção de Carlota. Mais uma vez, ela precisava ser paciente.

Foi em uma dessas buscas no laboratório que o pai a encontrou limpando uma prateleira. Ela já tinha guardado os cadernos que estava lendo, então não havia nenhum sinal de culpa.

— Estou limpando um pouco — explicou, quando viu o olhar curioso do pai. — Tem acumulado bastante poeira aqui.

— Pois é. É verdade. Não é como se eu pudesse fazer algo aqui, então por que me dar ao trabalho? — resmungou ele. — Hernando Lizalde reduziu meu orçamento a quase nada nos últimos três anos. Não dá para fazer muita coisa, economizando assim. Ficarei feliz quando puder ter equipamentos melhores e meu orçamento de volta. Carlota, minha querida, você deve garantir que isso aconteça o quanto antes, assim como conseguiu que esse casamento acontecesse tão rápido. Eu preciso prosseguir com os experimentos. Novos experimentos.

– Um novo orçamento lhe permitiria fazer novos experimentos, mas já ouvi você reclamar que os híbridos sempre o decepcionam.

– Decepcionam mesmo. Consigo criar uma forma humana, quase com facilidade, mas as mãos e garras são complexas e há brechas dolorosas... porém, você não deve se preocupar com isso. Há segredos a serem revelados, tesouros da natureza a serem desvendados. Os híbridos não são o tesouro que busco, são meramente peças do quebra-cabeça, mais uma chave que destrava mais uma fechadura.

Atrás dele, vidro e metal brilhavam e ela viu os instrumentos de trabalho do pai. Pela primeira vez, ela realmente se perguntou qual era o objetivo de tudo aquilo. Seu pai dizia que era para o bem da humanidade, que ela podia ser curada e melhorada, mas ela não acreditou no que ele dizia.

– Você conseguiria curar Lupe e Cachito? Para não precisarem de tratamento?

– Isso não pode ser feito – respondeu o pai em tom firme.

– Então o tratamento não pode ser melhorado? Para que seja menos cansativo e eles possam se cuidar sozinhos?

– Lá vem você de novo com essa ideia! Não falei que não queria falar sobre isso? Você perde tempo com esses híbridos. Você e Montgomery ensinam, mimam e os deixam mansos. Eu sei que quer consertá-los, mas eles não têm jeito.

Quando era criança, Carlota havia ensinado Lupe e Cachito a ler e também via Montgomery apontar uma palavra ou outra no jornal e lendo em voz alta para eles. O pai realmente acreditava naquilo? As conversas com Lupe e Cachito os deixava mansos? E por que isso era ruim, sendo que o pai exigia docilidade de todos?

– Os híbridos não são mais importantes, Carlota. Eles foram feitos para Hernando Lizalde. Eu prostituí minha inteligência para ele, para conseguir o dinheiro de que precisava. Eu preciso seguir novos caminhos que são mais importantes e agora eu tenho a chance. Seu marido vai ser meu patrono e eu vou ser livre.

– Se você se recusar a ajudar os híbridos, então vou dizer ao meu marido que não lhe dê liberdade alguma, se...

– Se o quê? – perguntou o pai, com a voz afiada como um bisturi. – Agora você vai me ameaçar?

Seu pai era alto e tinha a força de um touro. A idade estava afetando seu corpo, mas não o arruinara ainda, e, ao vê-lo em pé e imponente, de mãos grandes, olhos cerrados e lábios apertados, era impossível não ter medo.

Carlota engoliu em seco.

– Eu quero dar minha opinião também.

Se Eduardo estava cansado de pedir permissão para tudo, ela também estava.

O pai a encarou.

– Criança ingrata. Você não foi criada para falar comigo dessa forma.

– Não disse nada rude ou tolo. Estou pedindo apenas decência.

– Meus experimentos vão gerar grandes saltos científicos. E lembre-se de que, sem meu conhecimento, você não estaria aqui, Carlota.

A voz dele era glacial, mas havia uma ferocidade em cada sílaba que fez Carlota querer colocar a mão sobre a boca e ficar quieta. Ela falou mais uma vez:

– Sou grata pelo tratamento médico que recebi, mas o preço é muito alto.

– O estudo da Natureza faz o homem perder seus remorsos, assim como a própria Natureza. Conhecimento não é gratuito.

– Então, se você usasse esse conhecimento para melhorar a vida dos híbridos e lhes dar um cuidado melhor...

– Vós, filhos, obedecei em tudo a vossos pais, porque isto é agradável ao Senhor. Você se esqueceu das suas lições?

– Também sei citar as escrituras. E vós, pais, não provoqueis a ira dos vossos filhos.

– Como se atreve? – disse o pai, com o olhar cada vez mais afiado.

A resposta amarga ficou presa na garganta, e Carlota pressionou a mão trêmula sobre a testa. Ela se sentiu fraca, sem ar.

– Sente-se, Carlota. Não quero que se exalte de novo – resmungou o pai. – Sente-se, vamos. Vou buscar os sais.

Ela se sentou e o ouviu mexer no armário, mas, quando ele se aproximou com um frasco na mão, ela o dispensou.

– Estou bem. Não foi nada – respondeu e se levantou, apoiando-se na cadeira.

– Carlota, eu preciso ajustar seu medicamento, mas devo tomar cuidado. Até lá, não quero que você se desgaste. Já tivemos essa conversa.

Ele deixou o frasco na mesa e pegou a mão dela, gentilmente. A mesma mão que havia enxugado o suor da testa de Carlota quando ela esteve doente e folheou as páginas de livros quando estava lhe ensinando o alfabeto. Aquela mão que ela amava e respeitava.

– Tudo o que eu faço, faço por você, Carlota – disse ele.

– Eu sei.

Porém, pelo restante do dia, Carlota sentiu uma dúvida corroer o estômago de novo. Ela havia se convencido de que a jornada à frente era clara e boa, mas estava preocupada de novo com o que poderia encontrar. Seu pai era inflexível e, pior ainda, ela não confiava nele.

Ele, que antes era tão perfeito, em poucos dias parecia ter perdido totalmente seu valor. O pior de tudo era que ela não conseguia buscar apoio em ninguém, porque Lupe estava obviamente chateada e Montgomery estava distante. Pensou em conversar com Ramona, mas Carlota percebeu que seria impossível descrever como se sentia.

Tudo o que ela tinha era aquele nó terrível de ansiedade no estômago.

Na hora do jantar, Eduardo, que parecia determinado a ser ainda mais charmoso e a fazê-la rir, levantou seu ânimo.

Ela não se surpreendeu quando, ao se levantar da mesa, ele sussurrou ao pé do ouvido:

– Visitarei seu quarto mais tarde.

Ela não corou, apenas olhou para o prato com um sorriso discreto no rosto. O medo havia sido substituído por desejo.

Naquela noite, Carlota vestiu uma camisola simples e penteou os cabelos com cuidado, observando seu reflexo entre as velas da mesa.

Eduardo chegou à meia-noite e bateu de leve à porta. Ela a abriu para deixá-lo entrar e o beijou de leve na boca. Ele tentou beijá-la com mais ardor, mas ela deu um passo para trás.

– Você deveria ir dormir – sussurrou ela, mas sorria enquanto falava.

Ela amava o espírito aventureiro dele e a intensidade dos seus sentimentos.

Ele girou a chave, que geralmente não se mexia, na fechadura, trancando-os ali.

– Vou fazer silêncio, silêncio total – prometeu, e segurou a mão dela, puxando-a para a cama, onde tirou sua camisola até as coxas, expondo as pernas para ele.

– Como pode ser? Sem...

– Eu prometo, nenhum barulho – disse ele, mexendo em suas roupas com os dedos ágeis.

Ela considerou o voto de silêncio como um desafio, e então ele disse que eles fariam amor de um jeito diferente, o que era um desafio ainda mais interessante.

O corpo dele era diferente sob a luz das velas, cada detalhe mais visível, mas ele ainda era lindo e convencido enquanto a guiava para cima de si, as mãos deslizando por seus seios e barriga. No começo, ela não fazia ideia do que ele estava fazendo, parecia ter algo de errado, porque ele a encarava e ela queria esconder o rosto. Quando isso mudou, eles acharam um ritmo. Os quadris deles se encaixaram, e ela o silenciou, apesar de querer rir.

Esticado sob ela, ele teve que apertar a mão contra a boca para não gritar. Foi nesse momento, em que ele se traiu, que ela pressionou os seios contra o peito dele, seus lábios tocando a lateral do pescoço dele, mordiscando de leve a pele sensível.

Ela não se mexeu, e ficou deitada sobre ele, apesar de ele ter acabado. Eduardo traçou círculos preguiçosos nas costas de Carlota.

– Você sabe que vir aqui é tolice – disse ela.

– Ousadia, talvez, mas não tolice. Não temos nenhum momento a sós. O que mais deveria fazer?

– Esperar até a noite de núpcias?

– Isso é pedir demais. Me lembra que preciso fazer alguns pedidos. Certa vez visitei uma bela casa em Mérida, com palmeiras na entrada. Preciso verificar se consigo algo assim para nós. E preciso escrever para minha mãe, para que ela conte ao meu pai que decidi me casar.

– Por que não pode escrever para ele?

– Minha mãe tem um tato melhor para lidar com ele – disse Eduardo, mas ela sentiu uma hesitação na fala.

Ela supôs que Hernando Lizalde deva ser como o pai dela: uma força impressionante que às vezes assustava os filhos.

– Eu também preciso resolver os documentos de Yaxaktun. Eu quero que seja sua antes da cerimônia, senão não será um presente de casamento.

Você acha que vai precisar de dinheiro para reformas? Eu não quero que caia aos pedaços.

Ela se lembrou do que o pai dissera sobre dinheiro, como ele queria que Eduardo fosse seu patrono. Ela percebeu que Eduardo era uma criatura focada em coisas concretas e que se motivava rápido e intensamente. Se ela desse a entender que precisaria de dinheiro, com certeza ele lhe daria. Ela também suspeitou que a cama era o lugar certo para pedir favores a Eduardo, emboscá-lo quando estava flexível.

Seria simples seguir as vontades do pai, mas, em vez disso, ela traçou uma linha pelo estômago de Eduardo e deu de ombros.

– Não acho que eu vá precisar de muito dinheiro para a manutenção. Mas seria bom visitar Yaxaktun quando pudermos.

– Carlota, Mérida é melhor do que aqui.

– Talvez. Mas você me disse que tinha muitos amigos lá e que precisamos ir a várias festas... parece cansativo. Além do mais, em Mérida vamos ter que fazer o que sua família quer. O que seu *pai* mandar.

Ele franziu o cenho. Outra coisa que ela aprendera a respeito de Eduardo era que, para ele, a empolgação do casamento estava ligada à ideia de independência. Seria um marco. Ele seria um homem, com sua própria casa e esposa, não seria mais uma criança. Carlota entendia o sentimento, porque sentia o mesmo. A última coisa que queria, nesse cenário, era o pai de alguém lhes dizendo o que fazer.

– Mas o seu pai estará em Yaxaktun – disse Eduardo. – Seria a mesma coisa.

– Então talvez devêssemos nos instalar em Valladolid. Yaxaktun pode ser nosso retiro. Meu pai não vai nos incomodar. Ele o respeita demais para lhe dar ordens. E podemos andar até o *cenote* todo dia, passar as manhãs preguiçosamente na cama, andar a cavalo quando quisermos. Não disse que queria me mimar?

Ela ainda estava montada nele; o membro de Eduardo estava endurecendo de novo enquanto ela passava a unha por sua clavícula e erguia uma sobrancelha, provocando-o. Ele riu.

– Tudo bem, então, como quiser. Deus do céu, como você é teimosa, menina.

Antigamente, eu não era, pensou ela. Antigamente, ela fazia tudo o que mandavam. Mas ela estava começando a entender que havia escolhas e jeitos de influenciar o noivo para onde ela queria, como se guia um cavalo. O pai devia achar que ela repetiria as palavras dele para Eduardo e Montgomery a achava ingênua, mas Carlota aprendia rápido.

Ele franziu o cenho por um segundo. Depois ficou interessado no movimento das unhas dela e suspirou.

– Sabe, você parece com uma garota de um livro que li quando era criança.

– Verdade? – perguntou ela, cética.

– Era *As mil e uma noites*. Sheherazade, de ombros nus, se sentou com o rei; seu cabelo era preto, quase arroxeado, da cor de uvas.

– Quando eu era criança, tinha um livro que me fazia ter medo de ser devorada por um salmão.

– Nossa senhora! Meu livro era melhor, então.

– Por quê? Você esperava que Sheherazade lhe contasse histórias a noite toda? – disse ela, e se aproximou mais dele, o cabelo caindo como uma cortina de veludo ao redor do rosto de Eduardo.

– Não. Não espero que me conte histórias.

– Vamos fazer silêncio, então.

– Silêncio total – sussurrou ele, tocando o dedo nos lábios de Carlota.

CAPÍTULO 20

MONTGOMERY

O dia estava absurdamente quente e, mesmo sob a sombra do chapéu de palha, Montgomery sentia o sol assar o crânio. Montgomery e Cachito alimentaram os porcos e as galinhas; depois, ele voltou para casa, mergulhou uma toalha em uma bacia d'água e a passou pela testa suada.

Quando terminou essa tarefa, Montgomery foi até o pátio para fumar, sentado em uma janela. Os cavalheiros tocavam piano; ele ouvia o toque musical de Isidro e o som de risos. Imaginava Carlota se abanando. Sua diversão era como uma farpa sob a pele, e ele fez uma careta.

Tirou a caixa de fósforos do bolso e a girou entre os dedos, enquanto massageava o pescoço com a outra mão.

Antes que conseguisse acender o cigarro, ouviu uma batida às portas da *hacienda*. Ele se levantou e andou até o *portón*, tocando de leve a pistola no quadril.

— Moreau! Abra, Moreau! — gritou alguém.

O barulho continuou. Montgomery abriu o portão decorativo de ferro e depois o postigo. A porta menor permitia que pessoas entrassem a pé. Ele não ia escancarar os portões.

— Finalmente! — exclamou Hernando Lizalde, com uma aparência agitada, todo empoeirado da estrada.

Montgomery não estava surpreso de vê-lo. Ele esperou que chegasse toda manhã daquela semana. Ainda assim, sentiu um gosto amargo na boca ao perceber que a carta havia surtido efeito. Lizalde viera buscar seu filho mimado e, pela primeira vez, Montgomery não estava contente de se livrar de Eduardo, porque havia tido a oportunidade de ver os sorrisos felizes de Carlota e como ela segurava o braço do rapaz.

– Sr. Lizalde – cumprimentou, abrindo passagem e permitindo que entrasse. Dois homens o seguiram, e ele viu mais dois montados em cavalos. – Como posso ajudar?

– Estou procurando meu filho. Onde está aquele safado? – perguntou Hernando, andando pelo pátio, com a chibata debaixo do braço. As botas de couro pareciam dar tapas no chão a cada passo.

– Eu acredito que ele esteja na sala de estar.

– Me leve até ele. Vocês dois, esperem aqui – disse o homem, apontando para os companheiros.

Montgomery analisou rapidamente os homens, reparando nas armas que carregavam. Hernando também estava armado; o cabo de marfim da pistola era um ponto branco brilhante contra as roupas escuras. Para um homem como ele, pistolas eram puramente decorativas, mas Montgomery desconfiou dos detalhes.

– Por aqui, senhor – disse, com a voz neutra.

Quando eles entraram na sala de estar, o primeiro a ver Hernando foi seu filho. Eduardo se levantou em um pulo e engoliu em seco. Depois, foi Moreau que virou a cabeça.

– Sr. Lizalde – disse Moreau, se apoiando na bengala e se levantando também. – Que surpresa. Não recebi nenhuma carta dizendo que viria.

– Não enviei carta alguma – respondeu Hernando.

Seu olhar estava fixo em Carlota, que antes se abanava no sofá e de repente ficou imóvel, com o leque no colo. Isidro havia parado de tocar e se apoiou no piano. Um sorriso surgiu nos lábios do rapaz.

– Vocês parecem estar se divertindo.

– O dr. Moreau é um bom anfitrião, pai – disse Eduardo, tentando fazer a voz soar animada. – Estou feliz em vê-lo. Por que não se senta?

O homem não aceitou o convite. Em cima da lareira, o relógio francês tiquetaqueava.

– Eu não disse que você podia vir aqui. Eu explicitamente disse que visitaríamos Yaxaktun juntos, mas aqui está você.

– Não achei que fosse relevante.

– Mas é.

– Há algum problema? – perguntou o doutor.

Ele aparentava estar surpreendentemente calmo, enquanto todo mundo parecia aterrorizado.

– Eu ia ser mais cuidadoso com o assunto, Moreau, mas, visto que você não tem um pingo de respeito por mim, acredito que posso ir direto ao ponto: sua pesquisa acabou. Você vai entregar todos os híbridos para mim e sair da minha frente – disse Hernando.

Enquanto falava, ele apertava a chibata na mão com força, batendo no braço do sofá onde estava Carlota. Ela se aproximou do outro lado, onde Eduardo estava em pé.

Moreau encarou Hernando com um olhar sério.

– Posso perguntar o que aconteceu? Ou devo ser dispensado sem explicação?

– Pode até tentar se explicar, mas duvido que consiga. Por anos você não me deu nada além de contas e desculpas. Eu pedi trabalhadores e você me deu nada. Eu disse que não continuaria a patrociná-lo de maneira tão generosa.

– Eu sei. O senhor tem sido bastante parcimonioso com minha pesquisa nos últimos anos.

– Porque ela não vai a lugar nenhum, Moreau! Nada além de discursos exagerados e animais doentes. Porém, eu não teria me importado se não houvesse rumores de que alguém em Yaxaktun está ajudando Juan Cumux.

– Isso é ridículo – respondeu Moreau, seco.

– Eu também achei, até investigar mais a fundo. Um índio fugitivo foi capturado recentemente, um safado que havia trabalhado em Vista Hermosa. Após ser interrogado, ele confessou que estava vivendo perto de Yaxaktun e que as pessoas aqui eram simpatizantes de Cumux.

– O senhor acredita em um trabalhador fugitivo? Ele está inventando tudo.

– Eu acredito que ele levou mais que uma dúzia de chibatadas – disse Hernando, e bateu a chibata de novo, fazendo-a estalar contra o braço do sofá.

Carlota pulou com o susto. Montgomery a viu estender a mão para o alto e Eduardo a segurar.

– Seu filho disse a mesma coisa quando chegou aqui – disse Montgomery –, mas, como eu expliquei a ele, não sabemos nada disso. Não pode confiar em fofocas.

Hernando olhou para Montgomery com um sorriso desdenhoso no rosto.

– A fofoca tem uma fonte, na verdade, sr. Laughton. E, ao conectar os pontos, me parece que eu gastei uma fortuna para nada. Talvez eu esteja apenas alimentando os homens de Cumux e lhes dando armas para roubarem minhas propriedades. Eu gostaria de procurar esse maldito índio com alguns desses seus animais inúteis, doutor, e matar o safado. Para que mais eles servem, afinal?

– Hernando, quer levar os híbridos e fazer o quê? Dar facas a eles e ordenar que procurem um fantasma? – perguntou Moreau.

– Por que precisariam de facas? Eles têm garras, não têm? Eles morderam meu sobrinho, não é verdade? – disse Hernando, apontando para Isidro. – Se eles podem mordê-lo, podem comer outras carnes. Como disse, a sua pesquisa não teve resultados. Alguém pode continuar o trabalho por uma fração do seu preço.

– Ninguém pode fazer o que eu faço – respondeu Moreau em tom confiante. – Tente trazer um charlatão aqui e ele não vai chegar perto da minha genialidade.

Maldição, está quente demais para discutir, pensou Montgomery. Em dias assim, ele já havia se metido em brigas inúteis, geradas por raiva insensata. Era o que estava acontecendo ali. Hernando parecia simplesmente um palhaço no salão de um botequim, gritando que tinha sido roubado no jogo de baralho. Montgomery temia o pior. Dias assim nunca terminavam bem. Sempre acabavam em sangue.

– Cavalheiros, pai, por favor, vamos nos sentar e discutir isso com algumas bebidas – disse Eduardo, a voz cheia de pânico. O rapaz, apesar de estúpido, sentia o cheiro de sangue no ar. – Não podemos brigar. O doutor é o pai da minha noiva.

Ele não poderia ter dito nada pior. O rosto de Hernando ficou vermelho, tomado pela raiva.

– Noiva? – perguntou Hernando, e olhou para Isidro. – Quando isso aconteceu? Na carta você não mencionou nada sobre casamento.

– Ele pediu a mão dela em casamento alguns dias atrás – respondeu Isidro.

– E você não tentou impedi-lo?

– Tio, eu escrevi para você antes disso acontecer e não podia fazer mais nada.

– Você não vai se casar com ela – disse Hernando. – Só por cima do meu cadáver.

Eduardo balançou a cabeça.

– Senhor, eu dei minha palavra e meu coração...

– Para o inferno com seu coração! Você é cego! Não vê? – gritou ele, apontando a chibata para Carlota.

Quando falava, voava cuspe da boca. Ele parecia um cachorro raivoso.

Em poucos passos, ele ficou na frente de Carlota, levantando seu queixo com a chibata e fazendo-a perder o fôlego. Ele olhou para baixo e fixou o olhar nela, com o rosto ardendo de ódio. Montgomery havia visto bêbados esfaquearem outro homem com aquele mesmo olhar. Ele se aproximou deles aos poucos, inquieto, cerrando a mão esquerda em punho.

– O que está fazendo, sr. Lizalde? – perguntou Montgomery com a voz baixa.

– Admirando o trabalho do doutor – murmurou Hernando, e deu um passo para trás, soltando-a. – Ela é como eles, uma das criações do doutor.

A garota agarrou o braço de Eduardo e seu noivo riu.

– Pai, você só pode estar brincando. Ela é uma mulher, não tem nada em comum com os híbridos.

– Ela é um deles, estou lhe dizendo. Quando conheci Moreau, ele não tinha filha. Ainda assim, não era da minha conta se ele tivesse uma bastarda por aí e a trouxesse para morar com ele. Mas quando Isidro escreveu me contando que você estava interessado na moça, eu tive que analisar a situação. Você se lembra do seu velho assistente, Moreau? Eu o encontrei alguns meses atrás, para conversar sobre a possibilidade de ele voltar para Yaxaktun. Eu o procurei de novo e perguntei se ele sabia algo sobre sua filha. Achei que ele me contaria que o doutor havia se deitado com uma criada e que eu teria que informá-lo, Eduardo, que você estava apaixonado pela cria bastarda de uma empregada, uma garota sem futuro. Eu não esperava que ele fosse me contar que a filha do doutor era literalmente nascida de um *felino*.

– Melquíades estava tentando roubar minha pesquisa – disse o doutor. – Ele tem motivos para ser meu inimigo e espalhar mentiras.

– Prove para mim que isso não é um monstro, um cruzamento profano entre um humano e uma onça – exigiu Hernando, apontando de novo para Carlota, que se agarrava em Eduardo e enfiara o rosto em seu peito. Ela estava tremendo, talvez chorando, e parecia querer diminuir, para se esconder no paletó do noivo. – Prove, se for capaz.

– Eu posso levar seu filho para o tribunal por ter seduzido minha filha, Lizalde, então não exija que eu prove nada, ou vou provar mais do que quer, e ele terá que se casar com ela de qualquer forma – advertiu Moreau.

Hernando olhou para o filho, chocado.

– Pelo amor de Deus, diga que não é verdade. Você se deixou ser seduzido por essa vadia?

– Ela não é uma vadia. Pai, eu dormi com ela quando ela era virgem – respondeu o rapaz, com sinceridade.

Hernando ficou pálido, e não sem motivo. Se seu filho tivesse realmente deflorado Carlota, Moreau tinha razão e seria uma humilhação para Eduardo. Carlota teria que ser examinada por médicos, mas o rapaz também precisaria ser examinado, para determinar se era capaz de tirar a virgindade de uma moça. Imagine, um Lizalde sem calças e um doutor olhando para seu pênis como se fosse um salafrário imundo qualquer. E toda a humilhação de se apresentar ao juiz, a ameaça de prisão, os nomes impressos nos jornais.

Carlota tremia inteira, soluçando incontrolavelmente. Quando ela virou o rosto para Hernando, seus olhos brilhavam com lágrimas. Montgomery queria gritar com Lizalde, dizer que aquilo acabava ali.

– Meu Deus, prometido para se casar com um monstro – disse Hernando, e se virou para Moreau com a chibata em punho. – Você fez isso, seu louco!

Hernando se lançou em direção ao homem. Ele foi tão rápido que conseguiu acertar o doutor no rosto; o açoite do couro foi tão forte que Moreau derrubou a bengala e gemeu alto. Ele deu um passo para trás e quase perdeu o equilíbrio.

Carlota correu até o pai, ajudando o doutor a ficar em pé antes que caísse.

– Afaste-se do meu pai! – gritou.

– Saia da frente ou vou lhe bater até sangrar – alertou Hernando, levantando a chibata de novo.

Montgomery decidiu dar um basta naquilo e se moveu para arrastar Hernando Lizalde para o outro lado da sala, já que a distância era a medida mais sensata. Porém, ele não teve a chance de fazer isso, porque Carlota se lançou contra o homem enquanto a chibata estava no ar.

Ela se moveu rapidamente e, de início, Montgomery não entendeu o que havia acontecido. Tudo o que ele ouviu foi o grito aterrorizado de Hernando. Depois, viu linhas vermelhas no rosto do homem. Ela o arranhara.

Carlota levantou o rosto e Montgomery viu perfeitamente seus olhos arregalados e raivosos. Eles reluziam, cheios de cor. Os olhos de Carlota tinham um lindo tom de mel, mas aquela cor agora era outra. Os olhos pareciam estar brilhando; e as pupilas estavam erradas, eram filetes pretos sobre um fundo amarelo. Aqueles não eram os olhos de uma mulher. Quando ela se virou, o peito arfando, Isidro quase derrubou um vaso ao recuar. Montgomery, por sua vez, não se mexeu.

Ele havia visto aqueles olhos uma vez, de perto. Eram os olhos de uma onça. A postura da garota, de cabeça erguida, pescoço esticado e corpo tenso, era a postura furiosa de um felino.

Atordoado, ele pensou em todas as vezes em que estivera perto de Carlota, como admirava os movimentos dela, que lembravam o de uma acrobata, incrivelmente graciosa. Como seus olhos pareciam brilhar no escuro por uma fração de segundo. Ela enxergava muito bem à noite, andava sem levar vela mesmo de madrugada e seus passos eram silenciosos, como um sussurro. Não dava para saber quando ela se aproximava, se ela não quisesse se anunciar. As sombras a abraçavam: ela entrava e saía da escuridão no pátio, no verde da selva. Fluida, como água, como um fantasma, como uma onça quando caça.

Ele soube então que era verdade. Tudo. Ela era uma híbrida. E os outros também sabiam.

– Como se atreve! – disse Hernando, e puxou a pistola com uma mão, segurando com a outra o rosto ferido.

Montgomery pegou a própria arma e apontou para o rosto do homem.

– Solte isso – disse em tom brando.

Hernando demorou a entender. Ele olhou para Montgomery com mais choque do que raiva. Depois, riu.

– Sr. Laughton, não se atreva a me ameaçar. Meus homens estão do lado de fora desta casa e irão acabar com você.

Apesar de Montgomery ter falado com Eduardo de uma forma tão desafiadora quando se conheceram, aquele momento era diferente. Aquele era Hernando Lizalde, o homem que tinha sua dívida em mãos e que pagava seu salário. Ele estava se condenando ao ir contra ele e, ainda assim, engoliu seus receios e manteve a mira firme. Era hora de demonstrar coragem.

– Não antes de eu meter uma bala na sua cabeça – ameaçou Montgomery. – Preciso lembrá-lo de que sou bom de mira?

– Pense no que está dizendo e de que lado está.

– Jogue isso no chão. Quero que saiam daqui. Cansei de todos vocês.

O *hacendado* soltou um riso zombeteiro, mas deixou a pistola no chão e se aprumou. Montgomery manteve a arma apontada para ele e pegou a pistola de cabo de marfim.

– Saiam daqui, todos os três – ordenou.

– Se formos forçados a sair, vamos voltar, Moreau – disse Hernando, olhando para o médico. – E, quando eu voltar, será com uma dúzia de homens, para pegar seus híbridos, usá-los para matar os índios que nos incomodam e depois castigá-lo como merece. É melhor se render agora. Se obedecer, mostrarei compaixão. Não force minha mão, porque irei feri-lo.

Moreau se apoiou no braço da filha para se levantar e encarou Hernando.

– Vocês precisam ir embora.

– Ouviram o doutor – disse Montgomery, e apontou para Eduardo com uma das pistolas. – Saiam desta casa.

Eduardo e Isidro saíram lentamente pela porta, seguindo Hernando.

– Eduardo – disse Carlota.

O nome era uma súplica e ela estendeu o braço na direção dele. Aquele simples gesto poderia partir o coração de qualquer homem.

Porém, o jovem recuou, e seu olhar passou rápido pelo rosto de Carlota, cheio de medo, antes de ele cruzar a porta. Montgomery seguiu os três homens, de armas apontadas para suas costas.

Quando eles chegaram ao pátio, os dois homens de Hernando imediatamente olharam em pânico e sacaram as armas.

– Vamos embora; guardem as armas – falou Hernando, ciente de que havia uma pistola apontada para as costas.

Os homens ficaram em choque, mas seguiram as ordens do patrão e foram até a porta da *hacienda*. Depois que todos se foram, Montgomery trancou a porta e voltou correndo para casa.

CAPÍTULO 21

CARLOTA

– Sente-se aqui – disse o pai. – Montgomery, pegue uma seringa. Isso, isso.

Ela estava tremendo. Achou que fosse vomitar e sentia uma dor terrível nas mãos. Elas estavam estranhas: os dedos, estranhamente longos, meio tortos; as unhas, afiadas demais, um pouco curvadas. Ela viu o reflexo no vidro do armário. Seus olhos também estavam diferentes. Eles brilhavam, como pedras polidas.

Ela apertou o braço contra a barriga e se curvou para a frente, chorando, não querendo se ver.

– Me dê seu braço – disse o pai.

– Não! – gritou, afastando a mão dele. – Não me toque! Não cheguem perto de mim, nenhum de vocês!

Montgomery a olhou e o pai levantou as mãos no ar. Seu rosto estava calmo.

– Carlota, você precisa da injeção. Meu amor, lembre-se: abençoados...

– Preciso é de uma explicação. Você vai me explicar isso! O que está acontecendo comigo? – exigiu ela, e se levantou, derrubando a cadeira onde estava sentada e empurrando a bandeja de instrumentos médicos que estava na mesa ao seu lado. Tudo foi para o chão com estrondo.

A saleta do laboratório, que conhecia tão bem, lhe era estranha. Os animais nos potes e nas prateleiras, os livros, os quadros mostrando os ossos e músculos do corpo, estavam todos errados. Ela sentiu como se nunca os tivesse visto antes. Uma dor terrível e insuportável tomou conta do seu corpo.

– Ele disse que eu sou um híbrido! Olhe para as minhas mãos! – gritou, erguendo-as no ar e abrindo os dedos. – Por que minhas mãos estão assim? Eu tenho garras!

Ela tinha. Como um gato, tinha unhas longas, curvas e afiadas, e não entendia como aquele era seu corpo, e aquelas, suas mãos.

– Você precisa se acalmar. Precisa. Eu não quero prendê-la, mas farei isso se necessário.

– Me diga o porquê!

– Carlota, querida, pare.

Ela sibilou para ele. O som saiu involuntariamente de seus lábios quando esticou o pescoço. Ela se virou, se postando do outro lado da mesa. Seu coração batia rápido e ela fechou as mãos em punhos e as apertou contra as têmporas.

– Carlota, você é assim porque há uma parte de você que não é humana, e que eu consigo controlar há anos. Mas o seu corpo mudou de maneira impressionante nos últimos meses e o tratamento que suprimia essas características não está funcionando.

– Como pode haver uma parte de mim que não é humana? Eu não sou sua filha? Ramona disse que uma mulher veio aqui uma vez. Uma mulher bonita da cidade – disse ela, se agarrando àquela informação. – Era sua amante. Era minha mãe.

– A mulher *conhecia* sua mãe.

O pai de Carlota balançou a cabeça.

Seus músculos doíam como se ela tivesse corrido por muito tempo, e ela respirava rápido, com as narinas dilatadas. Sentia os milhares de cheiros do laboratório, das substâncias químicas e das soluções, do suor que se acumulava na testa do pai, e o cheiro de Montgomery.

– Eu fui casado com uma mulher adorável. Minha Madeleine – disse o pai, e sorriu. – Você viu o retrato dela em meu quarto. Mas minha esposa tinha uma doença congênita. Ela morreu quando estava no último trimestre da gravidez. Não devia ter acontecido. Mas não havia nada que eu pudesse fazer. O problema estava no corpo de Madeleine. Os padres nos dizem que Deus nos fez perfeitos, em sua imagem, mas é mentira. Veja todos esses defeitos! Todos os defeitos da natureza em nossa carne. Os deformados e os doentes, os que morrem cedo demais. Eu tentei consertar isso. Aperfeiçoar a criação de Deus. Acabar com os males da humanidade.

O rosto do pai parecia calmo até então. De repente, ele franziu o cenho, amargurado.

– Meus experimentos eram esotéricos e estranhos demais para serem compreendidos em Paris. Eu tive que sair do meu país natal e buscar refúgio no México. Mas eu precisava de dinheiro. Lizalde tinha de sobra. Um pouco da minha pesquisa o interessava. Àquela altura, eu tinha conseguido criar híbridos simples, e pensei que ele ficaria intrigado por esse tipo de estudo. Ele ofereceu Yaxaktun e seu patrocínio, então meu trabalho pôde continuar. Você precisa entender que eu não queria estudar os híbridos, foi algo que fui forçado a fazer. Trabalhadores! O que eu iria querer com mão de obra? Isso era o interesse de Hernando. Eu criava os híbridos nas barrigas de porcos e transferia os fetos viáveis para os tanques. Mas havia erros, detalhes que eram... Bom, eu achei que talvez o problema estivesse nos materiais usados. Eu estava manipulando gêmulas de criminosos e vagabundos. Decidi que minhas próprias gêmulas seriam mais adequadas. E também decidi que uma mulher carregaria o feto, não um porco. Encontrei Teodora em um bordel. Ela foi... foi a mulher que lhe deu à luz.

Carlota parou de andar. Ela o encarou.

– Então eu tive uma mãe e Hernando Lizalde está errado. Eu não sou a cria de uma onça.

Moreau pressionava os lábios, formando uma linha fina. Ele soltou um suspiro.

– Eu tirei Teodora do bordel e ela concordou em parir uma criança em troca de dinheiro, e a criança cresceu dentro do útero dela. Tinha algumas das características dela, sim, e algumas das minhas. Mas também tinha as gêmulas de uma onça. Carlota, você não é filha de um pai e uma mãe. Eu a fiz, como fiz os outros híbridos. Você é uma impossibilidade, praticamente uma criatura de lendas. Uma esfinge, meu amor.

Ela não sabia o que dizer e ficou imóvel, parada atrás da mesa enquanto o pai dava a volta, se apoiando na bengala. Ela olhou para Montgomery, que esfregava o queixo.

– Como os outros híbridos – repetiu ela, em um sussurro.

– Quando você nasceu, não se parecia com eles. Minhas outras criações eram horrendas e defeituosas de certa forma, mas você parecia incrivelmente humana! Havia trabalho a ser feito, claro, mas eu nunca vi nada como você. Eu tinha que corrigir alguns traços e tornar outros mais evidentes. Havia muita dor no começo...

– Eu não me lembro de nada além da dor quando era criança – disse ela, recordando-se da nuvem escura de sofrimento da infância, da mão gelada do pai em sua testa. – A dor foi sua culpa?

– Você viu o que acontece com os híbridos. Eu precisava ajustar alguns componentes. Mas você não pode negar a genialidade do meu trabalho. O seu rosto é perfeitamente equilibrado, e seus traços são muito agradáveis.

– Então você me fez e refez?

– Sim. Porque você era quase perfeita. Diferentemente dos outros. Aqueles malditos têm animais demais em si, são cheios de erros. Mas você, não. Nunca houve outro como você, em forma ou mente. Você é uma criança gentil e obediente e... Ah, Carlota, você não vê? Você é um trabalho em andamento...

– Um projeto – disse Montgomery, com um sorriso debochado. Ele esteve apoiado na parede e se inclinou para a frente. – Não é isso que me disse, doutor? Um grande projeto. Bom, pelo visto, não estava mentindo.

– Sim, e qual é o problema? – perguntou o pai dela, se virando, irritado, para olhar para Montgomery. – Toda criança é um projeto! A minha é apenas melhor do que esses projetos simples e nojentos de homens comuns que só querem ter filhos para ter ajuda no cuidado da mísera terra.

– Não é a mesma coisa.

– É, sim. E eu fui um bom pai. Eu dei roupa, comida e educação para a minha filha. Ela não teve que suportar agressões de um homem violento, como aconteceu com você, Montgomery. Nem teve o azar de herdar a genética de um alcoólico cruel, que a teria condenado à mesma vida de embriaguez. Ela cresceu forte e saudável e, se eu decidisse expô-la agora, para homens educados, ninguém poderia negar que eu fiz uma quimera para aperfeiçoar a mulher comum.

– Meu pai era um vagabundo, sim, mas você também é – falou Montgomery, apontando o dedo em riste para o doutor. – Eu sempre soube que era um pouco louco, mas tratar a própria filha como uma *coisa* que gostaria de exibir em uma feira?

Moreau bateu no peito e ergueu a voz.

– Eu nunca disse que iria exibi-la. Eu disse que poderia. Há uma diferença.

– Não me impressiona você estar tentando vendê-la como alguém vende um cavalo!

– Me poupe dos seus discursos idiotas, Laughton. Todo homem arranja um marido para a filha. Eu simplesmente quis que ela se casasse com o que há de melhor. Não há nada de errado com um pouco de ambição.

– Onde está minha mãe? – perguntou Carlota, com os olhos fixos no chão. Ela estava exausta e, em algum momento, suas mãos pararam de doer, como se o feitiço tivesse acabado, como se algo dentro de si estivesse se recolhendo e se reorganizando. As unhas pareciam menores e mais redondas. – Onde está Teodora?

Os dois homens se viraram para Carlota.

Seu pai molhou os lábios e levantou a mão com uma intenção apaziguadora.

– Foi um parto difícil. Ela morreu pouco depois. É por isso que nunca mais tentei desenvolver outro híbrido em útero humano. Parecia arriscado demais. Mas talvez esse seja o truque. Nada mais chegou perto de ser como você. Ou talvez tenha sido um milagre curioso da alquimia, que não posso recuperar.

– Ela não tinha família? Nenhum irmão?

– Não que eu soubesse. Ela era uma órfã que se prostituía desde os quinze anos. A mulher que me visitou era a proxeneta do bordel onde ela trabalhava. Ela me escreveu algumas vezes pedindo dinheiro; até veio pessoalmente uma vez. Provavelmente achou que eu tinha dado um jeito na menina. Bom, eu não a matei. Ela simplesmente se foi. Como minha esposa. Minha pobre esposa... – disse, e deixou a frase no ar.

– Onde minha mãe está enterrada? Ela está aqui?

– Não. O corpo está em uma lagoa. Eu deixei afundar. Nunca será encontrado. Ora, não me olhe assim, Carlota. Eu jamais quis machucá-la, nunca. Eu até gosto de fingir, às vezes, que ela foi minha amante e você não foi um experimento. Era uma bela ficção.

Sua vida inteira fora uma bela ficção, uma história que o doutor inventara. Carlota respirou fundo e fechou os olhos. Ela sentiu as lágrimas se formarem atrás das pálpebras e sua voz falhou.

– Você disse que o tratamento que me dá toda semana não está mais funcionando. O que vai acontecer comigo?

– Sem ele, parece que você fica com mais características animais. Acontece quando fica nervosa, por isso que eu tentei criar um ambiente tranquilo para você.

– Então eu vou sempre passar por uma mutação. Como aconteceu agora.

– Não, minha menina – disse o pai, e deixou a bengala de lado, apoiando-a na mesa, antes de pegar as mãos da filha e beijá-las. – Eu vou ajustar a dose. É um mero detalhe.

Ela queria que o pai a abraçasse e dissesse que tudo ia ficar bem, mas também queria sair correndo da sala e se afastar dele.

– E os outros? Eu preciso saber a fórmula dos remédios deles – murmurou.

– Eles não são importantes.

– Como podem não ser importantes? – perguntou ela, dando um passo para trás e puxando as mãos. – Você os mantém como prisioneiros. Eles não podem ir a lugar algum sem os remédios.

– Para onde iriam? O circo? Se exibir em um show de aberrações?

– Show de aberrações? É isso que pensa de nós?

– Você não é como eles – disse o pai. – Você nunca foi como eles. Essa é a questão. Eles são *feras*.

Ela sentiu tanta raiva que, por um segundo, não conseguiu enxergar. O mundo ficou vermelho. Na sala de estar, ela tinha ficado assustada e irritada. Porém, o que sentia no momento era pura fúria e, apesar de antes tentar se controlar, se acalmar como o pai exigira, de repente ela deixou a fúria fluir e abriu a boca para rugir. Ela esticou a mão e enfiou os dedos no pescoço do pai. Com um movimento, ela o jogou contra um armário de vidro.

Ele era grande e poderoso, mas ela o prendeu contra o móvel e o vidro se espatifou contra as costas do doutor. Ela sentiu os dentes grandes na boca, afiados como facas.

– Eu quero essa fórmula! – gritou.

– Eu... não tem... – o pai tentou responder.

– Eu quero!

– Carlota, solte ele – disse Montgomery, tentando puxá-la, pegar seu braço, e enfim a segurando pelo pescoço. De algum modo, conseguiu afastá-la do pai.

Ela tentou mordê-lo, mas os dentes morderam o ar em vez de alcançar a carne. Ele a virou, segurou seus ombros e encarou seus olhos enquanto ela sibilava para ele. Por mais improvável que fosse, ele não parecia estar com medo. Ela se lembrou de que ele era um caçador, acostumado a lidar com animais selvagens, e isso a fez querer jogar a cabeça para trás e rir.

– Você precisa respirar fundo – disse ele, em voz baixa. – Pode respirar fundo pra mim?

Ela não fazia ideia se era possível. Sentia que tinha esquecido como respirar, mas de alguma forma conseguiu assentir e abriu a boca. Seus pulmões estavam queimando. Ela ofegou um pouco e uma onda de exaustão e terror tomou conta de si. O que estava fazendo?

– Boa menina – sussurrou Montgomery.

– Carlota – o pai a chamou.

Os dois viraram a cabeça. Moreau se levantava, segurando o próprio braço. Ela o apertara com tanta força que ele ficaria com hematomas no pescoço pálido.

– Não existe uma fórmula, Carlota – falou baixinho, gemendo e limpando o suor da testa. – Eu inventei essa história de fórmula. É o mesmo lítio e morfina que eu uso para melhorar os sintomas da minha gota. Já foi usado para ajudar com surtos de mania e parece deixá-los relaxados. Ajudava você também... quando era mais nova.

Nessa hora, ela riu: ela apertou os dedos contra os lábios e começou a rir alto. Não havia fórmula! E ela era uma das criações do pai. Era um ser inumano, um ser que podia arremessar um homem adulto pela sala.

– Eu sempre... sempre quis ter uma filha. E você era minha. – O pai de Carlota se aprumou e depois tropeçou, esmagando cacos de vidro com os pés. – Meu coração – disse, apertando o peito.

Então, o gigante dr. Moreau desabou, chocando-se contra o chão do laboratório.

CAPÍTULO 22

MONTGOMERY

Eles estavam sentados à cama do doutor havia horas. O dr. Moreau dormia, e eles esperavam. Ramona trouxe chá e entregou uma xícara a Montgomery. Ele agradeceu e ela assentiu, andando pelo quarto e entregando café ou chá para os outros, dependendo da escolha. Quando terminou, Ramona deixou a bandeja em uma mesa.

Ele raramente entrava no quarto, e se sentia desconfortável de estar sentado ali, em meio às coisas de Moreau, com o retrato oval da falecida esposa vigiando da parede, as roupas penduradas no armário e o doutor deitado na casa de mogno, cujas cortinas estavam abertas. Lembrava os últimos dias de vida da mãe, quando ele e Elizabeth tinham que ficar parados e em silêncio enquanto o fogo ardia.

Carlota apertava um lenço entre as mãos. Ela estava na cabeceira da cama. Às vezes, chorava. Cachito e Lupe não choravam. Seus rostos eram máscaras de uma calma espantosa, e suas vozes eram sussurros quando falavam algo, lado a lado. Montgomery ia de um lugar para outro. Ele não queria se sentar, com medo de pegar no sono em uma cadeira e acordar de manhã com as costas doendo.

Ele se perguntou o que aconteceria se o doutor morresse durante a noite, e depois se perguntou o que aconteceria se ele vivesse. Havia visto homens que tiveram apoplexia e mal podiam mexer o corpo ou falar. O que Carlota faria, tendo que cuidar de si mesma e talvez do pai?

Era tarde e as velas estavam quase no fim.

– Lizalde vai retornar com seus homens e temos decisões a tomar – disse ele, porque alguém precisava dizer, e ele estava cansado.

Ele queria se deitar e não conseguiria fazer isso se todos estivessem ali, apertados no quarto do doutor, em voto de silêncio.

– Que decisões? – murmurou Carlota.

– Hernando Lizalde disse que vai vir buscar os híbridos e abrir guerra contra os homens de Cumux.

Ele balançou a cabeça.

– Os homens de Cumux não existem. É uma mentira. Ninguém em Yaxaktun jamais ajudou os rebeldes.

– Lizalde não estava errado sobre isso – disse Lupe. – Tem uma trilha aqui perto, eu já disse. Leva ao acampamento deles. E Lizalde vai achar e seguir por ela.

– Isso são histórias que você inventa – disse Carlota, torcendo o lenço.

– Não é história nenhuma – disse Ramona. Todos se viraram para olhar para ela, que permaneceu parada, imóvel. – Tem um caminho que os *macehuales* fazem para chegar aqui quando vêm buscar mantimentos e, agora que esses *dzules* sabem disso, vão procurar por eles e encontrá-los.

Carlota deixou o lenço cair.

– Então foi você? Você tem ajudado os homens de Cumux? Lupe, você sabia disso esse tempo todo?

– Eu disse que não era minha imaginação – respondeu Lupe.

– Mas como você pôde! Nunca me disse nada! – gritou Carlota, se virando para Lupe.

– Eu disse que você era cega! Além do mais, ele também sabia! – Lupe apontou para Montgomery.

Carlota cerrou os olhos e o encarou.

– Você sabia?

– Como não saberia? Ele é o *mayordomo*. A comida some, materiais também... você acha que ele não saberia? Grite com *ele* – disse Lupe.

– Eu não tinha certeza – respondeu Montgomery.

– Mas deve ter desconfiado.

– Um saco de farinha, um pouco de feijão e arroz. Você acha que isso valeria um tostão para Lizalde? – perguntou Montgomery. – Não é nada para ele. Eu não sabia exatamente quem estava mexendo nos mantimentos, nem quanto estavam pegando, mas por que eu seria mesquinho?

– Quer dizer, por que se importaria? Você nos colocou nessa situação.

– Não é culpa dele – disse Lupe. – Foi o seu precioso Lizalde. Por que não se casou logo com ele e foi embora?

– Eu ia fazer isso – murmurou Carlota. Ela então se levantou e deu as costas para eles.

Ele pensou na carta idiota, no confronto. Talvez a interferência de Hernando pudesse ter sido evitada ou tratada com mais elegância, mas Montgomery não podia voltar atrás. Teria tempo para se odiar mais tarde, na privacidade de seu quarto. No momento, havia outros assuntos a tratar.

– O que passou, passou. Não vai nos livrar dessa confusão. Os homens de Cumux estão em perigo, assim como nós – disse Montgomery.

– Eles vão vir com espingardas e atirar na gente – disse Cachito em tom melancólico.

– Então vamos fechar as portas e nos esconder – disse Lupe. – Eles não podem atravessar paredes.

– Podem derrubar portas.

– Então vamos fugir – disse Lupe, com convicção. – Carlota disse que não precisamos mais dos remédios do doutor. Vamos fugir. Eles não vão nos achar. Podemos ir para o sul, para as Honduras Britânicas, para território inglês. Seremos rápidos.

– Nem todos os híbridos são rápidos – disse Montgomery, pensando no velho Aj Kaab, em Peek', nos outros que tinham corpos diferentes.

– E os *macehuales*? Cumux e seus homens? – perguntou Cachito. – Eles também estão em perigo.

– Eles podem se defender sozinhos – respondeu Lupe.

– Não podem, se não souberem o que está vindo.

– Não é problema nosso. Precisamos ir embora.

– Fugir não vai resolver nada. Precisamos lutar – disse Montgomery, confiante.

Carlota se virou. Seus olhos estavam vermelhos de tanto chorar e mechas escapavam da trança. Seus lábios tremiam.

– Você quer matá-los.

– Se chegar a esse ponto, sim.

– Se você os ferir, eles voltarão. Se matar dez homens, voltarão com trinta.

– Estamos isolados. Se matarmos dez, ninguém vai ficar sabendo por vários dias e até lá podemos ir embora. É melhor ter uma semana de vantagem do que nenhuma. E é difícil juntar homens para esse tipo de caçada – explicou Montgomery. – Quando há ataques de grandes grupos de índios, os *hacendados* têm que procurar as autoridades da península, o que é uma jornada por si só, ou implorar para os vizinhos enviarem homens. Se acharem que aconteceu um ataque, as outras propriedades não vão ter pressa, ou quem sabe fiquem em pânico e fujam para a segurança da cidade. Eles não vão voltar. Por mais de uma semana. Teremos mais tempo se matarmos a primeira onda de ataque.

Carlota balançou a cabeça em negativa.

– Isso não é um ataque de rebeldes.

– Eu só sei que Hernando Lizalde planeja voltar. Deveríamos recebê-lo com fuzis e pistolas – disse Montgomery.

– Isso – concordou Cachito, animado. – Vamos acabar com eles.

– Vocês ouviram bem o que disseram? – perguntou Carlota. – Estão planejando matar pessoas!

– O que você acha que eles têm planejado para nós, Carlota? Acha que planejam nos convidar para tomar um chá? – perguntou Lupe e empurrou a bandeja de prata com a chaleira e xícaras. O pegador de açúcar tremeu e caiu no chão.

– Não. Eu posso falar com eles. Posso negociar.

– Negociar o quê?

– Um acordo, não sei. Vocês não vão fazer isso.

– Você não decide por nós.

– É você que decide, então? – perguntou Carlota. – Você não fala por ninguém.

– Vamos perguntar aos outros – retrucou Lupe. – Mas não fique aí parada achando que é nossa senhora.

– Vamos abrir uma votação amanhã de manhã – decidiu Montgomery, tocando o nariz com uma careta. – Preciso descansar.

Ele saiu do quarto. Não aguentava mais. Nunca fora útil quando alguém estava doente. Ele se lembrou das horas ao lado da cama da mãe quando ela adoecera, da necessidade de falar com a voz baixa. Quando a mãe era viva, as coisas com o pai eram melhores, mas não muito. Pelo menos, na época, ele tinha a irmã, Elizabeth. Ele percebeu que Carlota ficaria sozinha sem Moreau.

No quarto, tirou o paletó e lavou o rosto, depois acendeu um cigarro e balançou a cabeça.

Ele gostava de Yaxaktun. Tinha sido um bom lugar para ele. O local lhe oferecera segurança, mas essa segurança estava sumindo a uma velocidade alarmante. Ele deixou as cinzas caírem em um copo, tirou a arma e a colocou sobre a mesa. Deixou a pistola com cabo de marfim de Hernando Lizalde ao lado da sua. Seu fuzil favorito estava encostado na parede, ao lado da mesa.

Ele havia matado uma onça, caçado animais, entendia de armas, mas não era um assassino de sangue frio. Ele não era o tipo de homem que sai fazendo ameaças impensadas, apesar de já ter ido parar em alguns lugares suspeitos. Quando estava bêbado, às vezes causava problemas. Porém, até na embriaguez ele sabia se controlar.

Quando a batida veio, ele não ficou surpreso, porém triste. Ele realmente queria ir dormir, e não brigar, e quando abriu a porta viu no rosto de Carlota a expressão de um general indo para a guerra.

– Você sempre guarda uma garrafa de aguardente no quarto, então queria lhe pedir um copo – disse ela.

– Você não bebe aguardente. Certamente não o tipo barato que eu bebo.

– Eu também não jogo meu pai contra um armário e fiz isso há poucas horas – disse ela, empurrando-o para entrar e andando com o ar de um grande conquistador.

O cabelo dela estava solto, caindo pelas costas. Ela havia desfeito a trança modesta.

Ele foi até a escrivaninha, abriu uma gaveta e tirou uma garrafa e dois copos. Ele serviu alguns dedos da bebida.

– É mais forte do que o que você bebeu na fogueira, é uma aguardente barata e terrível – a avisou. – Alguns goles e vai ficar alta.

– Deixe-me provar.

Ela virou a bebida com um movimento do punho e limpou a boca com as costas da mão. Ela tinha uma boca bonita, de lábios cheios. Sob a luz da lamparina na mesa, seu cabelo parecia ter sido desenhado com carvão no papel.

– O que achou? – perguntou.

– Não é tão ruim quanto achei que seria. Cachito diz que suas bebidas favoritas são nojentas – respondeu ela, e pegou a garrafa para encher o copo até a boca.

– Você vai se acostumando, se deixar. Quer que eu ensine sobre os diferentes tipos de bebida? Algo me diz que não. O que é tão importante para você me procurar no meio da noite?

– Vai amanhecer em breve.

– Exatamente.

Ela se sentou na cadeira onde ele estivera; ele se sentou na cama. A camisola dela estava escondida sob um roupão vermelho, e ela cruzou os tornozelos de maneira modesta, mas o olhar que lançou sobre a borda do seu copo era marcante.

– Não posso deixar você matar aqueles homens – disse.

– Você quer dizer que não quer que Eduardo morra.

– Eu não quero que ninguém morra. Você está preparado para ver os outros se machucarem? Ver Cachito e Lupe sangrarem? Eu quero tentar uma negociação pacífica.

– Acenar uma bandeira branca e tudo mais? Suponho que você vá conduzir as negociações, certo?

– Por que não?

– Talvez não gostem de você. Não mais.

Ela sorriu e bebeu. Ele tinha que dar o braço a torcer. Ela não fez careta quando a aguardente desceu por sua garganta. Ela esticou a mão e balançou o copo em cima das pistolas, traçando os cabos com o dedo, seguindo os desenhos do marfim.

– Ainda assim, quero tentar. Você precisa buscar uma solução pacífica.

– Eu disse que faríamos uma votação pela manhã.

– Cachito vai ouvir você. Assim como a maioria dos híbridos. Eles o respeitam quase tanto quanto respeitam meu pai. Eu e você podemos convencê-los.

– Você veio fazer planos e manipulações, então.

– Eu vim lhe implorar para que pense melhor. Não quero ver ninguém ferido. Antes de considerarmos armas, vamos considerar palavras. Montgomery, precisamos tentar. Você acha que eu quero proteger Eduardo, mas estou tentando *nos* proteger. Estou tentando salvar nosso lar.

Ele soltou um suspiro cansado.

– Carlota, eu sou um rei sem terras. Eu já dei a minha opinião, outros vão dar a deles. Você também vai falar.

Ela pegou o copo de novo, se serviu e bebeu mais. Ela passaria mal pela manhã, mas não era problema dele.

Ela queria paz, certo? Porém, enquanto a observava, enquanto via os traços do seu perfil, ele se lembrou que ela havia apertado o pescoço de Moreau e imaginou a garota tomada por violência. Os *macehuales* contavam histórias sobre feiticeiros que tinham uma segunda pele, que viraram cachorros e gatos e combatiam o mal por toda a terra. Ele não acreditava nessas histórias, mas suas mãos tremeram. O cigarro estava queimando rápido. Ele jogou a bituca na xícara e a apoiou na mesinha de cabeceira.

– Eu sinto o cheiro do seu medo, sabia? – murmurou ela.

– O quê?

– Meus sentidos estão mais aguçados. Eu sinto seu cheiro. Se você apagasse todas as luzes da casa, eu o encontraria em meio à escuridão – disse ela. Carlota estava com a cabeça abaixada, e ele não conseguia ver seus olhos; não conseguia ver se brilhavam de um jeito estranho e terrível ou se pareciam humanos. – Não se preocupe. Eduardo também ficou com medo. Viu o rosto dele quando olhou para mim? Ele sentiu medo. Também sentiu nojo. Meu pai, não. Apenas se assustou. Você está com nojo, sr. Laughton? Além do medo, quero dizer.

– Não estou com medo.

Ela andou até ele, levando o copo de aguardente junto ao peito.

– Você sabia? O dr. Moreau lhe disse o que eu era?

– Não.

– Mas você guarda segredos. Você sabia que Ramona estava roubando nossos mantimentos.

– Como disse, apenas decidi não investigar o assunto.

– Se sabia e não me contou, vou odiá-lo para sempre.

– Eu não sabia.

Ele não havia nem adivinhado. Talvez fosse tolo por isso, mas a ideia teria sido muito bizarra. Ela nunca lhe parecera nada além de humana.

Ela estava na frente dele, pensativa. As dobras do roupão tocavam seus joelhos e ela mexeu a cabeça, levando a mão à boca para mordiscar a unha. Mãos e unhas humanas. Por enquanto.

– Ele disse que sou uma esfinge, mas esfinges não existem – sussurrou, ainda olhando para baixo, fugindo do olhar dele. – Eu nem sei mais se existo.

– Já acabou de se lamentar? Posso pegar o copo de volta? – perguntou, irritado, porque ele já estava farto do teatro dela e estava realmente cansado. Ele não a suportava mais.

– Você está tremendo de medo! Diga que está com medo de mim! – gritou ela, jogando o copo para longe.

O vidro se espatifou na parede e os cacos se espalharam pelo chão.

Quando Carlota o encarou, os olhos dela estavam como calêndula, amarelos, mas ainda humanos. Se não estivessem, teria sido completamente diferente. Ele a puxou e a beijou, sentiu as unhas dela contra sua pele enquanto ela o apertava. Ele sentiu um calafrio.

Ele a puxou para baixo de si. Pensou que talvez ela o matasse pela indecência. Porém, Carlota suspirou, e lá estava ela, disposta e ávida, com o cabelo espalhado pelo travesseiro. Carlota Moreau, que era inumana, uma híbrida idealizada pelo velho doutor. Se ela fosse uma sereia que o atraía para o fundo do mar, ele a seguiria. Se fosse uma gárgula, ele deixaria que o transformasse em pedra.

Que fosse mutilado e devorado. Não importava. Era por isso que ela estava ali, e ele não iria se demorar mais um segundo; ele a queria tanto. Que ela fosse rude com ele, que o machucasse, se fosse isso que a levasse ao prazer.

Mas as mãos dela eram gentis e ela o beijou devagar e com doçura, de um jeito que ele não era beijado havia anos. Ele sabia que seria fácil se perder com ela, e faria que fosse prazeroso para Carlota; ele podia passar os dedos por seu corpo todo, devagar. O rapaz dela era belo, mas jovem. Pelo menos a idade dava certas habilidades às mãos, e Montgomery havia aprendido algumas coisas ao longo dos anos.

O roupão que ela vestia era de veludo com forro verde e borda dourada. Estava gasto, como todo o restante da casa. Talvez tivesse pertencido à esposa do doutor, que devia ter sido uma bela dama. Carlota era bela também; mais do que qualquer coisa que ele já vira. Fanny Owen era bonita, e enchera seu rosto de beijos no dia em que se casaram, mas ela não havia pressionado a testa contra a dele como Carlota fez. Nem ele tirara o roupão de Fanny como tirou o de Carlota, porque, naquela época ele era ao mesmo tempo tímido e intenso demais.

Ele queria agradá-la, fazê-la feliz. Ela era doce e gentil, e o mundo era terrível. Ele não queria que ela conhecesse dores.

Mas os olhos de Carlota estavam fechados. Ele não era idiota para achar que era um sinal de paixão. Ele havia feito coisas assim no passado, procurado os braços anônimos de mulheres em bares e bordéis. Fechado os olhos com força. Ele sabia o que ela queria, e não era ele. Se ele a tomasse ali, sabia que ela sussurraria o nome errado em seu ouvido. Todo aquele desejo, todos os toques suaves, eram para outro homem.

Ele suspirou.

– Olhe para mim.

Ela olhou. Havia lágrimas ali, contidas, mas brilhantes. As mãos dela estavam em seu peito.

– Você não me ama – disse ele.

Era um fato. Ele não ia se submeter a fazer uma pergunta.

– E daí? – respondeu ela, em desafio. O hálito dela cheirava a aguardente.

– Você também não me ama.

– Você está apaixonada por Eduardo Lizalde – disse ele, e ela desviou o olhar, travando a mandíbula.

Ele estava tonto por causa do álcool, do cansaço e do desejo, mas se sentou e se aproximou do pé da cama enquanto ela se levantou e pressionou a mão contra a cabeceira, descabelada e mais bonita do que nunca. Ela devia ter ficado um espetáculo depois que Eduardo fizera amor com ela, feliz e sorridente. Ele sempre teria inveja daquele rapaz.

Ele passou a mão pelo cabelo.

– Eu sei como é. Você está magoada e solitária. Quando minha esposa me deixou, eu procurei conforto, mas você não vai encontrá-lo nos lençóis, muito menos no fundo de uma garrafa.

– Muito sábio da sua parte, e mesmo assim você bebe até morrer.

– Talvez eu não queira que você fique como eu.

– Eu nunca vou ser como você. Eu não fui *feita* como você.

– Transar comigo não a tornará mais humana. Vai deixá-la mais triste quando abrir os olhos e ver meu rosto em vez do dele. Transar comigo não vai consertar o que aconteceu no laboratório, não vai apagar as coisas que seu pai confessou e não vai curá-lo.

Ela parecia ofendida, talvez por sua escolha de palavras ou seu tom ácido. A amarra da camisola estava desfeita e oferecia a ele uma visão do pescoço dela enquanto ela engolia em seco e erguia o queixo.

– Talvez não seja nada disso.

– É tudo isso e, mesmo que não fosse, vou dizer uma coisa: estou com medo.

– Eu sabia – murmurou ela, em resposta.

– Não *de você*. Mas de amar você.

– Não entendo.

Por um segundo, ele pensou em ficar quieto, e até em retirar o que dissera, beijá-la e que o mundo fosse às favas. Mas ele queria ser sincero, e não blefar no jogo, apesar da sua tendência a apostar.

– Uma vez eu amei uma mulher que não retribuiu meu amor e isso me destruiu. Eu não quero passar por isso de novo – disse, com a voz calma e baixa.

Talvez não fosse a única coisa que o destruíra. A maior parte da maldade, do mundo, havia lhe atingido. Mas ela fora seu conforto e sua esperança, o remédio para o terror e os erros. Depois, o deixara e admitira que nunca o amara. Fora apenas a falsa ideia de que ele poderia ter dinheiro que a fizera andar até o altar; era o negócio de seu tio que a levara até ele. Quando não havia mais dinheiro, ela o abandonara. Ela havia escrito tudo isso em uma carta incrivelmente brutal depois que ele fora mutilado por uma onça, e ele escrevera de volta, mas apenas em sonhos.

Depois, não restava mais beleza no mundo, nada de bom ou caridoso, então ele vagara, sem rumo, e esperara que talvez Deus o destruísse, porque Montgomery era covarde demais para passar uma faca no próprio pescoço.

– Você vai se entregar para mim por uma hora, e depois, o quê? Estou a dois passos de te amar, dois passos de ter meu coração partido – disse ele, e sorriu. – Porque você não vai me amar e, quando me deixar, como um navio encalhado, não vai se importar. Então, se me quiser, vai ter que dizer que me ama e se tornar uma mentirosa.

Ela não falou nada e se aninhou no meio da cama, piscando em meio às lágrimas, se controlando para não chorar, mas ainda assim muito triste. Pelo menos estava mais calma; a aguardente fazia suas pálpebras pesarem.

– Eu preciso de alguém que não vá embora – sussurrou ela, finalmente.

– Você me terá pelo tempo que precisar de minha ajuda.

Ele podia lhe dar isso. Ela precisava disso mais do que do seu corpo.

– Jura?

– Juro.

Ele estava exausto, mas ficou observando-a até ela pegar no sono, ciente de que nunca teria o prazer daquela visão de novo.

CAPÍTULO 23

CARLOTA

Quando ela acordou, era cedo. Ela se espreguiçou e seus dedos alcançaram a cabeceira. Ela virou a cabeça e viu Montgomery dormindo na cadeira ao lado da mesa, de braços cruzados contra o peito. Não parecia uma posição confortável e ela se sentiu mal por ele ter dormido assim.

Então, lembrou que o beijara na noite anterior e que ele a tocara antes de afastá-la. Deveria ter morrido de vergonha naquele momento, mas, em vez disso, se sentiu melhor, mesmo que tivesse se humilhado.

Ela estava de coração partido e magoada. Quando Eduardo olhara para ela, fora como se tivesse enfiado uma faca em seu coração. A maneira como ele recuara, o olhar dele antes de sair da sala... nunca esqueceria aquela expressão.

Ela queria poder fingir que tudo estava bem e que ainda era amada, que alguém se importava consigo, porque o pai era um mentiroso e ela era uma monstruosidade. Ela pensou que o poço de afeto havia acabado. Montgomery, porém, havia entendido seu desespero.

Ela se levantou, pegou o roupão jogado no chão e tocou o braço dele. Montgomery resmungou e olhou para ela.

– Bom dia, Montgomery – disse.

– Bom? – resmungou ele, e esfregou os olhos. – Não parece.

– Já amanheceu.

– Hum... me deixe dormir mais um pouco e me empreste um travesseiro.

– Acho que não seria uma boa ideia. Temos muito a conversar com os outros, e os Lizalde vão voltar em breve.

– Se tiverem alguma decência, vão chegar depois do meu café da manhã – resmungou ele.

Ela sorriu, reconhecendo a tentativa de humor. Ele não se barbeava havia alguns dias e a barba estava começando a crescer, mas parecia mais como si mesmo do que quando tentara limpar o rosto inteiro.

– Estou com uma dor de cabeça terrível e mesmo assim me levantei. Você também consegue.

– Não estou surpreso, considerando o quanto bebeu da minha aguardente. Você vai se sentir melhor depois que tomar uma xícara de café – disse ele, estralando os dedos e balançando a cabeça para despertar.

– Peço desculpas por isso. Eu não devia... Deve ter sido ruim para você – disse ela, sem saber como pôr em palavras.

Ele sorriu.

– Meu bem, há anos eu não me divertia tanto.

– Você não deve zombar de mim – disse ela, batendo no braço dele, mas ele riu mais alto. – Estou falando sério, seu cafajeste. Não é... Eu não quero que pense mal de mim, ou que isso seja... Eu não quero quebrar nada – disse, passando o dedo pela beirada da mesa.

Ele ficou em silêncio e olhou para ela, sério.

– Nada está quebrado e minha opinião a seu respeito não mudou. Não há nada de errado em beijar um homem se quiser e se parece a coisa certa a fazer. Mas ontem não era, e eu não preciso de mentiras. Não de você. Somos amigos, Carlota. Isso não vai mudar.

Ela sentiu um grande alívio. Temia que a rejeição estragasse o relacionamento entre eles, mas ele realmente não parecia chateado. Talvez fosse bom em esconder suas decepções, diferentemente de Carlota, que chorava, reclamava e se lamentava, incapaz de esconder nada. Não mais.

– Sem mentiras, então – disse ela, e estendeu a mão. – Vamos manter nossa amizade.

– Eu brindaria a isso, mas você bebeu minha aguardente – disse ele, e apertou a mão dela.

– Eu sei que você tem outra garrafa escondida na escrivaninha.

Ela bateu com os dedos em uma gaveta.

– Tenho, mas não vou deixar você beber e se aproveitar de mim de novo.

Ela corou e ele riu mais alto, mas estava tudo bem. Eles eram assim, como sempre foram, e era menos complicado. O coração dela já estava confuso e ela não queria mais uma coisa para angustiá-lo, nem queria magoar Montgomery por motivos egoístas.

– Eu vou me trocar. Talvez você queira lavar o rosto. Não está cheirando muito bem hoje – disse ela, torcendo o nariz, e ele lhe deu outro sorriso e balançou a cabeça.

Antes de voltar ao quarto, ela foi ver o pai. Quando colocou a cabeça para dentro do cômodo, viu Ramona sentada ao lado dele, bebendo uma xícara de café. Carlota parou no batente, mordendo o lábio, incerta se deveria se aproximar ou não. Ela nunca havia respondido o pai. Nunca havia sonhado em feri-lo. Achou que deveria rezar por ele, mas tinha medo de que Deus a matasse.

Contudo, o dr. Moreau fora o deus de Yaxaktun, compartilhando sabedoria, penitência e amor. Se ele morresse, seria como se o sol desaparecesse do céu e, mesmo assim, ela não conseguia deixar de lhe desejar o pior.

Sou uma filha ruim, pensou.

– Ele ainda está dormindo – disse Ramona, ao vê-la. – Quer café?

– Nenhuma mudança? Ele não acordou? – perguntou, tímida, finalmente entrando no quarto.

– Não. A cura demora.

Talvez, mas Carlota não sabia se ele iria se curar, e não era como se pudessem chamar um médico. Ela se inclinou e tocou o braço dele com a palma da mão. Seu pai era um homem forte, mas a força o estava deixando e ela via as marcas da idade no corpo dele, o cabelo branco e as rugas que tentava esconder por trás da voz imponente. Apesar de a gota afetá-lo, o dr. Moreau não era um inválido.

– Por que você estava dando mantimentos para eles? – perguntou Carlota a Ramona, tirando a mão de cima do pai.

– Não foi planejado. Eu fui até o *cenote* de Báalam e encontrei um jovem rapaz escondido. Ele era um fugitivo de uma *hacienda* e estava procurando Cumux e seus homens. Eu não sabia nada disso, mas o alimentei e o deixei seguir caminho. Ele voltou depois, me agradecendo pela ajuda, e disse que havia encontrado o que procurava. Mas estava magro, e eu disse para levar comida. Depois, ele voltou outras vezes; se não era ele, eram outros que voltavam.

– E Lupe sabia.

– Lupe está sempre na cozinha me ajudando. Ela percebeu, até me seguiu algumas vezes quando fui deixar mantimentos para eles. Você não devia ficar chateada com ela ou com o sr. Laughton. O mundo lá fora é difícil, Loti. Eles chicoteiam os trabalhadores nos campos. Eu tinha que ajudar o menino.

– Não estou com raiva – disse Carlota, cansada. – Mas eu queria poder fazer tudo isso sumir.

Ela puxou o canto do lençol do pai e o alisou com a mão.

– Ramona, você sabia que eu sou uma híbrida?

– Não, Loti. Você era uma menina quando eu cheguei aqui. Estava sempre doente, mas o doutor disse que era alguma coisa no seu sangue, e você não se parecia nada com os outros.

– Montgomery disse que também não sabia. Eu não entendo como eu fui tão idiota e nunca adivinhei a verdade, ou como os outros não notaram.

– Cachito e Lupe também não sabiam, então como alguém poderia saber o que ele fez?

Carlota olhou para o rosto do pai, tentando se lembrar dos traços que compartilhavam. Mas ele parecia ter se transformado da noite para o dia, e ela via pouco dele em si mesma. Ela se levantou.

– Obrigada por cuidar do meu pai. Eu volto em breve e fico no seu lugar.

Carlota se trocou rapidamente. Colocou um vestido de verão e penteou o cabelo com força. O pai sempre lhe pedira para ser dócil e delicada. Não a preparara para tomar decisões difíceis ou lidar com conflitos. Mas ela tinha muito a considerar, não podia fraquejar. Quando ficou pronta, foi buscar Montgomery; e juntos caminharam até as cabanas dos trabalhadores, onde Cachito e Lupe os esperavam com os outros.

Eles se reuniram do lado de fora, como faziam quando o pai de Carlota lhes dava os remédios. Os mais velhos e mais novos, os pequenos, os magrelos e os fortes. Quase todos estavam sentados, como se estivessem ao redor da fogueira, todos sérios, e alguns completamente assustados, sob o céu azul e ardente. Vinte e nove pares de olhos encaravam Carlota.

Quando os híbridos se juntavam, era o doutor quem falava. Ela não dirigia a palavra para o grupo. Ficou tímida com todos a sua frente, ciente de que não tinha a voz do pai, que era forte como uma trovoada.

– Tenho certeza de que Lupe e Cachito contaram o que aconteceu ontem à noite e as consequências disso – começou, porque todos estavam olhando para ela. – Basta dizer que meu pai ficou doente e o pior é que o dono de Yaxaktun pretende nos tirar desta terra.

Os híbridos cochicharam e olharam para ela. Carlota respirou fundo.

– Pensamos em várias possibilidades. Os outros vão falar delas. Por mim, eu não quero nenhum tipo de violência, nem fuga, apesar de podermos fazer isso, já que os tratamentos do meu pai eram uma farsa. Eu espero que possamos argumentar com os Lizalde. Eles podem não ser tão irredutíveis quanto pensamos.

Ela pensou mais uma vez no rosto de Eduardo e na sua expressão de nojo, mas não se importava se ele a ajudasse por pena e nunca mais correspondesse a seu amor. Mesmo que a deserção doesse, ela sofreria a dor de um coração partido com prazer se isso significasse a salvação de Yaxaktun.

Ela não se atreveu a achar que ele ainda gostava dela, apesar de uma pequena fagulha estar acesa em sua mente, torcendo e desejando por isso. Queria apagá-la, mas ainda não conseguia.

– Carlota acha que conseguimos negociar, mas é bem difícil conversar com homens armados – disse Lupe, esfregando as palmas das mãos na saia e se levantando. – Eu ouvi esses cavalheiros conversando. Eles não têm receio de atirar em nós. Ramona conhece um caminho na floresta que pode nos levar até onde moram Juan Cumux e seus homens. Podemos nos esconder lá.

– E se ele os seguirem? – perguntou Carlota. – E se os caçarem?

– Melhor do que ficar aqui esperando, não acha?

– Esse lugar é longe? Teríamos que andar por muitos dias? – perguntou um dos híbridos. Seu rosto peludo e suas presas lembravam um javali. Era Paquita, uma das mais novas, e ela falava com uma voz fina como uma flauta.

– Sim – respondeu Lupe. – Mas toda jornada tem um fim.

– Onde exatamente seria o fim dessa? – perguntou Estrella. – E o que os humanos fariam se nos vissem na estrada?

– Nos queimariam vivos – disse La Pinta, e ganiu.

Os híbridos assumiram uma expressão sombria. O velho Aj Kaab mexeu nas presas compridas com um palito e fez um barulho com a boca.

– O que acha, sr. Laughton? Está quieto hoje.

Montgomery estava em pé, de braços cruzados, olhando para o chão. Carlota o olhou, com medo de que falasse de novo em pegar armas e matar pessoas.

– Eu ia propor criar uma emboscada e matá-los – disse ele, e ela sentiu o hálito quente nos dedos quando levou a mão à boca. – Mas não é certo pedir que vocês se arrisquem e cometam tal violência. Lupe tem razão, talvez seja melhor fugir enquanto há tempo. Podemos juntar mantimentos, pegar o que pudermos. Com sorte, Ramona pode conduzir uma viagem segura para todos pelo território *macehual*, já que ela conhece os homens de Cumux. Devemos votar?

– Eu não acho que haja muito no que votar – disse Peek', coçando o focinho de anta com uma unha afiada. – Apenas um tolo ficaria aqui.

– Covarde magrelo – falou Aj Kaab com a voz quase inaudível. – Eu os enfrentarei, se os outros não quiserem.

– E vai ser queimado vivo – disse La Pinta, repetindo a imagem sombria e soltando mais um ganido.

– O que acha, K'an? – perguntou Lupe.

A híbrida balançou a crina longa e loira e bateu os braços longos nas coxas.

– Eu acho que Aj Kaab é preguiçoso demais para fugir, mas estou pronta para correr.

Alguns dos híbridos riram. Lupe pediu que levantassem as mãos. O consenso era claro: eles iriam embora. Cachito começou a dizer para os outros juntarem suas coisas. Lupe e Montgomery ficaram ao lado de Carlota enquanto observavam os híbridos correrem para suas cabanas, procurando sacos e roupas e o que mais encontrassem.

– Eu tenho joias que você deve levar, Lupe – disse Carlota. – A maior parte das joias que meu pai me deu era de vidro pintado, sem valor, mas meu leque tem cabo de marfim e talvez Aj Kaab possa carregar algumas coisas de prata. Ele é lento, mas é forte. Vocês vão precisar do dinheiro.

– Você pretende ficar em Yaxaktun? – perguntou Lupe.

– Não posso deixar meu pai aqui – respondeu Carlota, e começou a andar em direção à casa.

Lupe andou ao seu lado. Montgomery franziu o cenho e as seguiu a alguns passos de distância.

– Loti, você não pode ficar sozinha nesta casa. Além do mais, o doutor é um homem ruim. Ele mentiu pra você. Pra todos nós!

– Não posso deixá-lo às moscas na cama. Talvez você não se importe, mas eu, sim.

– Não, eu não me importo – disse Lupe sinceramente. – Ele nos criou sabendo que um dia Lizalde viria buscar o que era seu. O pior de tudo é que ele tatuou a morte em nós. Já parou para perceber? Já observou os mais velhos e como seus músculos e ossos doem? E Cachito e eu ficaremos velhos antes da nossa hora. Ele merece esse destino. Não seja idiota, Loti. Fuja enquanto pode.

– Você precisa se preparar – respondeu Carlota, andando mais rápido, não querendo ter um segundo para considerar a ideia.

Lupe a acompanhou.

– É por que você ainda quer aquele homem? Está achando que Eduardo Lizalde vai te salvar? – perguntou Lupe.

Carlota não respondeu, apertou a saia com as mãos. Lupe a encarou, incrédula, e riu.

– Você está mesmo pensando nele?

– Não. Estou pensando no meu pai. Mas, se eu puder falar com Eduardo, talvez ele possa convencer Hernando Lizalde a não seguir vocês.

– Você é uma grande tola. Está bem! Fique para trás. Eu vou embora – disse Lupe, e se virou e andou de volta em direção às cabanas dos híbridos.

Carlota respirou fundo e fechou os olhos. Sua cabeça pulsava, doendo com o excesso da noite anterior. Ela não sabia como Montgomery conseguia manter o hábito de beber, nem como ela pensara que bebida resolveria seus problemas. Bom, ela enfim sabia que nem os prazeres da carne nem do copo lhe dariam o conforto de que precisava. Como Montgomery havia dito, o que ela queria não seria encontrado no fundo de uma garrafa, mas ela não fazia ideia de onde mais seria.

Ela desejou ser destemida e que o mundo fosse bom. Nenhum dos dois parecia possível.

– Lupe tem razão – disse Montgomery.

Ele estava com as mãos nos bolsos das calças e, apesar da aparência pálida de pouco tempo antes, finalmente parecia estar alerta, com o olhar cinza que a convidava para um debate, como sempre.

– Você também acha que sou idiota? – perguntou ela, sem conseguir controlar a fala amargurada e mais desagradável do que gostaria.

– Eu acho que você deveria partir.

– Meu pai não pode ser movido e não posso ir embora sem ele.

– Hernando Lizalde não vai ser gentil. Aquele homem quer ser pago com sangue e duvido que Eduardo vá protegê-la.

– Eu entendo o risco que estou correndo – disse ela, firme.

– Não tenho certeza de que entende mesmo – murmurou ele.

A grama estava alta no caminho de calcário que ia até a casa. Na infância, ela era mais baixa do que a grama e se agachava por ali, rindo. Brincava de esconde-esconde com o pai. Ela puxou algumas folhas e as torceu nos dedos.

– Eu não vou mudar de ideia. Deixá-lo sozinho seria o mesmo que deixá-lo para morrer. Não farei isso, jamais.

– Poderíamos levar o dr. Moreau conosco. Fazer uma maca ou alguma coisa parecida – sugeriu Montgomery, mas ela balançou a cabeça.

– Isso atrasaria os outros e poderia matá-lo. Vou ficar.

– Então eu fico com você – disse ele, resolutamente.

– Você não...

– Eu prometi ontem à noite, não prometi?

– Não quer dizer que você sabia, na hora, o que estava prometendo.

– Eu cumpro minhas promessas, srta. Moreau, seja lá quais forem.

– Nesse caso, talvez queira considerar quebrar a sua promessa.

– Não vou.

– Você não seria de muita ajuda se ficasse.

– Sabe, Carlota, há de chegar o dia em que você vai concordar comigo, mas esse será o dia em que o mundo vai acabar. Ainda assim, eu o aguardo ansioso.

Pelo seu olhar, ela sabia que ele não ia a lugar algum, então ela suspirou, mas se sentiu muito grata.

– Obrigada, Monty – disse, e pegou a mão dele.

Ele coçou a cabeça e a olhou, com considerável nervosismo. Ela se perguntou no que ele pensava e o motivo de sua ansiedade.

– Olhe só, Carlota, devo dizer...

– Montgomery! – Cachito acenou da porta que levava para a área dos moradores. – O que devemos fazer com os cavalos e os burros? E Aj Kaab está insistindo para levarmos um porco. Ele é um guloso. Não acho boa ideia!

Montgomery suspirou e franziu o cenho, olhando para Cachito com uma irritação nada sutil.

Carlota sorriu e soltou a mão dele.

– Vá em frente, senhor. Conversaremos mais tarde – disse ela.

– Carlota, vou me retirar por enquanto – disse Montgomery, muito formal, tocando no chapéu de palha antes de sair andando em direção a Cachito e gritar para o menino. – Como assim, então ele não quer um peru para a viagem? Vou falar com ele!

CAPÍTULO 24

MONTGOMERY

Ele nunca tinha sido muito bom com despedidas e teria preferido acenar em silêncio. Mesmo assim, foi conversar com o menino.

– Tome cuidado – disse Montgomery para Cachito. – Cuidem uns dos outros e sejam espertos.

– Vou tentar. Mas, Montgomery, não sei se vamos conseguir chegar longe – disse Cachito. Os híbridos estavam terminando de empacotar as coisas e amarrando tudo com barbantes, entrando e saindo das cabanas, enquanto Montgomery e Cachito conversavam. A empolgação e o nervosismo eram palpáveis, e Cachito parecia meio aterrorizado. – Eu gostei da sua ideia da emboscada.

– E se você se ferisse? Ou morresse?

– Alguns de nós querem lutar.

– *Você* quer lutar. A maioria deles não quer.

– Bom, você também quer lutar – disse Cachito, na defensiva. – Talvez queira até morrer heroicamente por Loti.

– Confie em mim, garoto. Eu prefiro não morrer tão cedo.

– Você queria. E é muito idiota, Montgomery, nos mandar embora assim.

– Nós votamos, lembra?

Cachito resmungou e Montgomery colocou a mão no ombro do menino e sorriu. Ele deu para Cachito sua velha bússola e um mapa.

– Meu tio me deu de presente. É de prata e tem minhas iniciais. Viu? Agora é sua. Talvez ajude a encontrar o caminho. Na pior das hipóteses, deve valer algo.

– Montgomery, mas é a sua bússola.

– Era. Não a perca em um jogo de cartas. Se perder, roube de volta. Eu fiz isso algumas vezes.

Cachito riu da história. Depois, houve mais preparação e alguns assuntos a resolver, mas logo chegou a hora de andar até o *portón* e abrir as portas duplas.

Ramona chorou e disse para Carlota se comportar, e Carlota chorou também. Mas não houve uma despedida chorosa ou longa entre Lupe e a menina. Lupe parecia ansiosa para partir e deu um abraço rápido em Carlota antes de sumir.

Os híbridos pegaram suas coisas – comida, roupas e outros mantimentos que acharam – e começaram a andar juntos. Os que tinham membros atrofiados ficaram na retaguarda, indo mais devagar, e os mais jovens, com menos deformidades, iam na dianteira. Era uma tapeçaria de pelagens sedosas e falhas, braços tortos arrastando na terra, espinhas curvas. Apesar dos tamanhos desproporcionais de seus corpos, eles tinham uma certa elegância ao passar pelos portões de Yaxaktun, pelo arco mouro e pelas duas sumaúmas. Passaram pelos vários portões que os separavam do mundo lá fora, até o último híbrido sumir de vista. O sol estava terminando a jornada e a terra logo seria coberta pela escuridão. Montgomery torcia para que isso os escondesse. Poucos visitantes ou viajantes chegavam àquele lugar tão distante, e o véu da noite seria uma precaução a mais.

– Lupe mal falou comigo – disse Carlota baixinho.

– Nem sempre é fácil se despedir. Não sou bom nisso.

– É, mas mesmo assim... Eu queria que ela tivesse falado mais. Talvez eu nunca mais a veja, e ela...

A menina pareceu se engasgar com suas palavras e correu para dentro da casa. Ele fechou o portão, o trancou e entrou na casa. Ele encontrou Carlota ao lado do pai, como havia passado a maior parte do dia, e se afastou discretamente. Ele também não lidava bem com lágrimas.

Ele caminhou pelas cabanas vazias e parou para admirar a horta que Ramona e Carlota haviam montado com tanto zelo. Ele se perguntou o que aconteceria com ela quando não houvesse ninguém para cuidar, depois olhou para os porcos e as galinhas. Ele abriria as porteiras, teria que deixar os cavalos e burros irem embora e abrir as gaiolas no pátio. Tinha que fazer tudo aquilo antes que os homens de Lizalde chegassem.

Ele imaginou o pátio, tão esplendoroso e belo, quando estivesse abandonado, cheio de ervas daninhas e de vegetação morta. Ele gostava de Yaxaktun. Não por causa do doutor, que tinha seus sonhos ambiciosos. Montgomery tinha sonhos menores, que havia casualmente plantado no solo; o sonho de paz e distância do restante do mundo.

A noite estava pesada ao redor deles. Montgomery acendeu algumas lamparinas. Ele se retirou para a sala de estar e escutou o relógio rococó bater antes de ir observar a cúpula do céu estrelado. No pátio, a fonte borbulhava, e ele enfiou a mão na água fresca, depois a esfregou na nuca, se deliciando com a temperatura.

Querida Fanny, pensou ele. Mas não conseguia colocar nenhuma emoção nas frases. Pela primeira vez na vida, aquela ferramenta familiar não funcionou. Ele estava sozinho, sem nada para apoiá-lo.

– O que está fazendo? – perguntou Carlota.

Como sempre, ela se aproximou em silêncio, e ele não se assustou.

– Matando tempo – respondeu. – Alguma mudança no estado do doutor?

– Nada. Eu não sei o que fazer – sussurrou ela.

Com as mãos agitadas, ela tocou os lábios por alguns segundos.

– Nada, além de esperar e ter fé.

– Eu pensei em ir à capela e rezar por ele. Mas depois achei que Deus poderia me matar.

– Deus não existe.

– Eu ficaria com raiva da sua blasfêmia, mas estou muito cansada – disse ela.

– Quer que eu fique de olho no doutor? – perguntou ele, pensando que não devia ser fácil para ela ficar sentada ao lado da cama do velho por horas e horas a fio.

– Eu preciso de alguns minutos e um pouco de ar fresco. – Ela hesitou, com a voz baixa. – Sinto que temos que sussurrar, mas não sei dizer por quê.

– É o que se costuma fazer quando alguém está doente – disse ele, pensando nos últimos dias de vida da mãe.

Ele não sabia como foram os últimos dias de Elizabeth. Pensamentos suicidas eram, talvez, uma doença tão concreta quanto o tumor que sugara a vida da mãe.

– Quantos anos tinha quando seus pais morreram?

– Era criança quando minha mãe faleceu e mais velho que você quando meu pai finalmente se foi.

– E você ficou de luto por ele? Apesar do que ele fez?

– Não. Não vesti preto, não rezei por ele. Eu torci para que fosse pro inferno.

– Mas você não acredita no inferno.

– Mas eu gostaria de acreditar no inferno.

Os olhos dela estavam tranquilos, escuros e tristes. Ela levantou a cabeça para o céu e ele pensou em abraçá-la, mas enfiou as mãos nos bolsos e admirou as pedras do pátio.

– A casa parece terrivelmente grande e solitária agora, não acha? Parece assombrada, apesar de eu ter crescido aqui e nunca ter visto um fantasma – sussurrou ela. – Ramona nos contou sobre uma casa em Villahermosa que é assombrada. Tem um fantasma que cheira a carne estragada e passeia pelos quartos. Eu me pergunto se um dia vão dizer que esta casa é assombrada.

– Venha, Carlota, é melhor entrarmos, e eu posso ficar de olho no seu pai – disse ele.

Ele não gostava quando ela falava assim.

– Não, estou bem. Não se preocupe comigo, só estou cansada.

– Mais um motivo para ir dormir. Deixe que eu cuido do doutor.

– Você não pode ficar acordado a noite toda. Seria pior ainda. Se eles vierem pela manhã e você estiver exausto, o que faremos?

– Ainda atiro bem, mesmo se dormir poucas horas.

– Você não deve falar disso de novo – disse ela, balançando a cabeça. – Por favor, não os receba com armas em punho.

– Talvez eu deva recebê-los com um abraço caloroso.

– Não, mas vamos tentar conversar em primeiro lugar, e sacar as armas em segundo. Por favor. Você se irrita com facilidade às vezes.

– Poderia dizer o mesmo sobre você.

– Sim, e eu não gosto disso em mim. Se eu não tivesse perdido a cabeça quando o pai de Eduardo estava na sala de estar, se não tivesse pulado como fiz e o arranhado... se não tivesse feito isso, talvez pudéssemos ter resolvido tudo de uma forma mais simples.

– Quer dizer que talvez ele permitisse que vocês se casassem?

– Se ele não tivesse uma opinião tão ruim sobre mim... – disse Carlota, esfregando as mãos. – Estraguei tudo. Eu sei.

– Preciso lhe contar algo. Eles não teriam permitido. Isidro escreveu para o tio. Eu não li a carta, mas a entreguei para o *mayordomo* de Vista Hermosa, para ser enviada a Mérida. Não a li, mas imagino o que dizia, porque Isidro me disse, antes de enviá-la, que não gostava de você. Que você era uma noiva inadequada. Eu me arrependo de ter enviado, mas desconfio que o mesmo teria acontecido de qualquer forma. Eles teriam te odiado.

Ela lançou um olhar profundo e triste para ele, seus olhos grandes voltados para o rosto de Montgomery.

– Foi você que o chamou até aqui, então?

– Foi Isidro, mas eu o ajudei – disse ele, com a voz falhando.

Ele não queria contar aquilo, mas precisava. Queria ter contado pela manhã, quando estavam juntos lá fora, antes de Cachito interrompê-los. Não achava justo manter segredos.

– Por que faria isso? Você me odeia?

– Carlota, eu fiz porque achei que você iria se machucar. Porque eu tinha certeza de que ele seria ruim para você, que a usaria e depois a jogaria fora. Foi antes de você anunciar o noivado, antes...

– E talvez você estivesse com ciúmes – disse ela, ríspida.

Por um segundo, ele quis jurar que suas intenções foram boas e puras, que queria proteger Carlota, mas, ao olhar para ela, era impossível negar a verdade: ele queria se livrar do rapaz e, sim, fora ciumento e mesquinho.

– Estava – respondeu. – E eu peço perdão por isso também.

– Perdão não é o bastante. Eu deveria lhe dar um tapa – murmurou ela, mas não levantou a mão.

Ela parecia exausta de tanto pesar. Em vez do tapa, apoiou os dedos no braço dele.

A quietude da casa os colocou em um torpor. Ele não queria falar com ela, apenas aproveitar a presença de Carlota por alguns minutos, e sentiu que ela também não precisava de palavras. Talvez eles brigassem depois, e ela o repreenderia e o tapa viesse, afinal.

Houve uma batida no *portón* e imediatamente Montgomery ficou tenso e levou a mão à pistola.

– Montgomery, por favor – sussurrou ela, apertando o braço dele. – Não atire antes de tentarmos conversar.

– Não vou atirar primeiro – respondeu ele. – Mas vou precisar do meu fuzil. Vá, corra para buscá-lo.

Ela hesitou, mas assentiu e correu. Quando a batida continuou, ele se aproximou lentamente da entrada, abriu o portão de ferro, e esperou em frente ao postigo. Carlota correu de volta para ele, ágil e com uma expressão assustada, e entregou o fuzil. Ele sabia que nem a pistola nem o fuzil poderiam garantir a segurança deles, mas ele se sentia melhor tendo algo sólido em suas mãos.

Ele inspirou.

– Quem vem lá? – perguntou Montgomery.

– É Lupe – disse a voz.

Ele abriu a porta e realmente era Lupe, coberta de poeira da estrada.

CAPÍTULO 25

CARLOTA

Carlota fez café e ofereceu uma xícara para Lupe. Ela também pegou um pão que Ramona havia assado no dia anterior e eles mergulharam pedaços do pão no café, sentados à mesa da cozinha. Lupe desamarrou o *rebozo* da cabeça, o dobrou e o colocou ao seu lado. Observava Carlota com atenção, com aqueles olhos muito juntos.

– Eu fui com eles e seguimos a trilha. Não é longe daqui. Mas eu voltei depois de um tempo – disse Lupe.

Ela ainda não havia dito muito desde que entrara na casa. Montgomery dissera que iria ver como estava o doutor, dando assim uma chance de elas conversarem.

– Eu achei que você queria ir embora.

– Eu conversei com Cachito enquanto andávamos. Nós dois achamos que você é idiota, e eu decidi que talvez fosse precisar de mim aqui.

– Fico feliz que tenha voltado – disse Carlota, e apertou a mão peluda de Lupe. – Você ficou chateada comigo, mal disse uma palavra quando foi embora.

Lupe puxou a mão e tamborilou as unhas na xícara de argila. Seus lábios tremeram, mas ela não emitiu nenhum som.

– Você é minha irmã – disse Carlota, com a voz gentil, e Lupe a encarou.

– É mentira.

– É verdade. Não me importa como chegamos aqui. Você ainda é minha irmã. Cachito é meu irmão. Vocês são a minha família.

– Que bela família que somos – resmungou Lupe. – Os erros bizarros do dr. Moreau.

– Meu pai disse que criou os híbridos para um propósito grandioso, para curar os males da humanidade. Mesmo quando mencionou que Hernando Lizalde financiou sua pesquisa para ter trabalhadores, ele sempre enfatizou esse aspecto. Eu sempre quis acreditar que ele estava realmente buscando um conhecimento importante e que nunca deixaria que nada de ruim acontecesse com os híbridos. Mas agora, sabendo da facilidade que ele teve para mentir, e lembrando todas as coisas que ele disse, eu não... Lupe, eu sinto muito.

O silêncio se acomodou entre elas. Carlota apertou as mãos.

– Você me perguntou algumas vezes por que eu gostava mais de ir para a cabana com a caveira do burro do que para a capela – disse Lupe. – Eu acho que era porque achei que lá vivia um Deus mais verdadeiro do que o Deus do qual seu pai falava. Seu pai falava que Deus pediu a ele que consertasse os erros da natureza ao criar nossos corpos e nos presenteou com dor, mas um Deus que faz isso só pode ser cruel. Ele segurava aquela Bíblia e a lia, mas não acho que entendia as palavras.

– Meu pai foi irresponsável, completamente negligente – sussurrou Carlota.

Os estudos dele deram origem a criaturas fadadas a sofrer, a morrer de maneira dolorosa, e ele disfarçara suas pesquisas fracassadas com um discurso sobre Deus e grandes propósitos, envolto em mentiras cuidadosas que ela ainda não entendia direito.

– Foi. E por tudo isso você deveria deixá-lo morrer numa poça do próprio mijo e fugir comigo, mas eu sei que não vai fazer isso, e não vou pedir de novo. Então, aqui estamos, para cuidar de um homem moribundo. Eu voltei porque não queria que você lidasse com isso sem mim.

– Lupe.

– Não chore, Carlota. Você chora muito fácil.

Carlota sorriu, e Lupe sorriu de volta. Quando eram pequenas, Lupe trançava o cabelo de Carlota, e ela ria e escovava o pelo das costas de Lupe. Elas seguiam fileiras de formigas até o formigueiro, batiam palmas juntas, brincavam de esconde-esconde pela casa. Ela gostava de Cachito, mas era mais próxima de Lupe. Então, alguns meses antes, a cisão entre elas havia aparecido e aumentado de tamanho. De repente ela sentiu que, pela primeira vez, o vão que surgiu podia ser cruzado.

– O seu pai acordou – disse Montgomery do batente da porta. – Ele gostaria de falar com você.

Carlota se levantou em um pulo. Eles andaram de volta para o quarto do pai. Montgomery havia acendido duas lamparinas, então a cama estava banhada de luz amarela. O dr. Moreau estava pálido e frágil sob os lençóis. Ele tinha realmente acordado e, quando Carlota se sentou ao lado da cama, virou o rosto na direção dela e levantou a mão para tocá-la. Carlota segurou a mão dele, porém de leve; em outros tempos teria beijado a mão do pai e a encostado no rosto.

– Carlota, aí está você – murmurou ele.

Ela não respondeu. Estava envergonhada por sua fúria, por tê-lo machucado. Temia pela vida do pai. Também não conseguia olhar em seus olhos. Ela serviu um copo d'água para ele e o ajudou a beber, devagar. Quando terminou, colocou o copo de volta na mesinha.

Os papéis foram invertidos. Nos primeiros anos de vida de Carlota, o pai havia sentado à cabeceira e ela buscava a mão dele para confortá-la, impotente e fraca. Agora, o doutor estava deitado ali, e parecia que seu corpo robusto poderia se desfazer sob um toque, ossos e tendões se desmancharem.

– Filha, eu não a culpo pelo que aconteceu – disse o pai, baixinho.

– Eu o culpo. Por ter escondido segredos de mim. Por não ter me contado quem eu sou – respondeu ela, com calma, e viu-o se encolher, como se ela o tivesse acertado mais uma vez.

– Eu não podia falar, Carlota.

– Você me disse que eu era sua filha, que eu estava doente e precisava de um tratamento especial. Você disse que os híbridos precisavam tomar medicamentos também, mas era outra mentira. Você estava tentando nos manter dóceis e quietos.

– Eu tive que dizer que você precisava de remédios constantes. Você não podia ir embora de Yaxaktun. Também era necessário manter a ficção por causa de Hernando Lizalde. Assim, ele não podia levar os híbridos embora.

– Também foi necessário nos dar vidas difíceis e dolorosas? – perguntou Lupe, em pé do outro lado da cama, com o olhar fixo no doutor.

O pai de Carlota suspirou.

– Eu admito que errei. Mas às vezes eu achava ouro e podia ter uma vitória quase perfeita. Carlota, por exemplo... Carlota, você me deu tantas informações valiosas! – disse ele, com a voz empolgada. – Os híbridos mais jovens são muito melhores. Nada de monstruosidades como Aj Kaab e seus dentes que não param de crescer, ou os tumores que os outros híbridos desenvolveram. E foi graças a você que consegui criar híbridos mais fortes, com menos defeitos e vidas mais longas.

– Longas como? – perguntou Carlota. – Trinta anos, essa é a expectativa de vida de um híbrido. Foi o que você disse ao sr. Lizalde.

– Eu passei desse limite, mas nunca contei para ele, com medo de que pensasse que o projeto tinha acabado, medo de que ele a tirasse de mim. Você, Lupe, Cachito, os mais novos, devem todos viver a expectativa de um adulto normal. Eu aprimorei meu trabalho.

Ele esticou a mão trêmula para alcançar o rosto dela.

– Não percebe a proeza que você foi? Você é melhor do que humana. Praticamente perfeita.

Ela virou a cabeça para se afastar dele.

– E os outros híbridos? Não ouviu o que Lupe disse? Seus corpos lhes incomodam. Suas articulações doem. Suas visões se deterioram rápido, ou brotam nódulos na pele. Você sempre ignorou as reclamações deles e, mesmo que sejam mais fortes que a última criação, não estão nem perto de serem saudáveis.

Lupe deu as costas para o doutor e se aproximou da janela, abrindo as cortinas e olhando para fora.

– Eu tive que criar híbridos para Lizalde, Carlota. Eu fiz isso. Sem eles, eu não teria financiamento, nada. A mistura entre características humanas e animais tinha efeitos colaterais inesperados. Defeitos de nascença, doenças. É como se arrancar a primeira página de um livro também arrancasse três do final. Eu tentei corrigir ao longo do caminho, mas é difícil, e o orçamento piorava a cada ano. Hernando Lizalde foi insensível às minhas súplicas. Eu fiz o que pude por você, minha filha.

Mas não pelos outros, pensou ela. Haveria tratamentos que ele poderia ter desenvolvido para eles, em vez de criar narrativas elaboradas? Eles poderiam ter encontrado um alívio?

– Você fazia Montgomery trazer onças periodicamente – disse Carlota, franzindo o cenho. – Você disse que elas eram usadas para meu tratamento, mas, como isso era mentira, para que as usava?

– No começo, para tentar replicar o sucesso que tive com você. Eu achei que a onça tinha sido um ingrediente essencial, mas, à medida que os anos se passaram, desconfiei que foi sua mãe que misteriosamente fez a diferença. No entanto, eu não me atreveria a fazer outra mulher carregar uma criança e me limitei a usar porcos e minha câmara incubadora em vez de um útero humano. Ainda assim, tinha esperança de que a onça pudesse ser uma pista importante. Depois, se tornou uma necessidade falsa. Se você manifestasse seus traços animais, eu poderia convencê-la de que era por causa das injeções. Eu poderia contar a mesma história para meu assistente.

– Mas Melquíades sabia da verdade. O fingimento não deve ter funcionado.

– Melquíades desconfiou, mas apenas no final. Foi por isso que tive de mandá-lo embora e contratar Montgomery. Ele também estava tentando roubar minha pesquisa, o que não ajudou. Estava metendo o nariz onde não era chamado, lendo minhas anotações. – O rosto do pai estava agitado, ganhando uma fração da vitalidade normal. – E funcionou, de verdade. Montgomery não sabia, Hernando também não. Melquíades adivinhou. Ele adivinhou. Mas eu podia ter consertado isso. Se você não tivesse atacado Hernando... ah, quem sabe ainda não tenha conserto! Sim, pense na sua juventude! Você já está forte e saudável há muitos anos. Já se foram as enxaquecas, a dor. Mesmo agora, essa transformação que tomou conta de você é apenas uma crise rápida. Seus membros são fortes e retos, seus olhos, brilhantes. Eu cuidei de você e vou continuar a cuidar. Ajustes... tudo pode ser ajustado.

Ela achou que ele tentaria tocá-la de novo e isso a fez querer chorar. Em vez disso, levantou bem a cabeça.

– Para você, tudo é um trabalho em progresso. Algo que precisa ser ajustado. Mas às vezes você quebra coisas, pai, e não pode consertá-las.

O pai murmurou algumas coisas e depois gemeu, parecendo estar sem fôlego, tendo gastado a energia que restava. Ele apertou os lábios e virou os olhos para o canto do quarto, onde Montgomery estava em pé, quieto.

– Sr. Laughton, pode pegar papel e caneta e anotar algo?

– Posso.

– Então faça isso, por favor.

Ela ouviu Montgomery mexer em gavetas e puxar uma cadeira, se sentar à mesa onde o pai fazia anotações. Em seguida, o pai falou de novo:

– Pronto?

– Sim.

– Date o documento, por favor. Eu, Gustave Moreau, estando em plena saúde física e mental, aqui deixo todas as minhas posses e dinheiro em minha conta bancária para minha filha biológica, Carlota Moreau. Indico como meu executor Francisco Ritter de Mérida e a ele também entrego a tarefa de contactar meu irmão, Émile, para que ele saiba da existência da sobrinha. Eu não peço nada em meu nome, mas peço a você, Émile, que minha filha receba a fortuna que me foi negada, que ela seja cuidada como um Moreau merece. Peço a meu irmão como meu desejo no leito de morte. Agora, você deve assinar como testemunha, Montgomery, e eu vou assinar meu nome também.

– O que está fazendo? – perguntou ela.

– Deixando para trás o que é meu. E me certificando de que alguém vai cuidar de você. Minha família me baniu, mas já faz muitos anos, e meu irmão vai se sentir obrigado a cuidar da família, mesmo que seja uma garota que ele nunca conheceu.

– Uma garota que não é humana.

– Uma garota que é minha filha. Você sempre vai ser a melhor parte de mim – disse ele, com um carinho profundo e uma tristeza que fez sua voz tremer.

Carlota observou em silêncio o pai assinar seu nome, depois entregou a ela o papel. Ela olhou para ele como se nunca tivesse visto algo assim, analisando a letra pequena de Montgomery e a assinatura do pai antes de dobrá-lo com cuidado.

– Essa é outra coisa que posso lhe dar – disse o pai, cansado, e tirou uma corrente de prata do pescoço, da qual pendia uma chave pequena. – Em meu laboratório há um armário de vidro. Está sempre trancado. É onde guardo meus cadernos e todas as anotações da minha pesquisa. Eu guardei segredos de você, mas não mais. Eu preciso descansar agora. Vou me sentir melhor depois.

Ela apertou a chave e a carta nas mãos e viu o pai fechar os olhos. A respiração dele era rasa.

Carlota se levantou, tonta com a mistura de sentimentos. Lupe havia se virado para ela de novo e lhe lançou um olhar curioso. Ela se lembrou do que a amiga dissera, que Carlota chorava com muita facilidade, e enxugou os olhos com as costas da mão.

– Carlota, eu fico de olho nele. Você e Lupe podem ir dormir. Eu vou acordá-las daqui a algumas horas – ofereceu Montgomery.

Seu primeiro instinto foi recusar. Ela tinha medo de que o pai morresse durante a noite e que ela não estivesse ali quando acontecesse. Porém, também tinha medo de estar ao lado dele quando isso acontecesse. Apesar de ter ficado na casa por ele, ela queria fugir, para não ter que presenciar aquele terrível momento.

– Acho que vou descansar, sim – disse Carlota.

Lupe a acompanhou. Elas andaram lado a lado e Carlota se apoiou em Lupe quando chegaram ao corredor; ela mal enxergava aonde ia.

– Lupe, o que vou fazer se ele morrer?

– Meus pêsames, Loti – respondeu Lupe, passando os dedos pelos cabelos de Carlota. – Eu sei que você o ama.

– Eu amo. Não consigo evitar. E ele está doente e... Meu Deus, que medo – admitiu Carlota. – Eu quero chorar, mas chorar não ajuda. Eu tentei beber e tentei... Lupe, estou com medo.

Cada hora do dia era cheia de ansiedade. O medo apertava seus pulmões, tornando difícil respirar, e ela temia várias coisas, até a si mesma.

– Não tenha medo e não chore. Eu voltei, não foi? Você é uma manteiga derretida, Loti, e morreria de medo sem mim. Tudo bem, sua covarde tola.

Os lábios de Carlota tremeram, mas, quando ela olhou para Lupe, conseguiu sorrir.

– Esses insultos não estão ajudando.

– Você é uma bebê chorona e irritante.

– Ah, você é terrível – disse Carlota, empurrando Lupe, e Lupe a empurrou de novo. Era assim que brincavam.

Lupe a abraçou, segurando Carlota pela cintura. Elas ficaram paradas. Carlota respirou fundo.

– Acho que vou ao laboratório amanhã – sussurrou, abrindo a mão e olhando para a chave.

CAPÍTULO 26

MONTGOMERY

Ele passou o dia pensando em beber. Desde quando Carlota tomou seu lugar ao lado da cama do doutor pela manhã, quando ele lavou o rosto e tomou café da manhã, até a hora que o sol estava no pico e ele abriu as cercas para as galinhas e os porcos andarem livremente. Ele pensou em beber enquanto enxugava o suor da testa e antes de se deitar para tirar uma soneca, cobrindo os olhos com o braço.

Para ser justo, não fazia muito tempo que havia bebido, mas ele queria beber mais e mais. Ele queria ficar completamente bêbado, porque estava nervoso e estava chateado, e o álcool sempre fora seu amigo do peito.

Ele pensou em Cachito e se perguntou onde estaria, sentindo o estômago revirar. Depois, imaginou os homens de Lizalde batendo às portas e, por motivos egoístas, desejou que o dr. Moreau morresse em cinco minutos, para que os três pudessem fugir. Ele não havia mentido para Cachito ao dizer que não tinha intenção de morrer. Nem por uma bala nem por faca. Se fosse o caso, ele teria se metido em uma briga anos antes e ficaria feliz de encerrar a vida em uma poça de sangue.

Não, como o idiota masoquista que era, ele pretendia morrer lenta e tranquilamente.

Ele queria beber porque, sempre que o mundo estava ruim, o álcool disfarçava a dor, e ele queria fugir um pouco. Porém, não podia beber, não com as coisas como estavam. Ele estava se sentindo muito triste naquele dia e queria mesmo acabar com uma garrafa inteira sozinho em seu quarto. Em vez disso, a jogou pela janela, para que espatifasse no chão.

Querida Fanny, não é a melhor hora para ficar sóbrio, pensou ele. Suas longas cartas para a ex-esposa estavam se tornando telegramas.

Estava quase anoitecendo quando ele encontrou Carlota no laboratório, debruçada em uma das mesas compridas com livros e papéis espalhados ao seu redor. Com cuidado, ele afastou um dos livros e colocou uma tigela de arroz e feijão na mesa e uma caneca de café ao lado. Em vez de procurar mais aguardente, tinha decidido fazer algo útil e se aventurar na cozinha. Ele nunca fora bom cozinheiro e valorizava as habilidades de Ramona em preparar guloseimas deliciosas para todos.

Provavelmente faltava algo no prato que fizera, apesar da simplicidade, mas era o que conseguia fazer, e Lupe ao menos gostara do café.

– Achei que você e Lupe iriam querer jantar – disse.

A jovem levantou a cabeça e o olhou, mas não respondeu.

– Você não pode ficar aqui no escuro, faz mal para a vista. Me deixe acender uma lamparina.

– Eu enxergo no escuro – disse ela, de um jeito seco.

– Carlota? – perguntou, cauteloso. – Você está bem?

Ela assentiu; a linha de seus lábios não lhe disse nada. Ele acendeu a lamparina e a colocou na mesa. Ele estava de pé na frente dela, olhando para os papéis que ela tirara do armário de vidro. Ela não tocou na comida, nem no café.

– Querida, vamos, fale comigo – pediu.

Ela suspirou profundamente, mas não respondeu. Eles pareciam ter chegado a um impasse. Então, ela começou a fazer desenhos invisíveis com o dedo, tocando na página de um caderno aberto. Ele espiou um desenho de uma onça.

– Estive lendo os cadernos do meu pai. Tem vários. Eu fui procurar informações sobre a minha mãe. Ela tinha vinte anos quando me teve. Morreu de sepse. Ele a pesou, mediu, anotou o tom de pele, fez anotações sobre a gravidez e meu parto. Ainda assim, não falou quase nada sobre quem ela era. E, quando fez anotações sobre mim, foi a mesma coisa. Eu sei que meus reflexos são incrivelmente rápidos, mas eu não sei se ele comemorou meu primeiro aniversário. A minha vida e a de todos em Yaxaktun está registrada nesses papéis, mas ele não fala nada de verdade sobre nós. E sua arrogância egoísta o faz se perguntar constantemente como podemos ser úteis para ele.

Ela colocou as mãos no colo e olhou para baixo.

– Eu amei meu pai cegamente e, ao fazer isso, ignorei as atrocidades que ele fazia conosco. Eu o obedeci, sem questionar, e por isso Deus vai me punir.

– Eu já disse, Deus não existe.

– Talvez não para você, senhor – disse ela, irritada. – Mas eu acredito em Deus. Talvez não no Deus cujo rosto meu pai me mostrou, mas um Deus. Ao fazer o que temos feito aqui, a crueldade desnecessária dos experimentos do meu pai e a criação de híbridos, nós pecamos. Eu achei que Yaxaktun era um paraíso, mas não é. Ele transformou dor em pessoas.

"Ele me fez e escreveu... sabe o que ele escreveu? Que, em seu lote maldito, eu era a 'mais parecida com uma humana'. *Hi non sunt homines; sunt animalia*. Somos *animais*. E, por sermos animais, nosso único propósito é servi-lo."

Ela ergueu o caderno, e leu diretamente dele:

– "Uma pesquisa semelhante foi conduzida por criadores de cavalos e cachorros, por todo tipo de homem desastrado e não treinado para alcançar seus objetivos imediatistas. A diferença é que eu trabalho com mais elegância." Foi o que meu pai disse. E sabe como ele termina esse trecho? Ele se pergunta como vai ser a recepção dele na Europa quando apresentar suas conquistas científicas, imagina toda a glória a receber. E diz: "quando Carlota entender completamente minhas conquistas e meus experimentos, ela deve ficar ressentida. Mas todo filho tem mágoa dos progenitores e o desconforto dela não é nada de mais em comparação com as paixões intelectuais. Apesar de ter criado monstros, também fiz milagres".

Ela largou o caderno na mesa e o encarou.

– Não existe um lugar perfeito na Terra. Em todo lugar a que eu fui, vi as crueldades e os excessos dos homens. É por isso que eu vim para Yaxaktun e continuei aqui, porque pelo menos me oferecia algo parecido com felicidade. Eu nunca vi monstros – disse ele.

O rosto dela ganhou uma expressão mais severa, e ela arfou.

– Não importa o que você viu. É errado. E o que vai acontecer com os híbridos agora? Eu devia ter ido com eles, é minha responsabilidade. Eu sou a filha do doutor, afinal. Eu devia, mas não consegui.

– Calma – disse ele, e deu a volta na mesa, abraçando Carlota, que parecia estar febril.

Ele tinha receio de que ela fosse desmaiar, como já havia acontecido.

– Você não se importa – falou ela, e ele sentiu as mãos dela contra seu peito.

– Me importo, sim. Eu me pergunto se Cachito está com medo cada hora do dia e se caçadores conseguiriam encontrá-los.

– Caçadores! Hernando Lizalde não conseguiria mandar caçadores tão rápido, conseguiria?

– Eu acredito que não. Mas, mesmo que faça isso daqui a um mês ou dois, o perigo ainda vai existir.

Ele sentiu uma picada acima do coração e soltou um resmungo. A menina ganiu em choque e o empurrou para longe com uma força que o surpreendeu. Ele deu dois passos para trás, esbarrando de leve em um armário, fazendo os espécimes tremerem.

– Me desculpa, não percebi que estava...

Os dedos dela estavam com unhas longas e afiadas, como um gato que mostra as garras e, como um gato, ela retraiu as unhas. Começou a nascer uma pequena flor de sangue onde ela o cortara, manchando sua camisa.

– Eu te machuquei – disse ela, e levantou a mão para cobrir o rosto. – Não consigo me controlar. Meu pai disse para ficar calma e ser obediente. Mas eu não sei o que fazer. Eu não sei como parar.

A mão livre dela estava em um caderno aberto, de dedos fechados, desenhando cortes no papel. A onça desenhada fora mutilada, as linhas perfeitas de seu corpo, rasgadas.

– Está tudo bem. Sente-se, Carlota. Me dê um minuto para cuidar disso aqui – disse ele com a voz trêmula.

Ele também não sabia o que fazer. Olhou ao redor e achou um pedaço de gaze na prateleira. Depois, desabotoou a camisa e secou a ferida com a gaze. Era um arranhão superficial, como um corte de papel. Ela tinha aplicado pouca força e ele se lembrou mais uma vez de um gato, dessa vez amassando o colo de um humano. Que pensamento curioso! E ela era forte, apesar do corpo esguio. Ele já havia testemunhado isso quando ela avançou em Moreau.

Quando fechou a camisa, ela estava de costas para ele e havia se sentado de novo.

Ele achou que Carlota poderia se beneficiar de um bom choro, mas, em vez disso, ela pegou a tigela e a colher e começou a comer. Ela bebeu o café, mas torceu o nariz. Quando terminou, ele perguntou se ela queria que ele preparasse uma xícara de chá, caso preferisse outra coisa para beber. Ela assentiu e afastou a caneca.

– Carlota, olhe para mim – pediu, e ela ergueu o olhar para ele. – Eu já conheci monstros. Não eram os híbridos, nem você.

– Eu poderia matar um homem.

Ela levantou as mãos e as observou. Seus dedos estavam mais uma vez longos e elegantes, como os de uma mulher.

– Eu também poderia, se ele quisesse me ferir. – Ele cobriu a mão dela com a própria, acariciando os nós dos dedos com o polegar. – Não sei como te ajudar, mas você pode começar não se odiando.

– Você não gosta de si mesmo, Montgomery – disse ela, acusatória.

Ele sorriu, um sorriso meio torto. Ele pensou em Elizabeth, morta havia muito tempo. Essa lembrança estava amarrada no coração de Montgomery. Ele pensou nos erros que cometera, nos crimes de omissão, em suas várias fraquezas e nos vícios que alimentara.

– Não, eu não gosto de mim – disse ele, balançando a cabeça. – Eu passei um bom tempo me odiando e tentando acelerar o meu fim. Mas você não deveria ser como eu. Confie em alguém que já passou por tudo isso.

– Eu não sei quem eu deveria ser. Eu sou a filha obediente do dr. Moreau e isso não é mais suficiente.

– Felizmente, você não tem que decidir tudo agora.

– Eu não tenho muito mais tempo – disse ela. – Os Lizalde disseram que voltariam.

Era verdade, mas ele não queria analisar aquela ideia no momento, então levou a caneca aos lábios e bebeu o café.

– Olha – disse, quando terminou, e limpou a boca com as costas da mão, por falta de um lenço –, podemos ajudar os outros ficando vivos, e depois vemos o que fazer. Se os Lizalde não aparecerem nos próximos dias, talvez possamos tentar tirar o doutor daqui e pegar o barco.

– Ele ainda está frágil.

– Mas está comendo e bebendo, não está?

– Apenas sopa.

– Isso é bom sinal, e ele já acordou. O doutor é forte. Eu não acho que essa doença vá matá-lo.

– Você acha mesmo que conseguiríamos levá-lo?

Montgomery não tinha certeza de nada, mas Moreau era muito teimoso. Além do mais, ele queria acalmar a moça. Ela estava com os nervos à flor da pele e os olhos apavorados, e ele mesmo não estava muito bem. Ele se perguntou se conseguiriam ir para Yalajau. Havia sido um lugar para criminosos e vagabundos, mas isso fora no passado; coisas usadas para contar histórias. Era simplesmente um porto. De lá, era possível comprar passagem para Corozal. Depois que estivessem em território britânico, estariam seguros.

Claro, esse plano exigia uma série de eventos difíceis de prever.

– Acho melhor rezarmos pra esse seu Deus, pedirmos boa viagem – disse Montgomery. – E depois rezar pelos híbridos.

– Vou rezar com você, senhor, mas depois precisaremos construir uma maca – disse Carlota. – Vamos precisar, para levar meu pai.

– Acho que você precisa descansar – sugeriu, temendo que, se movessem Moreau imediatamente, acabassem tendo que arrastar um cadáver pela floresta.

– Foi você quem deu a ideia.

Verdade. Mas era para ser uma medida paliativa imaginária. Ele não achou que ela começaria logo, apesar de acreditar ser uma boa distração.

– Você não sabe fazer uma maca? – perguntou Carlota.

– Você sabe?

– Sei, eu li em um livro – disse ela, erguendo a cabeça com orgulho.

Ele sorriu.

– Abra na página certa, então – disse ele, e pensou que, afinal, poderia funcionar.

Ele não podia cruzar um lago com todos os híbridos, mas talvez pudesse levar um homem.

CAPÍTULO 27

CARLOTA

No terceiro dia depois da crise de apoplexia do pai, eles tentaram movê-lo e fracassaram.

A maca improvisada foi feita de sacos de farinha e feijão, amarrados ao redor de duas ripas de madeira, com reforços pregados nos pedaços compridos. Era firme, e Montgomery e Lupe eram fortes o suficiente para carregar o doutor.

Porém, quando chegou a hora de movê-lo, ele parecia ter piorado. O rosto ficou vermelho, e a testa, fervendo de febre. Carlota lhe deu acônito para baixar a pressão e se sentou ao lado da cama.

Montgomery brincou que ela deveria rezar e foi o que ela fez, de cabeça baixa e mãos juntas. Lupe e Montgomery a observaram, preocupada. Depois de algumas horas, a condição do pai melhorou e ele dormiu profundamente.

Era noite. Carlota voltou para seu quarto e Lupe ficou em seu lugar. Enquanto andava pelo corredor, ela ouviu Montgomery falando em seu quarto. *Querida Fanny,* disse ele. A porta estava fechada e ele falava em voz baixa. Ela não deveria conseguir ouvi-lo, mas conseguia.

Era estranho como seus sentidos pareciam ficar mais aguçados. Talvez fosse o fato de que seu pai não a enchia mais de lítio ou qualquer outra substância que ele achava que pudesse acalmá-la. Talvez fosse um processo que havia começado tempos antes, e finalmente florescera. Porém, aquela divisão estranha dentro do corpo, a rachadura que se aninhava no centro de si, parecia profunda e firme. Uma fenda cheia de medo e raiva. Pesada de tanta fúria, sentia os ossos arderem e a boca estava pronta para rosnar.

Ela precisou fechar os punhos e os olhos, bem apertado.

A capacidade que tinha de força, de violência, a assustava. Também a impressionava.

Depois que entrou no quarto, Carlota tirou as roupas e parou na frente do espelho, nua – como Eva, como a pintura na capela –, e examinou o corpo com um cuidado que nunca lhe dera antes. Ela sentiu os músculos sob os dedos e o pulso batendo; observou os olhos, brilhando na penumbra.

O pai dela a ensinara a ser dócil. Porém, suas mãos poderiam arrancar flores ou machucar um homem.

Ela queria ferir alguém? Não. Nem Montgomery, nem o pai, nem mesmo Hernando Lizalde. Mas poderia. E era estranho pensar nessa possibilidade.

Ramona contava histórias de feiticeiros que podiam trocar de pele e voar noite afora. Mas Carlota não era um deles. Ela não podia trocar de pele quando quisesse; era uma transformação incontrolável, que tomava conta do corpo.

Isso a apavorava. Ela se apavorava. Ela vestiu uma camisola e se enfiou debaixo dos lençóis, se escondendo como uma criança com medo de fantasmas e *chaneques*.

No quarto dia depois da crise de apoplexia do pai, Lizalde e seus homens chegaram. Eles fizeram tanto barulho que, mesmo sem sua audição poderosa, Carlota os teria escutado.

Ela estava com Montgomery na cozinha quando eles chegaram, e ele rapidamente foi procurar o fuzil. Ela o seguiu, segurando o pulso esquerdo com a mão direita e pressionando os dois contra o peito, e, por um instante, não soube o que dizer. Finalmente, abaixou as mãos e respirou.

– Não queremos que eles pensem que vamos atacar – disse, mantendo a calma que ela gostaria de demonstrar. – Por favor, traga-os à sala de estar. Eu pedi a você que não atire antes de termos a oportunidade de conversar. Lembre-se disso.

– Como quiser – disse ele.

Lupe, que também ouvira o barulho, as batidas e os gritos, entrou na sala de estar e se postou ao lado de Carlota.

– Lupe, você deveria ir ao quarto do meu pai. Ele pode precisar de você, e, caso os homens se provem inflexíveis, você teria a chance de fugir – disse Carlota.

– Eu voltei para ficar com você, Loti.

– Não seja teimosa.

Lupe não se mexeu. Logo Montgomery voltou e, com ele, os Lizalde e quatro homens. Montgomery não parecia inquieto, apesar de estarem em menor número e de aparentemente ter perdido seu fuzil.

Ela viu Eduardo, e suas mãos tremeram, mas ela as segurou. Hernando Lizalde tinha um curativo no rosto e a encarou com raiva. Isidro também não estava muito feliz em vê-la.

– Vá buscar Moreau – ordenou Hernando Lizalde. – Vamos precisar dele.

– Meu pai está doente. Ele está de cama e não pode se levantar.

– Que conveniente.

– Se quiser que eu o leve até ele, farei isso. Mas eu não minto – disse ela, com a voz ainda calma.

– Então deixe que ele morra na cama, se é o que quer. Eu não me importo se ele quiser se esconder em meio aos lençóis. Viemos buscar os híbridos. Traga-os aqui.

– Eles foram embora.

– Como assim, foram embora? Como fugiram?

– Eu abri as portas para eles.

– É melhor me dizer para onde foram, então – disse o homem, irado. Ele não havia trazido a chibata, mas a voz dele era como um chicote. – Isso que você soltou no mundo é um material muito valioso e me pertence.

– Meu pai tem um pouco de dinheiro e eu posso lhe dar se nos deixar em paz.

Hernando Lizalde soltou um resmungo irritado.

– Qualquer que seja a quantia ridícula que Moreau tem no banco, nem se compara ao investimento que fiz. Esta casa é minha, estes móveis são meus e aqueles híbridos são de minha propriedade.

Ela olhou para baixo e apertou os lábios.

– Não posso ajudar.

– Eu vou lhe bater até obter minha resposta.

Ela não respondeu, ficou parada, com as mãos juntas como se em prece. Isso pareceu irritar o homem ainda mais, e ele começou a xingá-la.

– Vadia. Sua fera nojenta.

– Olhe como fala, seu desgraçado! – gritou Montgomery, e avançou com um punho no ar.

Os homens de Lizalde o pegaram e um deles bateu com o fuzil nas costas de Montgomery, com tanta força que Carlota achou que a arma iria quebrar. Montgomery soltou um grito esganiçado de dor e caiu.

– Não! – pediu ela, mas eles a ignoraram.

Dois homens agarraram Montgomery e o levantaram à força, e um terceiro o socou no estômago. Isidro parecia estar se divertindo. Ela olhou para Eduardo, que observava a cena, indiferente.

– Meu senhor, por favor!

Ele se virou para ela, com os olhos verdes afiados.

– Isso não é necessário. Talvez eu possa falar com ela a sós e resolver a situação? – sugeriu Eduardo, falando mais alto que o ruído do tumulto.

Os homens pararam de bater, se viraram para Hernando Lizalde e esperaram as ordens. Montgomery olhou para Eduardo, xingou baixinho e cuspiu.

– De acordo. Vamos, saiam, todos vocês. Fora – disse Hernando Lizalde, balançando a mão.

– Devo ficar? – sussurrou Lupe no ouvido de Carlota.

– Não, tudo bem. Tome cuidado – ela sussurrou de volta, apertando a mão da amiga.

Lupe assentiu e foi com Montgomery e o restante deles. As portas se fecharam. Eles ficaram trancados na sala; o relógio da lareira batia. Ela se empertigou, com o corpo tenso e as mãos quentes, como se febril. Seu peito batia rápido.

– Peço desculpas por isso – falou Eduardo. – Prometeram aos homens uma briga e eles vieram esperando por sangue.

– Você também quer sangue? É por isso que veio?

– Eu queria ver você de novo.

Ela achou que tinha conhecido cada um dos olhares de Eduardo naquele curto período de convívio. Porém, o jeito como ele andou na direção dela e como a observou era diferente. Curioso e estranho.

– O seu corpo é uma imitação perfeita – disse ele. – Como um camaleão que muda de cor. Eu não consigo apontar as partes animais em você.

– Eu não sou um quebra-cabeça feito de diferentes partes – respondeu ela.
– Minhas palavras a ofendem?
– Elas não me agradam.

Ele ficou em silêncio, com o mesmo olhar curioso, ainda tentando entender como ela funcionava.

– Onde estão os híbridos, Carlota?
– Se foram, para sempre.
– Eles não podem ter simplesmente sumido.

Ela respirou fundo.

– Eu sei que, neste momento, não posso exigir que cumpra a sua promessa comigo. Não vou exigir casamento, nem Yaxaktun como um presente, nem o menor sinal de afeto. Mas eu gostaria que pudéssemos seguir caminhos separados de modo amigável, apesar do que aconteceu da última vez que nos vimos – disse. – Eu não sei onde estão os híbridos. Isso é verdade. Não menti para seu pai. Eu peço, como um favor, que você fale com ele e solicite que não os procure, seja lá para onde tenham ido.

– Temos todos os motivos para ir atrás deles. Além do fato de serem nossa propriedade, são um perigo para nós.

– Eles não são um perigo. Eu tinha esperança de que pudéssemos continuar a morar em Yaxaktun. Agora sei que isso é impossível. Vamos sair da casa e vou entregar o dinheiro que prometi. Mas eu imploro, cancele qualquer tipo de caçada que tenham em mente. Meu pai está muito doente. Em breve posso me tornar órfã, sem lar nem ninguém para me ajudar.

Ele se aproximou dela, tão perto que ela não conseguiu disfarçar o olhar nervoso. Ela virou a cabeça, o coração batendo forte.

– Por favor, não me faça sofrer mais. Por favor, me ajude.

– Carlota, você está prestes a chorar. Apenas um sádico desejaria ver você chorar. Você é bela demais para isso. Precisa entender que, quando a vi pela primeira vez, já estava perdido.

A última vez que eles se viram, ele a olhara com ódio e medo. Porém, naquele momento, não havia nada disso em seu rosto. Era como se ele se lembrasse do encontro no *cenote*, ou das horas roubadas na noite que passaram juntos. Ele pousou as mãos na cintura de Carlota e levantou o rosto dela na direção dele. O corpo de Carlota se lembrou dos carinhos que haviam trocado e a memória do prazer a fez abrir a boca, beijá-lo com a mesma doçura simples e sincera que sempre lhe demonstrara.

– O que está fazendo? – sussurrou ela.

– Não é óbvio?

– Achei que não me queria mais.

– Não seja tola. É claro que quero – disse ele, com a mesma ferocidade que a atraíra na primeira vez, e fez Carlota ficar ainda mais surpresa.

– Você parecia tão magoado quando foi embora. Eu achei...

– Eu estava magoado. Você e o doutor tentaram me enganar.

– Mas eu não fiz isso! – respondeu ela, insistente. – Meu pai escondeu muitos segredos de mim. E eu não menti quando declarei meu carinho por você. Eu não fingi o meu amor.

– Não, não acredito que fingiu. Eu pensei em você e no que fazer com essa confusão toda. Então eu decidi: por que complicar as coisas?

– Não há nada a se fazer. Que outra opção eu tenho, além de abandonar Yaxaktun?

– O que você faria fora daqui? O mundo é um lugar perigoso para uma jovem como você.

Ela olhou para ele, confusa a ponto de perder as palavras.

– Carlota, minha querida – disse ele, com um tom carinhoso – Não posso deixar você partir.

Seria possível... que o amor dele ainda existisse? Talvez ele quisesse fugir com ela. Talvez ele tivesse encontrado uma solução criativa para todos os problemas.

Ele a abraçou com força, descendo os lábios pelo pescoço da jovem. Ela imaginou um futuro que não era repleto de tristeza e solidão, e sim uma ilha de segurança. Ela pensou no porto seguro que ainda poderiam construir juntos, talvez não em Yaxaktun, mas em outro lugar. Pensou em todos os híbridos em segurança, felizes. Ela se permitiu sonhar. Ela inspirou e abriu os lábios.

– Você será minha amante em Vista Hermosa. Vai ser agradável. Meu pai concordou. De início, ele ficou relutante, mas eu o convenci. É mais limpo e seguro ter uma amante do que dormir com as prostitutas do bordel, e os híbridos não podem gerar prole, então não terei filhos ilegítimos.

Eduardo havia enfiado a mão nos cabelos escuros de Carlota. Ele segurou com tanta força que a cabeça dela se inclinou para trás, e ela olhou para ele.

– Você não pode... Eu não vou concordar com isso.

– Você mesma disse. Não pode esperar que eu me case com você. Não é um conto de fadas perfeito, mas é o melhor que podemos ter.

– Eu também não poderia esperar esse tipo de acordo.

– Carlota, você vai viver segura e contente no interior. Eu não me importo de mimá-la, e, em troca, você vai ser generosa comigo. Não é incomum que um homem tenha uma amante, e definitivamente é mais do que você conseguiria esperar devido às circunstâncias.

Ela firmou os dedos no ombro de Eduardo.

– O que você faria com os híbridos? Se me tivesse, deixaria eles em paz?

– Nossa Senhora, é claro que não – disse ele, com um sorriso cruel. – Eles são nossos. O antigo assistente do seu pai vai assumir as operações aqui. Você vai ficar mais confortável em Vista Hermosa, comigo. Eu precisarei passar algumas semanas em Mérida às vezes, mas...

Ela se desvencilhou da mão dele e deu dois passos para trás.

– Eu não quero ser sua amante, nem estou disposta a morar em Vista Hermosa. Se acha que essa oferta é uma gentileza, está enganado.

– Você ousa me rejeitar?

Ela sentiu um nó se formar na garganta e o engoliu.

– Eu poderia concordar, mas apenas se deixasse os outros em paz.

– Você acha que pode *exigir* algo de mim? – perguntou ele, com a voz grosseira. – Você não tem opção.

Ela fechou os olhos e as lágrimas quentes ameaçavam afogá-la. Porém, quando os abriu, falou sem emoção:

– Então eu o rejeito.

Com um movimento violento, ele se abaixou e a apertou contra ele de novo, jogando a cabeça dela para trás e atacando seus lábios. Isso a assustou e ela ficou congelada de fúria, sentindo a língua dele na boca, até voltar a si e empurrá-lo para longe. Eduardo tropeçou, esbarrou contra a lareira e acidentalmente derrubou o relógio delicado que ficava ali. O objeto caiu com um estardalhaço que a fez soltar um grito.

Ela encarou o chão e soltou um suspiro. Aquele relógio acompanhara todas as horas de sua vida; as badaladas marcavam o ritmo de seus dias. A bela cena do cortejo a encantara na infância. O cavalheiro beijando a mão da bela moça e, acima deles, anjos sorrindo e abençoando o casal.

Mas agora era apenas cacos no chão, com o maquinário do relógio exposto.

– O que você fez? – perguntou ela, baixinho.

– Estou tentando cuidar de você! – gritou Eduardo.

As portas da sala se abriram de súbito e os homens entraram de novo, de armas em punho e olhar raivoso. Ela percebeu que Lupe e Montgomery estavam com as mãos amarradas.

– Que barulho foi esse? – perguntou Hernando Lizalde.

Eduardo passou a mão pelo cabelo, depois esfregou o pulso.

– Nada.

– Ela disse algo de útil?

– Não – resmungou Eduardo.

– Bom, então é melhor começar a falar, menina.

– Eu não sei onde eles estão. Já lhe disse – respondeu ela, com o olhar fixo no relógio quebrado.

– Você é um gato teimoso. Vamos testar essa teimosia. Tragam Laughton para mim – disse Lizalde, e os dois homens empurraram Montgomery para a frente.

Sem delongas, Hernando Lizalde pressionou o cano da arma no rosto de Montgomery e encarou Carlota. Ela apertou uma mão contra o peito.

– É difícil errar a essa distância.

– Montgomery também não sabe de nada – disse ela, em tom de urgência. – Não estamos mentindo para você.

– Não, está tentando nos enganar.

– Não estou. Não estou, é verdade.

– Não quer que o cérebro do seu amigo decore as paredes, quer? Onde estão os malditos híbridos?! – rugiu ele.

Ela não conseguia respirar. As mãos quentes estavam queimando, e ela sentiu as lágrimas arderem pelo rosto enquanto se segurava no sofá e caía de joelhos no chão, soluçando.

Carlota achou que ia ter outra crise. Ela abriu a boca e apertou a mão no pescoço.

– Eu sei para onde eles foram. Posso levá-los até lá – disse Lupe, decidida, para a surpresa de Carlota. – Não é longe.

– Pelo menos alguém aqui tem bom senso – resmungou Hernando Lizalde.

Carlota mal conseguiu ouvir o restante da conversa. Sua respiração estava fraca, e ela se segurava no sofá, tremendo.

– Eduardo, você vem conosco. Você também, Laughton. Eu não confio em você para deixá-lo aqui. Isidro, você vai ficar com a filha de Moreau. Eu não quero que ela fuja. Bom, mas que raios está acontecendo com essa vadia? Está doente?

– São os nervos dela – respondeu Lupe, olhando a amiga. – Vai ficar tudo bem, Loti.

Carlota engoliu o gosto de bile na boca. Eduardo fechou os dedos ao redor do braço dela, e a ajudou a se levantar. Ela cambaleou, instável, e tentou empurrá-lo, mas sua força tinha sumido.

– Onde está minha pistola com cabo de marfim? Quero de volta – pediu Hernando Lizalde.

– Eu não queria gritar com você. Mas nunca mais fale comigo assim – sussurrou Eduardo, levando-a à porta, onde Isidro esperava. – Eu realmente amo você, menina tola. Não entende? Nós pertencemos um ao outro.

Ele ergueu a cabeça dela e olhou em seus olhos com um sorriso confiante nos lábios.

Em pé ali, olhando para aquele rosto jovem e bonito, ela sentiu outra ânsia de vômito e se afastou dele, enojada, quando ele acariciou seu rosto. Carlota pensou que a rachadura dentro de si podia finalmente parti-la em duas, mas ela não caiu no chão; em vez disso, caiu para a frente, quando Eduardo a puxou para si.

CAPÍTULO 28

MONTGOMERY

Eles amarraram tão apertado que seus pulsos doíam e ele não tinha como desfazer o nó. Mesmo que encontrasse um jeito de se desvencilhar, ele estava cercado de mais duas dúzias de homens armados. Não era um cenário muito bom.

Montgomery tinha esperança de que a trilha fosse estreita e mal marcada, dificultando o caminho a cavalo, e assim tivessem que andar mais devagar, mas estava em bom estado. Eles puderam ir a cavalo sem capinar a floresta e conseguiam avançar bem, mesmo em fila única.

Lupe ia na frente do grupo, Montgomery, no meio, e logo atrás dele vinha Eduardo. As mãos dela também estavam amarradas. Nenhum dos dois teria qualquer oportunidade para escapar.

Montgomery lamentou o apuro e maldisse o momento, desejando ter agido diferente. Não só no inferno do encontro com os homens, mas em tudo. Ele havia passado seis anos trabalhando para o dr. Moreau, cuidando de Yaxaktun, e sempre dizia a si mesmo que seu trabalho não era imoral. Ele não criava os híbridos nem queria lucrar em cima deles. Era apenas um homem fazendo seu trabalho.

Ele amava a distância e a tranquilidade de Yaxaktun e havia sentido carinho por todo mundo ali, considerando os híbridos os únicos amigos que poderia querer. De que adiantara essa simpatia, porém? Os híbridos eram prisioneiros de Moreau e Lizalde e estavam sendo caçados.

E Carlota, abandonada com o pai? O que aconteceria com ela? Moreau não podia protegê-la; o homem nem conseguia se levantar da cama. Entretanto, Montgomery pensou que, naquele momento, deveria se preocupar mais com o que aconteceria com ele e Lupe. Se o quisessem morto, já o teriam matado, e Lupe tinha seu valor, pois Lizalde a considerava uma posse. Porém, isso não queria dizer que não havia uma bala reservada para Montgomery no fim daquela trilha.

O caminho sinuoso foi para a esquerda. O cavalo de Montgomery ainda não havia feito a curva quando um tiro foi disparado no ar. Mais três tiros se seguiram. O homem à sua direita caiu do cavalo. Montgomery, ciente de que era um alvo fácil ali, se jogou no chão e rolou para a beira da estrada. A poeira branca da trilha grudou em suas roupas enquanto ele cerrava os dentes, se abaixando o máximo que podia.

Os homens de Lizalde pegaram os fuzis e começaram a atirar de volta, mas, entre as árvores e a folhagem, era difícil ver de onde exatamente vinham os tiros. O homem que havia caído do cavalo não tinha se levantado. Montgomery se levantou, avançou correndo, o puxou e o virou. O sujeito estava morto. Montgomery se agachou na beira da estrada, prendeu a respiração e torceu para não ser o próximo a levar um tiro.

Os agressores tinham parado de atirar. Hernando Lizalde estava gritando na frente deles, e ele viu Eduardo montado no cavalo, com as rédeas na mão, nervoso.

– O que está acontecendo? – perguntou o jovem.

Bem-vindo a uma luta de verdade, pensou Montgomery, e avançou um pouco, virando a curva, para ver melhor o que estava acontecendo. Eduardo o seguiu com cautela.

Alguns dos homens de Lizalde foram feridos. Lupe ainda estava na frente e parecia bem. Todos estavam em alerta, esperando outra rodada de fogo e pela oportunidade de localizar o atirador. Ele achava que havia duas ou três pessoas atirando neles. Se houvesse mais, o dano seria muito maior. Ainda assim, dois ou três homens com bons fuzis podiam causar um tremendo estrago.

– Volte para seu cavalo – disse Eduardo.

– Quieto – sussurrou Montgomery.

Ele ouviu um movimento, o ruído de galhos quebrados.

– *Você* não me dá ordens.

– Cale a boca, inferno.

– Pegue ele – disse Eduardo, em ordem a um dos homens. – Pegue esse desgraçado.

Algo se moveu entre as árvores e um dos homens de Lizalde mirou naquela direção. Ele devia estar esperando outra rodada de tiros, mas, em vez disso, uma criatura surgiu das sombras e pulou no homem, jogando-o no chão. Depois vieram uma segunda e uma terceira.

Ele reconheceu K'an, com o cabelo amarelo e longo esvoaçando, rosnando ferozmente enquanto pegava uma das pernas de um homem a cavalo, o puxava e o fazia gritar. Ali também estavam Pinta e Áayin, balançando a cauda de jacaré de um lado para outro. Eles avançaram, pulando nos homens, socando as cabeças e as costas.

Era uma visão terrível. Porém, o capanga ao qual Eduardo ordenara que pegasse Montgomery não viu os três híbridos pulando, ou não se importou. Seu único foco era Montgomery. De mãos atadas, Montgomery não podia fazer nada além de se desviar dos golpes. Um deles o acertou no estômago e outro no queixo. Montgomery cambaleou e caiu.

O capanga avançou e chutou a perna direita de Montgomery. Maldito! Ele resmungou e escapou de um chute ao rolar, o que não ajudou. O homem o chutou de novo, tirando seu fôlego. Ele se contorceu na terra, tentando fugir. Montgomery estava de joelhos, tentando se levantar, quando sentiu o cano da arma na cabeça.

– Levante-se, devagar – disse o capanga.

– Não precisa apontar isso para mim – resmungou Montgomery.

O homem sorriu. Ele não ajudou Montgomery a se levantar, mas pelo menos se afastou, apesar de manter a pistola apontada para a cabeça dele. Montgomery ficou em pé.

– Melhor me deixar ir logo – disse Montgomery.

De canto de olho, viu uma figura cinza conhecida.

– Sem chance.

– Tem certeza? Seria melhor mesmo.

– Cale a boca.

O enorme Aj Kaab veio lentamente da esquerda e mostrou os dentes para o capanga, que imediatamente perdeu a coragem. O homem apontou a pistola para o híbrido e tentou atirar, mas teve a arma arrancada das mãos. A pistola caiu no chão. Aj Kaab fechou os dentes na mão do homem e ele gritou.

Montgomery estremeceu, ouvindo o barulho inconfundível de ossos, enquanto Aj Kaab rosnava, mordia e mastigava ruidosamente.

Ele pegou a arma do chão. Era difícil segurá-la com as mãos amarradas, mas pelo menos finalmente tinha uma pistola.

– O que é isso? – gritou Eduardo.

O jovem finalmente havia se dignado a botar a mão na massa e descera do cavalo.

Montgomery olhou para o jovem e Eduardo o encarou. Ele bateu a coronha da arma na cabeça de Eduardo, tirando-o do caminho. Depois, correu para o último lugar em que vira Lupe. Ela não estava mais montada no cavalo.

Era um caos. Os cavalos tinham medo dos híbridos, relinchavam, se sacudiam e davam coices no ar. Por pouco, Montgomery escapou de ser atropelado por um dos capangas, ao se jogar no chão e bater em uma árvore.

– Lupe! – gritou.

Ele não a via. Será que estava ferida? Balas ricocheteavam, porque alguns homens atiravam para todo lado, desenfreados. Outros, talvez mais cautelosos, desceram dos cavalos e estavam de pistolas e facas em punho, olhando ao redor.

Ele se abaixou de novo. Um homem gritou quando um dos híbridos o atacou. Era um grito alto e curto. Montgomery contou mais dois híbridos além de Pinta, Áayin, K'an e Aj Kaab, formando um grupo de seis criaturas furiosas, magras e pequenas, ou grandes e fortes, girando, atacando e rosnando. Assustando os cavalos, fazendo homens rezarem pela vida.

Lizalde gritou, mandando que os homens matassem os animais, mas os híbridos eram ágeis e sumiam de vista tão rápido quanto apareciam; os homens estavam cada vez mais desesperados. Era uma dança estranha, homens formando pares com animais e girando por alguns instantes, seus passos formando desenhos com sangue.

– Peguem eles! – continuou a gritar Lizalde.

Em vez de encontrar Lupe, Montgomery esbarrou com Aj Kaab, que estava tropeçando devagar pelo caminho. Ele estava arfando, com a língua pendurada, e se sentou no meio da trilha, a cabeça imensa pendendo para a frente.

– Aj Kaab! Velho amigo. – Ele se ajoelhou na frente do híbrido. – Vamos, levante-se.

– Laughton – respondeu, mostrando os dentes grandes e pressionando o punho contra o peito. – Eu disse, sou velho, mas forte. Preciso descansar.

– Descanse depois, Aj Kaab – disse Montgomery, e segurou o ombro do híbrido.

Ele não estava mais se mexendo e Montgomery viu o cabo da faca em sua barriga peluda. Ele prendeu a respiração.

Aj Kaab estava morto.

– Laughton! – gritou Lupe.

Ele piscou e ela correu até ele, pulando por cima de um cadáver. As mãos dela estavam livres. Ela pegou a corda que o prendia e a roeu até arrebentar. Os homens estavam gritando e caindo no chão.

O medo dava uma vantagem aos híbridos, mas eles estavam em menor número. Hernando Lizalde ainda berrava ordens, dizendo que eram meros animais. Havia homens tropeçando, tentando recarregar as armas, e aqueles que haviam decidido fugir, a pé ou montados em cavalos aterrorizados. Os cavalos atropelavam os corpos dos que caíram enquanto os híbridos iam e voltavam, cuspindo sangue e pedaços de carne.

– Você está ferida? – perguntou Montgomery para Lupe enquanto corriam pela estrada.

– Não. Estou bem.

Um homem de cabelo grisalho com um lenço vermelho apareceu ao lado deles com um fuzil nas mãos. Ao lado dele, estava Cachito, que sorriu para Montgomery.

– Montgomery!

– O que está acontecendo aqui? – perguntou.

– Não entendeu? Este é um dos tenentes de Cumux.

– Senhor – disse Montgomery, fazendo menção de tocar a borda do chapéu de palha, mas ele o perdera em algum momento, então acabou apenas tirando o cabelo do rosto.

– Estamos lutando! – disse Cachito, empolgado.

– Abaixe-se! Agora, agora! – gritou Lupe.

Atrás de Cachito, Montgomery viu Hernando Lizalde ao lado do filho. O mais velho mirava sua amada pistola com cabo de marfim na direção deles. Montgomery empurrou o garoto para o lado e esticou o braço, puxando o gatilho da arma. Quando ele caçava, fazia isso com elegância. Naquele momento, não havia elegância alguma. Ele apenas apertou o gatilho.

A bala acertou Hernando, e ele viu o homem tropeçar.

Ele não tinha certeza de onde havia ferido Hernando Lizalde, mas não tinha tempo para descobrir, porque dois capangas foram em sua direção e Montgomery apontou a arma para eles, acertando um dos cavalos. Depois, ficou sem balas e ouviu o som estridente de um fuzil quando alguém atirou no outro capanga. Sangue jorrou do pescoço do cavalo, sujando Montgomery mesmo quando se virou e tentou se afastar da pobre criatura, evitando ser atropelado.

Na correria, ele tropeçou e caiu, batendo a cabeça em um ângulo ruim. O cavalo caiu bem aos pés de Montgomery com uma pancada molhada e ele ficou deitado, olhando em seus olhos.

A pancada na cabeça doía e tudo ficou turvo e escuro. Ele ouviu um gemido. Não conseguia sentir o próprio corpo. Algo o arrastou pela floresta e ele se lembrou da vez em que a onça havia avançado nele e enfiado as presas em seu braço.

Querida Fanny, pensou ele. *Talvez eu esteja mesmo morrendo.*

Onça. Ele achou que morreria naquele dia, quando ela abocanhou seu braço. Mas isso não aconteceu, ele continuou vivo. Bom... talvez não por muito tempo. Ele pensou em Carlota, se perguntou se morreria com a lembrança de seu rosto e sua voz sussurrando em seu ouvido.

Ele piscou. Montgomery estava deitado no chão de uma pequena cabana. Havia duas redes à esquerda e algumas cadeiras. Bem modesta, mesmo para uma casa de *macehuales*, que era sempre simples.

O suor desceu pelas costas doloridas de Montgomery. A lembrança da pancada do fuzil ainda doía e sua boca estava seca.

– Ele abriu os olhos! Ei, Montgomery, está tudo bem – disse Cachito.

Ele limpou a boca com as costas da mão e virou a cabeça para o menino. O aroma de vísceras e morte da estrada ainda estava na sua memória, apesar de ele estar obviamente em outro lugar.

– Onde estamos?

– No acampamento! Ramona tinha razão. Tem um acampamento que os homens de Cumux usam.

Montgomery franziu o cenho. A manga de Cachito estava manchada de sangue.

– Está ferido?

– Foi superficial. Só arde quando me mexo – disse Cachito, olhando para o braço. – Eles me acertaram aqui também.

Ele levantou a camisa e mostrou um ponto nas costelas onde alguém havia feito um curativo. Quando moveu os braços, o garoto gemeu.

– Da próxima vez, não se meta em brigas. O que raios estava fazendo ali?

– Achamos que você estava sendo teimoso, Montgomery, quando disse que não devíamos lutar, e montamos um plano. Alguns ficaram esperando você chegar aqui. Lupe disse que você viria e, se não aparecesse em cinco dias, então deveríamos prosseguir. Ela também disse que não contaria nada disso porque você provavelmente recusaria e estragaria tudo.

Montgomery fez uma careta.

– Ela disse isso, é?

– Você tentaria nos impedir.

– Provavelmente – admitiu Montgomery, lembrando-se do pobre Aj Kaab, seu corpo largado no meio da estrada. – Onde estão seus novos amigos?

– Lá fora. Temos três homens de Cumux e os híbridos que quiseram lutar. Nem todo mundo estava disposto a esperar nem lutar. Foi o que consegui arranjar.

– Inglês, você está vivo – falou o velho de lenço vermelho, com o fuzil sob os ombros, parado na entrada da cabana. Ao seu lado estavam um rapaz mais novo, também com um fuzil, e Lupe. – Que bom. Precisamos ir.

– Um segundo, ir aonde? – perguntou Montgomery, esfregando a cabeça. Ainda doía bastante. Ele se perguntou por quanto tempo tinha apagado e qual era a distância entre o acampamento de Cumux e o lugar do conflito.

– A outro lugar. Matamos alguns dos homens que os mantinham prisioneiros e assustamos outros, mas nem por isso devemos ficar. Não estamos seguros.

– Os outros híbridos foram na frente – disse Cachito. – Os homens de Cumux também foram. Precisamos encontrar o grupo.

– Eu preciso voltar para Yaxaktun – disse Montgomery, esfregando a testa. – Carlota e Moreau estão lá.

– Yaxaktun tem paredes grossas – disse o homem de lenço vermelho. Ele tinha um rosto sério e fechado, que não convidava à oposição. – Não pode ser invadida. E mais homens virão. Você teve sorte hoje. Eu devia um favor a Ramona, por isso fomos com seus amigos e esperamos você. Não faremos mais nada.

Carlota. Ele dissera que ela o teria por quanto tempo precisasse. Parecia que, se havia algum momento em que precisava dele, seria aquele.

– Não vou pedir que venha comigo.

– Você quer voltar sozinho? – perguntou Cachito.

– Eu preciso – respondeu e ficou de pé, ainda um pouco tonto.

Se houvesse mil homens entre ele e Carlota, ou o mesmo tanto de estrelas no céu, ele ainda voltaria para ela.

– Você mal consegue andar – disse Lupe.

– Eu não preciso andar. Preciso de um cavalo. Se tiver um pouco de aguardente, também vai ajudar; senão, eu me viro.

Eles não lhe ofereceram uma garrafa, então supôs que não havia nada ou não o levaram a sério. Bom, ele se resolveria sóbrio, apesar de achar que alguns goles lhe dariam sorte.

Montgomery saiu da cabana. Lá fora, quatro híbridos o esperavam – Pinta, K'an e mais dois – com uma aparência cansada e desgrenhada, as unhas manchadas de sangue. Aj Kaab estava morto e ele não viu Áayin, então presumiu que ele também devia ter falecido.

Eles acenaram tristemente para Montgomery. Ele viu outras três construções de palha como aquela onde estivera e um homem de cabelo preto cuidando de três cavalos. Não havia outros animais nem outras estruturas. O acampamento era pequeno. Cumux provavelmente havia montado aquilo ali para movimentar mantimentos e armas.

– Podemos lhe dar armas e um cavalo, Inglês, mas eu o aviso que não é boa ideia. É melhor seguir com seu grupo – disse o velho. – Eles se preocupam com você.

Montgomery olhou para os híbridos, ensanguentados e cansados, e de volta para o velho, que estava enrolando um cigarro devagar.

– O pequeno acha que você é corajoso e tolo – disse o homem, com o olhar fixo em Cachito. – Mas ele também é corajoso e tolo. Ele disse que me morderia se não ajudasse você.

– Não acredito.

– É claro que sim, e convenceu os outros a o ajudarem e a ficarem.

– E você seguiu o plano dele.

– Ele me faz lembrar de mim mesmo.

– Você não tem medo deles – disse Montgomery, o que lhe parecia estranho.

– Eu já havia visto um deles antes, perto da água – disse o homem. – Todos temos um par animal, inglês.

Ele se lembrou do que Cachito dissera, que Lupe havia visto Juan Cumux perto do *cenote*. Ele era velho, mas não era como Moreau.

– Você não é um dos tenentes – disse Montgomery. – É Juan Cumux.

O homem não respondeu, mas não precisava. Montgomery falou de novo:

– Você correu um grande risco ao nos ajudar.

– Aqueles homens viriam atrás de nós. Foi bom sabermos que estavam vindo, desta vez. E agora talvez pensem melhor antes de virem nesta direção.

– Você torce para que as pessoas tenham medo?

– Talvez. Seria bom se dissessem que esta área é perigosa.

– Acredito que sim.

– Eu também devia um favor. E talvez agora você me deva um também, Inglês.

– Meu nome é Laughton – disse ele. – E tudo bem. Eu pago minhas dívidas.

– Não posso mais arriscar, Laughton. Meus homens não podem esconder seus amigos. Eles vão precisar se defender sozinhos. Podemos levá-los para o leste, mas também precisamos voltar para o nosso povo.

Mas você é Juan Cumux, pensou ele. O herói de Lupe e Cachito. Ele entendeu que, na verdade, Moreau não fora um deus e Cumux não podia ser divino também.

– Se você pudesse reunir meus amigos com os outros que foram na frente, eu ficaria eternamente agradecido. E imploro para que possam se esconder em algum lugar. Eu não suportaria que sofressem de novo.

– Podemos levá-los para o leste, mas, já disse, não podemos lhes dar abrigo.

– Uma caverna, um acampamento que não use mais – pediu Montgomery. – Qualquer coisa. Por favor, senhor.

Cumux finalmente terminou de enrolar o cigarro e balançou a cabeça. Ele o acendeu e tragou.

– Você me deve duas vezes agora.

– Nesse caso, me empreste um cavalo e um fuzil, para fechar três.

– As coisas são melhores quando vêm em três; então, sim.

Eles apertaram as mãos e foram até os cavalos. Lupe e Cachito correram até eles.

– Nem pense nisso – disse para Cachito antes que o menino abrisse a boca. Cachito olhou para Montgomery com seus olhos grandes e assustados.

– Você está ferido!

– É superficial!

– Ferido – repetiu Montgomery.

– Ele, sim, mas eu não estou – disse Lupe, pegando a rédea de um cavalo.

– Lupe – falou Montgomery, cansado.

– Você não pode me deixar, Laughton. Eu fiquei para trás porque não queria que você nem Carlota morressem, e agora vou garantir que nenhum dos dois seja idiota – respondeu ela, com teimosia. – Se não fosse por mim e Cachito, aqueles homens teriam te matado. Você devia deixar eu ir, pelo bem de nós dois.

– Tudo bem. Mas, se virmos algum sinal de perigo, quero que você volte.

Entregaram rifles para Montgomery e Lupe, que eles carregaram no bolso da sela, com dois *jícaras* cheios d'água. Cachito não queria deixá-los ir, insistindo que não estava tão machucado, mas Montgomery sabia, pelo jeito como ele falava e gemia, que não havia a menor chance de ele estar pronto para lutar.

– Escute – disse Montgomery, levando o garoto para um canto –, os outros precisam de você.

– Não é de mim que precisam, Montgomery. Eu lá sei de alguma coisa?

– Cumux gosta de você e você é esperto. Mantenha todos juntos e seguros. Vocês vão ter melhores chances se ficarem juntos. Vamos encontrar vocês depois. Vá para o sudeste, longe daqui. Entendeu?

– Por favor, não nos deixe sozinhos de novo. Vai saber se você vai sobreviver dessa vez – disse o menino, com lágrimas nos olhos.

– Eu preciso voltar por Carlota, você sabe disso. Cachito, você salvou a mim e Lupe hoje, mas agora temos que buscá-la. Juan Cumux não pode proteger os híbridos, mas eu sei que *você* pode.

– Montgomery, não.

– Você tem minha bússola e meu mapa.

– Não é o suficiente. É por isso que decidimos buscar você, para nos ajudar. Eu não consigo fazer isso.

Ele abraçou o menino. Cachito finalmente parou de falar e assentiu quando Montgomery se afastou.

Eles disseram adeus, e Montgomery apertou a mão de Cumux antes de partirem. Quando chegaram à parte da estrada onde acontecera o conflito, Montgomery saltou da sela e olhou ao redor, analisando os cavalos e homens mortos. Com a temperatura que estava, os corpos começariam a feder em breve.

Ele encontrou o corpo de Aj Kaab no meio da estrada com a faca saindo da barriga. Ele tirou a arma e a limpou nas calças. Começou a arrastar o corpo para a beira da estrada. Quando Lupe viu o que ele estava fazendo, desceu do cavalo e o ajudou. Eles deixaram o corpo a uma distância suficiente da estrada para que quem passasse ali não o visse. Eles repetiram o processo quando encontraram Áayin, que estava debaixo de um cavalo. Mais tarde, teriam que fazer um enterro de verdade, mas não tinham as ferramentas para isso naquele momento.

Montgomery balançou a cabeça e vasculhou os corpos dos homens, pegando bolsas que continham balas. Também encontrou um coldre e uma pistola. Quando procurou o corpo de Hernando Lizalde entre os mortos, não o achou.

Lupe o observou, impaciente. Quando ele terminou, guiaram os cavalos pela estrada branca, manchada de sangue vermelho.

– Ainda dá tempo de voltar, Lupe – disse ele. – Não há nada além de mais mortes pela frente.

– Isso não me assusta.

– Me assusta bastante.

– Ela é minha família, Montgomery.

– Ela sabe disso?

Lupe olhou em seus olhos com uma expressão séria.

– Somos irmãs e eu a amo. Não quer dizer que eu precise falar isso toda manhã e noite.

– Seria bom dizer às vezes.

– Seria bom você cuidar da sua vida. Eu não digo o que você deve dizer a ela. Além do mais, se alguém tem alguma obrigação com Carlota, sou eu, e não você. Você não é nada dela – disse Lupe.

– Bom, então acho que vamos ter que buscá-la juntos – murmurou ele.

Montgomery bebeu do cantil na sela. Os punhos estavam em carne viva e vermelhos, suas costas doíam e eles estavam voltando para encontrar a filha do dr. Moreau.

CAPÍTULO 29

CARLOTA

Ela passou o dia ao lado do pai, sob a vigilância de Isidro ou de outro dos capangas. Tarde da noite, o dr. Moreau acordou e ela lhe deu um pouco de comida e água. Ele olhou curioso para Isidro.

– Eles voltaram hoje – explicou Carlota.

– Onde está Hernando? Preciso falar com ele – disse o pai.

– Não está aqui.

– Ele está caçando os híbridos que sua filha soltou – Isidro interrompeu a conversa.

– Isso é verdade? Você os libertou? Eles são o trabalho da minha vida inteira.

– Precisava ser feito.

– Carlota, esses experimentos são minha maior conquista, meu legado. Eu não queria que você tivesse se livrado deles. – A voz do pai estava mais rouca, carregada de dor. – É conhecimento sagrado que precisava ser preservado.

O seu legado é tristeza e dor, pensou ela, e virou a cabeça.

– Eu tenho suas anotações, mas não podia manter os híbridos aqui. Fazer isso seria cruel.

Isidro sorriu com crueldade.

– Bom, claro, já que não é o *seu* dinheiro. Vamos desperdiçar uma fortuna.

– Você não tem compaixão, tem, senhor? – disse ela, seca.

– Compaixão? Por um grupo de animais? O motivo de eles existirem, seu propósito, é nos servir, e ainda assim você achou que poderia interferir nisso. O que achou que conseguiria? Como vão se alimentar ou vencer a selva?

– Pelo menos eles têm uma chance.

– Você acha que, se entrarem em contato com pessoas, vão sobreviver? Vão levar um tiro e ser esfolados.

– Vou tomar meu chá agora, se possível – disse Moreau, elevando a voz. Isidro piscou e olhou para o doutor.

– Eu vou buscar – disse Carlota.

– Não – murmurou Isidro. – Fique aqui. Vou mandar trazerem.

Ele abriu a porta e gritou para alguém. Isidro realmente não arriscaria perdê-la de vista. Não que ela fosse longe. Carlota contou quatro homens na casa que a achariam rapidamente se ela saísse do quarto.

– Eles se foram de verdade? – perguntou o pai, em voz baixa.

– Foram.

– Onde está Laughton?

– Hernando Lizalde levou Lupe e Montgomery com ele para procurar os outros.

– Então você está sozinha. Naquela gaveta, Carlota, do lado da cama, tem minha Bíblia e, ao lado, uma caixa com uma pistola. Pegue e corra.

– Pai...

– Pegue e corra – ordenou, com as mãos apertando as cobertas. – Vá pelo pátio.

Ela abriu a gaveta e viu a Bíblia e a caixa de madeira ao lado. Ela inspirou, com os olhos bem abertos, considerando as consequências da escolha, e fitou as portas francesas que levavam ao pátio e suas cortinas brancas.

Lentamente, ela foi em direção à porta. Pensou em correr, fugir noite adentro. Pensou em correr até perder o fôlego, até as estrelas se apagarem. Então, olhou para o pai na cama, frágil e fraco. Ela não podia deixá-lo, apesar de tudo, mesmo que o preço a pagar fosse alto.

Sombras se moveram pelo pátio por trás das cortinas, e ela ouviu vozes. Voltou rapidamente e se sentou na cadeira.

– Não posso – sussurrou, e apertou as mãos contra a boca, um soluço se formando na garganta.

– Tudo bem – disse o pai. – Não se preocupe, filha.

As vozes vinham do corredor e estavam mais altas. Eduardo entrou com o cabelo bagunçado e a camisa manchada de sangue. Isidro e outro homem o seguiram.

– Doutor, você precisa se levantar – disse ele. – Meu pai levou um tiro e precisa de cuidados médicos.

– Hernando?

– Sim, quem mais? Vamos, doutor. Onde está sua bengala? – perguntou Eduardo, olhando ao redor do quarto.

– Está louco? Ele não pode sair da cama – disse Carlota, e se levantou.

– Meu pai precisa de alguém que cuide de suas feridas, o que mais...

– Vamos levar seu pai ao laboratório e eu dou uma olhada nele.

– Você? – exclamou Eduardo, surpreso.

– Eu posso ajudar.

– Carlota tem razão – disse o pai. – Ela entende o suficiente.

Os homens olharam para ela, em dúvida, mas Eduardo murmurou algo para Isidro e então assentiu para ela. Carlota se moveu com agilidade. Quando chegaram ao laboratório, as portas ainda estavam abertas, como as deixara antes da chegada dos homens, e os papéis do pai estavam espalhados pela saleta. Ela pediu que Eduardo e o homem que o acompanhava acendessem as lamparinas.

Carlota vasculhou as prateleiras e pegou a bolsa médica do pai. Ela não tinha experiência com ferimentos de balas, mas tinha lido sobre ferimentos em campo de batalha em um dos livros médicos. Ela pegou o livro e o folheou. Depois de alguns minutos, Isidro entrou com o tio. O homem mais velho gemia enquanto segurava o próprio braço.

– Onde está Moreau? – perguntou.

– Só estou eu aqui. Meu pai ainda está de cama.

– Não vai funcionar. Vá buscar aquele homem.

– Ele não tem como ajudá-lo. Por favor, sente-se.

– E agora você é médica? Você me deixaria à mercê dela? – perguntou Hernando, virando-se para o filho.

– Eu aprendi com meu pai, e não vou lhe causar mal. Eu não tenho vontade de ajudá-lo, mas é o que vou fazer. Onde está ferido?

– No ombro.

O homem parecia desconfiado, mas ele se sentou, aparentemente depois de concluir que não ganharia a batalha. Ou talvez fosse simplesmente a dor que o deixara mais tranquilo. Ela pediu que tirasse o paletó e a camisa enquanto ela fervia água. Quando estava tudo pronto, ela limpou o ombro. Dava para ver a perfuração feita pela bala. Tinha entrado perto do ombro e saído. Nem osso nem ligamentos foram atingidos. Apesar do ferimento feio e arrebentado, Hernando tinha tido sorte.

A maior preocupação de Carlota era que os instrumentos estivessem limpos, além de tomar o máximo de cuidado para que nenhuma substância estranha entrasse, pois havia um grande risco de infecção. Ela passou iodofórmio na pele. Depois, colocou um curativo e enfaixou o braço, tomando cuidado para também colocar bastante gaze na axila.

O homem reclamou e resmungou enquanto ela trabalhava, como se tivesse sido atingido por uma bala de canhão, puxando o ar rápido, depois travando os dentes.

Quando ela terminou, passou a mão na testa e deu um passo para trás.

– Onde estão os outros?

Hernando Lizalde fez uma careta e olhou para o curativo.

– Aqueles seus malditos animais nos atacaram.

– Os híbridos? – perguntou ela, surpresa.

– Sim, seus híbridos. E mais alguém. Havia três índios com eles! Mas vamos buscar o exército, vamos buscar soldados agora mesmo...

– Está escuro – disse Isidro, nervoso. – Eles podem estar se escondendo, armando uma emboscada na escuridão. Devemos esperar o amanhecer.

– E se vierem até aqui? – perguntou o homem mais velho.

– As portas são grossas – comentou Eduardo. – Não conseguirão derrubá-las tão facilmente. Isidro tem razão, ficaríamos expostos no escuro. Somos sete, mas pode não ser o suficiente lá fora; e, para piorar, perdemos um monte dos fuzis no meio da selva.

– Mas os homens daqui têm balas e pistolas. E deve haver outras armas nesta casa.

– Eu não fiz um inventário, mas Laughton deve ter um estoque de fuzis guardado – disse Isidro. – Afinal de contas, ele caça.

– Ainda nos resta o problema de nos locomover no escuro – disse Eduardo. – E pai, sinceramente, estou exausto. Imagino que você também esteja.

– Admito que foi um dia longo e cansativo – disse o homem mais velho, flexionando os dedos. – Vamos seguir ao raiar do sol. Preciso de uma bebida e de uma cama. Vamos, me mostre onde tem um quarto para mim.

– Tem um quarto que seria perfeito para você, tio.

– E minha bebida?

– Você pode pegar na cozinha – disse Carlota com a voz seca.

– Por aqui – disse Isidro quando saíram pelo corredor.

Carlota ia segui-los, mas Eduardo a interrompeu, segurando seu braço.

– Eu tenho cortes e feridas que também precisam de cuidados – disse enquanto tirava o paletó, como se desse autorização para ela inspecionar os ferimentos.

– Preciso voltar para meu pai. Você pode ficar com a bolsa médica dele e cuidar de si mesmo.

– Não, eu acho que não.

– Mas alguém precisa ficar de olho nele.

– Isidro, pode ficar de olho no dr. Moreau depois que ajudar meu pai a ir dormir? – gritou Eduardo.

O primo se virou para Eduardo.

– Você não vem?

– Vou ficar de olho nela.

– Ficar de olho, claro – murmurou Isidro em tom ácido. Mas não falou mais nada.

O capanga de Eduardo ainda estava na porta, olhando para eles. Ele parecia estar se divertindo.

Carlota pediu ao homem que mudasse as lamparinas de lugar, depois pegou a bolsa e a abriu de novo, deixando as anotações de lado. Ela deixou a bolsa em cima da mesa da saleta. Pelo que via, Eduardo tinha apenas alguns cortes nos nós dos dedos, que ela limpou. Havia sangue na têmpora direita e ela limpou ali também.

– Você seria uma boa enfermeira – disse ele. – É muito cuidadosa.

– Como disse, meu pai me ensinou.

– Eu achei que seria menos gentil depois da nossa última conversa.

– Não é gentileza.

Era o controle que o pai havia lhe ensinado tão bem, assim como seu senso de decência. Ela não era um monstro. Não queria odiar e não queria ferir.

– O que aconteceu lá? – perguntou.

– Os híbridos saíram do nada e começaram a nos atacar. Havia homens com fuzis. Índios, como meu pai disse. Eu vi três. Eles instauraram o caos. Alguns homens morreram, outros fugiram.

– E Lupe e Montgomery?

– Seu amigo Montgomery atirou em meu pai e me bateu aqui – disse Eduardo, apontando para a têmpora. – Quando nos encontrarmos de novo, eu planejo devolver o favor.

Carlota virou a cabeça e mordeu o lábio para não sorrir.

– Então estão vivos.

– Talvez.

Deviam estar; Hernando e Eduardo estavam vivos, afinal. Mesmo assim, ela temeu que eles estivessem feridos e que não houvesse ninguém para ajudá-los, como ela ajudara aqueles homens. Ela começou a guardar as coisas de volta na bolsa.

– Estou cansado. Vamos nos deitar – disse Eduardo.

– Você sabe onde são os quartos – respondeu com as mãos imóveis.

– Eu quis dizer para irmos para o seu quarto.

– Eu não quero ficar com você.

– Você queria da última vez. Vamos lá, aposto que está cansada. O quanto conseguiu dormir ontem?

Ele pegou o braço de Carlota; com a mão livre, carregou a lamparina. Ele não a segurou com força, apenas a guiou. Ela pensou em protestar, mas viu o homem na entrada, olhando para os dois, com uma mão apoiada na arma. Ela deveria ter pegado a pistola no quarto do pai. Sentiu-se uma covarde.

Quando chegaram ao quarto, Eduardo deu meia-volta e dispensou o homem que os seguira em silêncio. A chave para o quarto dela estava na fechadura e, depois de entrarem, ele a girou, trancando-os ali. Carlota se afastou de Eduardo, o olhar fixo nele, reparando no coldre na cintura e no revólver ali.

Ele a olhou, curioso.

– Por que está fazendo essa cara? – perguntou. – Não está com medo de mim, está?

Ela não respondeu, em vez disso, esfregou os braços e deu mais um passo para trás, colocando a cama entre eles. Nas prateleiras estavam todas as suas histórias de piratas aventureiros e suas bonecas velhas, e em um baú no pé da cama estavam os soldadinhos de chumbo da infância.

Ele abaixou a lamparina e tirou o coldre, que deixou na mesa.

– Eu não vou machucá-la. Venha, sente-se – disse e se sentou na cama, estendendo a mão para ela.

Ela balançou a cabeça.

– Eu não quero ficar com você.

– O lugar mais seguro é comigo. Aqueles homens lá fora são verdadeiros brutos. E, apesar de ter prestado um serviço ao meu pai, ele não gosta de você. Mas vai me deixar ficar com você, não se preocupe.

– Que gentileza da parte dele.

Eduardo passou a mão pelo rosto e apertou a ponte do nariz, suspirando profundamente.

– Carlota, você está entendendo tudo errado. Precisa ser racional. Sente-se comigo – disse, dando tapinhas na coberta.

Ela o encarou.

– Me deixe ir, por favor.

– Olha, eu fiz tudo o que podia fazer por você e mais um pouco.

– O que você fez? Além de caçar os híbridos e machucar meus amigos?

– E a parte em que eles tentaram nos massacrar? – perguntou Eduardo. – E essa parte? Quanto ao restante, já disse: estou protegendo você. Eu lutei por você com meu pai. Estou garantindo que você não sofra e continue sendo minha.

– Sua – disse ela. – Como se tivesse me comprado em um mercado.

– Maldição, não foi isso que quis dizer! – gritou ele.

Ela se encolheu, querendo ficar pequena, mas o gesto pareceu irritá-lo ainda mais. Ele avançou, batendo os pés, e a pegou pela cintura. Ela levantou a mão rapidamente para o peito dele, empurrando-o. Ela se lembrou de quando estivera com Montgomery e o arranhara por acidente. Ainda assim, quando queria causar dor de verdade em um homem, não tinha garras para isso. Sentiu uma terrível fraqueza e estava quase a ponto de desmaiar. Não queria que ele pensasse que ela estava interessada nele, mas Eduardo a puxou para a cama e ela quase tropeçou em seus pés.

– Você está febril – disse ele, passando a mão pelo rosto dela.

– Não estou bem. Precisa me deixar em paz.

– Estou cansado. Vamos descansar juntos.

– Eu não quero você – sussurrou ela.

Ele a deitou e se esticou ao lado. Era uma paródia da noite que passaram juntos. Eles haviam se deitado ali e dormido até quase a manhã, e ele saíra do quarto às escondidas. Mas ela o amava na época e, agora, o temia. Ele a prendeu nos braços e a obrigou a olhar para ele.

– Você vai me desejar de novo, um dia.

– Não vou. Você estragou tudo. Eu vou fugir.

– E deixar seu pobre pai para trás? E os seus amigos? Vamos encontrá-los, você vai ver.

Ela bateu na têmpora dele, onde Montgomery o acertara, com a palma da mão. Ele silvou de dor e apertou o queixo dela com a mão.

– Não me desrespeite – disse ele, falando baixo. – Eu posso dificultar a sua vida. Ou pode ser tudo simples e bom.

Quando Carlota não disse nada, ele simplesmente a reposicionou para que ficasse de costas para si. Ele passou o braço pela cintura dela. Parecia uma corrente de ferro que a atava.

– Não quer ir para Vista Hermosa comigo? – perguntou, sussurrando em seu ouvido, ferro virando seda, mas ainda assim o tom de doce violência permanecia em suas palavras. – Não quer andar de *calesa* e usar esmeraldas e pérolas no pescoço? Eu já disse, me apaixonei por você no momento em que a vi. Não vou abrir mão de você. Não vou machucar você.

Ele estava passando a mão no cabelo de Carlota, e ela o ouviu respirar devagar. Depois de um tempo, achou que ele havia caído no sono, atingido finalmente pelo cansaço do dia. Porém, ele não a soltou. Segurava firme, como uma criança egoísta agarrada ao brinquedo favorito.

Ela imaginou que era isso para ele: uma boneca para carregar de um lado para outro. Como ele dissera, a vida com ele seria simples e boa, desde que ela concordasse em fazer o que ele dissesse. Se não o fizesse, os dedos dele apertariam sua pele, as palavras ficariam mais carregadas e perigosas ao pé do ouvido.

Ela tinha um desejo furioso de meter os dedos dele na boca e arrancá-los com os dentes. A pele dela estava queimando.

Um grito fez os dois pularem de susto.

– O que foi isso? – perguntou ela.

Eduardo se levantou da cama e correu para a porta, parando para pegar o revólver. Ele pegou a chave.

– Espere – disse ela, correndo atrás dele, mas, antes que conseguisse alcançá-lo, ele fechou e trancou a porta depois de passar. Ela bateu com as palmas das mãos na porta.

CAPÍTULO 30

MONTGOMERY

Quando chegaram a Yaxaktun e amarraram os cavalos nas árvores próximas aos arcos mouros, a noite tinha caído e a casa estava envolta em sombras. Ele analisou a porta, imponente. Não tinha experiência de arrombar fechaduras e o *portón* não ia ceder à força bruta. Montgomery ainda estava considerando o dilema quando percebeu que Lupe tinha amarrado o fuzil nas costas com o *rebozo* e começara a escalar o portão.

Impressionado, ele a observou se mover com a agilidade de um lagarto, cravando as unhas na madeira, até desaparecer por cima da porta. Dois minutos depois, ela abriu o *portón* para ele entrar.

– Não sabia que você conseguia fazer isso – disse ele.

– Não é tão difícil – respondeu ela, dando de ombros.

Montgomery andou com o fuzil nas mãos, a postos. A luz fraca do quarto do doutor se espalhava pelo pátio. O restante da casa estava escuro. Ele contou a quantidade de homens que ficaram para trás com Isidro. Eram quatro, além do primo de Eduardo. Hernando e Eduardo Lizalde não estavam entre os mortos, então ele presumiu que deviam ter retornado a Yaxaktun. Portanto, havia pelo menos sete homens na casa.

As janelas de Yaxaktun tinham grades de metal decorativas e a maioria das portas do pátio era da mesma madeira preta grossa que usaram na entrada da *hacienda*, mas o quarto de Moreau e a sala de estar tinham portas duplas com painéis de vidro, então ele foi em direção à sala de estar, quebrou um dos painéis com a coronha da arma, passou o braço por dentro e abriu a porta.

Havia muitos quartos na casa, e ele não tinha como saber onde os homens ou Carlota estavam enfiados. Se fossem espertos, estariam prontos, de armas nas mãos.

– Confira se ela está no quarto e eu vou dar uma olhada no doutor. Vou pegá-lo e tirá-lo daqui – sussurrou Montgomery para Lupe. – A gente se encontra nos cavalos. Cuidado, fuzil no ombro, como ensinei. Senão, vai dar um coice.

– É só apertar um gatilho – Lupe sussurrou de volta, saindo de perto apressadamente.

Montgomery desceu o corredor que levava ao quarto do doutor. Quando chegou à porta, ele prendeu a respiração por um instante e entrou. Moreau estava deitado na cama, e na cadeira ao lado dele havia um homem.

O homem se virou para Montgomery e imediatamente pegou a pistola. Montgomery atirou primeiro, matando o homem ali mesmo. Depois, se virou para Moreau, que estava se endireitando na cama, de mãos trêmulas, e o encarou com os olhos arregalados. Montgomery olhou ao redor do quarto, mas Carlota não estava ali.

– Onde ela está?

O doutor engoliu em seco e esticou a mão para a mesa de cabeceira.

– Não sei, eles... Laughton! Atrás de você!

Ele ouviu as portas duplas se abrirem e, antes que pudesse reagir, escutou um disparo e sentiu a dor da bala que o atingira no braço. Ele se virou e se jogou no chão de barriga para baixo. Uma sombra passou pela janela.

Mais um tiro.

Ele achou que estava prestes a ser cravejado de balas, mas o segundo tiro não o atingiu, nem o terceiro. Ele piscou e percebeu que era Isidro quem atirara nele, mas o homem estava caído contra as portas. O doutor estava com uma pistola apertada junto ao peito; ele tinha atirado no homem e levado um tiro também.

Montgomery se levantou, estremecendo, e andou até onde Isidro estava. Ele conferiu o pulso e viu que o homem estava morto. Ao lado do corpo, estava a bela pistola com cabo de marfim que Lizalde adorava. Montgomery se virou e se aproximou da cama.

– Certo, Moreau, deixe-me ver.

– Não há nada para ver – disse o doutor, afastando-o.

– Moreau, eu...

Os olhos de Moreau estavam cheios de morte e seu peito era uma grande mancha vermelha. Montgomery apertou sua mão, sabendo que era a única coisa que podia fazer por ele.

– Minha filha, cuide da minha filha.

– Ela vai ficar bem, doutor.

– Diga que eu a amo. Carlota...

Foi a última coisa que o doutor disse, o nome da filha se derramando de seus lábios. A Bíblia do doutor caiu no chão. Montgomery não acreditava em Deus, então não orou pelo doutor, apenas fechou seus olhos e colocou a Bíblia ao lado do corpo. Depois, xingou baixinho e olhou para o braço.

Ele deixou o fuzil para trás. Não conseguiria usar o braço direito, então teria que usar a pistola na mão esquerda. Ele também tinha a faca enfiada no cinto. Correu para o guarda-roupa de Moreau, pegou uma camisa e a rasgou para amarrar ao redor da ferida. Era o melhor que podia fazer naquelas circunstâncias, além de torcer para não sangrar até morrer.

Cinco, pensou ele. *Com sorte, faltam apenas cinco homens.* Ele não estava muito confiante, mas tinha que fazer algo além de ficar ali parado, então empunhou a pistola e foi para o corredor.

Ele decidiu que o melhor a fazer era seguir o caminho de Lupe até o quarto de Carlota e torcer para que os três conseguissem fugir antes que mais homens aparecessem. Porém, não havia dúvidas de que o barulho que fizeram foi ouvido, e ele ouviu uma porta ser escancarada com força. Um rapaz apontou uma pistola para ele e atirou. Ele era ruim de mira e errou; a bala acertou a parede atrás de Montgomery. Ele devolveu o favor com duas balas no peito do homem.

Montgomery ficou na porta e olhou para dentro do quarto com a pistola em punho. Hernando Lizalde estava em pé ao lado da cama e encarou Montgomery com os olhos arregalados de pavor. Ele viu o curativo no braço e no ombro do homem. Havia um fuzil na mesa, perto da janela, mas Hernando não estava perto da arma.

– Laughton – disse ele, rouco. – Está vivo.

– Você também.

– Estou desarmado.

– Onde está Carlota?

– Não sei.

– De joelhos – disse Montgomery, ainda parado na porta.

– Por Deus, Laughton. Não atire em um homem desarmado.

– Eu vou amarrá-lo, seu cretino. Ajoelhe-se!

Hernando obedeceu.

– Agora, Laughton, pense bem. Por que se voltar contra mim? Eu tenho dinheiro. Posso pagá-lo. Moreau não tem nada. Você deveria ficar comigo.

– Eu só quero tirar Carlota daqui – disse ele, e entrou no quarto.

Assim que ele o fez, viu os olhos de Hernando irem para a sua direita. No chão, uma sombra se mexeu.

O mais rápido que pôde, Montgomery bateu a porta contra a parede, tentando desarmar quem estava escondido ali atrás, mas sentiu a fisgada de uma faca entrando no braço ferido. O homem tentou puxar a faca, mas Montgomery atirou com a mão esquerda, acertando a virilha do agressor. Ele soltou um grito terrível e caiu no chão.

Quando levantou o olhar, Montgomery viu que Hernando Lizalde tinha corrido para a mesa e empunhado o fuzil, mirando-o para acertar sua barriga. Montgomery se jogou contra a porta de novo e atirou. A bala acertou Hernando no rosto e ele caiu para trás.

Montgomery respirou fundo e enfiou a arma de volta no coldre, olhando para a bagunça que era seu braço, com a faca ainda enfiada. Ele a puxou com um gemido alto e ficou parado ali, com a maldita faca aos seus pés e o braço pulsando. Depois, ouviu passos e, ao se virar, viu Eduardo Lizalde, que olhava para ele, confuso.

O sentimento durou um segundo. Depois, Lizalde ergueu a arma. Montgomery empurrou o jovem contra a porta e virou sua mão, fazendo a arma cair de seus dedos.

Ele deveria conseguir rendê-lo, mas Eduardo socou a cabeça de Montgomery, movido pela fúria frustrada, e depois acertou o braço ferido. A dor tomou conta do corpo de Montgomery e ele cambaleou, gemendo. Eduardo conseguiu acertar um soco em seu maxilar e em seu estômago. Montgomery, dominado pela agonia dos ferimentos, não conseguia bloquear os golpes. Sangue escorria da sua testa, descia pelo rosto e manchava um olho, impedindo-o de ver direito, até que veio mais um golpe e ele caiu no chão, de barriga para cima.

Eduardo começou a chutá-lo, acertando as costelas; e Montgomery sentiu a pontada de uma dor nova ali. Uma costela. Ele havia quebrado uma costela.

Deitado no chão, se lembrou de quando enfrentara uma onça, de como a fera tinha enfiado as presas em seu corpo. Foi a lembrança daquele confronto terrível que o fez sair do transe de desespero em que se afundava.

Quando havia encontrado a onça, por uma fração de segundo ele soubera que precisava reagir ou seria morto. E ele reagira, reunindo todas as suas forças, toda a necessidade de sobreviver, em um só golpe, quando enfiara a faca na cabeça da criatura.

Ensanguentado, sentindo uma dor lancinante no corpo todo, Montgomery se livraria da agonia à força. Ele havia conseguido antes, conseguiria de novo.

Eduardo levantou a perna, com a intenção de pisar no rosto de Montgomery, que levantou os dois braços, pegou o pé do rapaz e virou seu tornozelo, fazendo um estalo delicioso. Eduardo gritou e se jogou para longe. Montgomery pegou a faca e se sentou.

Ele cuspiu e arreganhou os dentes para Eduardo, parecendo mais feroz do que os híbridos. O gosto de sangue na boca o impulsionou, porque ele não morreria naquela noite. Não assim, não pelas mãos do filho da puta do Eduardo Lizalde, então ele segurou a faca e rosnou em meio à dor; sabia que seu rosto devia lembrar o de um louco.

O jovem estreitou os olhos, mas ele não tinha arma, então recuou, mancando. Faltava-lhe coragem. Montgomery ouviu o homem se mexendo, para longe, pelo corredor, na direção do quarto do doutor.

Montgomery queria apenas ficar no chão. Cada respiração doía e sua cabeça latejava. Mas ele não podia ficar ali. Eduardo voltaria com uma arma. Carlota e Lupe ainda podiam estar em algum lugar da casa.

Ele segurou a barriga, se levantou um pouco, depois caiu de novo. Inspirou, ajeitou os ombros e se forçou a se levantar, gemendo. Montgomery cambaleou para a frente como um brinquedo velho e mordeu o lábio.

CAPÍTULO 31

CARLOTA

Carlota esmurrou a porta, sem resultado, e, quanto mais gritava, mais suas forças se esvaíam. A febre que sentia parecia estar no pico. Ela escorregou pela porta, sentindo que tinha passado o dia correndo pelas terras de Yaxaktun. Carlota juntou as mãos e apertou os nós dos dedos contra a boca, rezando.

– Carlota!

– Lupe? – murmurou, pensando inicialmente ter imaginado a voz, depois pressionando o rosto contra a porta, onde se apoiou, e então se levantou. – Lupe, estou trancada aqui.

– Afaste-se da porta.

Carlota se afastou. Ela ouviu uma batida forte enquanto Lupe batia com algo pesado na porta, até farpas voarem pelo ar e surgir um buraco, quando toda a fechadura caiu com um estrondo. Lupe abriu a porta e correu até ela.

– Lupe, você voltou!

– Voltei, e espero que seja a última vez – disse Lupe, mas estava sorrindo. – Deus do céu, como você se mete em confusão! Vamos, temos que correr até os cavalos e torcer para que Montgomery e o doutor nos encontrem.

– Ele está aqui?

– Com seu pai. Ele vai buscar o doutor, não se preocupe.

– Meu pai não consegue andar.

– A maca ainda está no quarto, não está?

– Está, mas...

– Vamos! Os outros estão esperando!

Carlota estava tremendo.

– Os outros? Eles estão bem?

– Estão bem. Vamos, eu conto depois.

Carlota não tinha certeza se Montgomery conseguiria levar o pai para algum lugar, mas Lupe parecia assustada, e elas não podiam ficar no quarto. Ela deu alguns passos, mas tropeçou como se tivesse bebido aguardente por horas e horas.

– Qual é o problema?

– Não consigo respirar direito – respondeu Carlota.

Sua testa estava toda suada e o corpo formigava. Era como antes, como seus outros ataques. Não podia estar acontecendo em pior hora.

Lupe passou um dos braços de Carlota sobre seus ombros e a levantou. Com a mão livre, pegou o fuzil.

– Não consigo buscar os sais para você, então vai ter que me ajudar. Vamos, um passo. Isso, muito bem.

Ela obedeceu Lupe, mesmo com a sensação de que alguém enfiava agulhas em sua pele. Elas mergulharam no escuro. Quando estavam prestes a alcançar a saída para o pátio, um homem com um fuzil apareceu na frente delas e, sem delongas, atirou em Lupe, atingindo-a na perna.

Lupe gritou e empurrou Carlota para o lado. Carlota bateu na parede, sentindo-se mole. Ela soltou um grito que fez o homem congelar de susto.

Antes que o homem atirasse de novo, Lupe avançou e usou o fuzil para dar uma pancada na cabeça do homem. Ele gritou e tentou erguer a arma, mas Lupe bateu nele mais uma vez, e ele deixou o fuzil cair. Lutaram ferozmente; Lupe cerrou os dentes enquanto ele tentava lhe dar um soco, e ela acertou seu estômago com a coronha do fuzil. Isso pareceu dar conta do recado. Em seguida, ela o acertou de novo e de novo, primeiro no estômago, depois na cabeça. O corpo do homem se contorceu, lembrando Carlota dos porcos quando eram mortos.

Sangue se espatifou pelo chão, manchando o ladrilho. O homem ficou imóvel e Lupe deixou o fuzil cair, fazendo um baque metálico. Ela se virou para Carlota.

Carlota estava encostada na parede e tinha escorregado, indo parar no chão. O cheiro de sangue atacou suas narinas, fazendo seu estômago se revirar de nojo.

– Vamos – disse Lupe, e estendeu os braços, para tentar levantá-la, mas, quando Carlota se apoiou em Lupe, ela estremeceu. – Minha perna – murmurou, e se apoiou na parede – Vamos ter que ir devagar.

Elas começaram a atravessar o pátio. Lupe mancava, e Carlota tentou não se apoiar nela, mas era muito difícil mover os pés. Era como se a angústia da noite tivesse transformado seus pés em chumbo. Ela estava morrendo de medo de se transformar em uma fera, como tinha acontecido na noite em que atacara o pai. Ela o jogara contra o armário e o machucara, e então deixara marcas de garras no peito de Montgomery.

Não, aquilo não podia acontecer.

Não, ela não podia fazer aquilo de novo.

Ah, e seu pai. Seu pai, seu pai. Ela queria poder correr para o quarto dele e abraçá-lo.

– Eu preciso parar.

– Não pode parar!

– Meus... meus pulmões.

Seu corpo estava pegando fogo; o coração, fervendo.

– Respire. Vamos, Loti, como o seu pai diz, inspire devagar e depois solte.

Ela fechou os olhos e tentou acalmar o coração desesperado. Ela inspirou fundo e depois soltou. Meu Deus, como doía! Seus olhos estavam ardendo. Enfim, Carlota conseguiu se recompor e começou a andar. Elas estavam na metade do caminho quando ouviram o barulho inconfundível de botas nos azulejos e a voz de Eduardo, rouca e alta.

– Estou mirando na cabeça do seu cachorro – disse ele. – Vire-se.

Elas se viraram. Carlota segurou o braço de Lupe e encarou o rapaz. Ele apontava uma arma para Lupe, segurando o cabo de marfim com força. Carlota sentia a boca seca como um deserto; ela mal conseguia falar. As duas mulheres tinham deixado uma trilha de sangue no pátio, que parecia ligá-las à casa, tornando fácil seguir seus passos.

– Eduardo, por favor – sussurrou ela. – Acabou.

– Acabou? Nada acabou. Você estragou a minha vida! – gritou ele, dando um passo e estremecendo, como se estivesse ferido, apesar de continuar segurando a arma com força. – Todos vocês, seus monstros grotescos! Mas, se acha que vai me deixar, está terrivelmente enganada. Você é minha!

– Sou – disse ela, dando um passo para a frente, se afastando de Lupe, com as mãos erguidas para ele. – Eu sou sua, sim, mas não a machuque.

– Eu vou matar cada um deles, e você... venha cá! Eu disse que é minha!

Ele parecia febril também, como se estivesse doente. Seu cabelo estava bagunçado e suado. Mas a doença dele era ódio, puro ódio. Ela sabia que ele atiraria se ela não o obedecesse, então foi na direção dele, apesar de Lupe tentar segurá-la, xingando.

– Eu vou para onde você quiser.

– Que bom – disse ele, concordando com a cabeça. – Isso mesmo, venha cá.

– Só abaixe a arma – implorou ela, porque havia algo terrível em seus olhos, algo maléfico, e a forma como ele segurava a arma a deixou com medo.

A arma ainda estava apontada para a cabeça de Lupe. Ele balançou a cabeça e molhou os lábios.

– Meu pai está morto. Aquele desgraçado o matou.

– Não tivemos nada a ver com isso.

– Você tem tudo a ver com isso! Eu disse para vir aqui!

Ela mal conseguia respirar, mas se arrastou até chegar ao seu lado, e ele segurou sua cintura com um braço, puxando-a para perto enquanto segurava a arma com a outra mão.

– Estou aqui – disse ela, tentando acalmá-lo.

O braço com a arma ainda estava firme no ar, mas, por um segundo, ele fraquejou e voltou o olhar para Carlota com uma breve promessa de doçura. Depois, algo terrível tomou conta desse olhar; ela sentiu os músculos dele tensionarem ao seu redor, viu os lábios se apertarem e sabia que ele ia apertar o gatilho. Ela bateu em seu braço e a bala voou no ar, errando o alvo. A pistola fez um barulho tão ensurdecedor que ela tampou os ouvidos.

Ele a empurrou e ela caiu de joelhos, tocando as ervas daninhas que cresciam entre as pedras bonitas e decorativas do pátio. Lupe tinha fugido, mas ele atirou mais uma vez e a garota gritou, estremeceu e tropeçou.

Lupe segurava o braço e Eduardo preparou a arma rapidamente, com a intenção de atirar de novo. Ele mataria Lupe. Carlota sabia. Fosse naquele dia ou no seguinte, ele a mataria. Sua fome precisava ser saciada. Ela sentiu a mesma dor fervente que sentira antes, a raiva na boca do estômago que sempre tentava apagar, a pressão no peito que dificultava a respiração. Em vez de tentar se conter, ela deixou tudo explodir, brilhante e quente, como os fogos que queimavam o solo para a nova colheita. Avançou com toda a sua força, derrubando-o.

A arma voou no ar, aterrissando dentro da fonte e espalhando água. Ela segurou os ombros de Eduardo, deitada em cima dele, o prendendo.

– Sua vadia – disse ele, e tentou empurrá-la, mas ela apertou mais forte, de repente sentindo a força correr pelos músculos.

– Pare! Pare! – ordenou ela.

Porém, ele revidou. Ele se sacudiu, tentando bater nela, e acertou um soco que a fez perder o ar.

– Você! – disse ele, só isso e nada mais, mas a palavra estava carregada de um ódio violento e ela sabia que ele mataria Lupe e ela.

Carlota arqueou as costas e sentiu a vértebra estalar, ossos e tendões se mexendo com uma série de estalos, como madeira quando calor e umidade se encontram.

Ela sentiu que estava mudando, se transformando em algo diferente. Algo que o pai dela sempre temera, de que sempre a afastara. Não era uma doença, nem um defeito, e sim um poder puro que ela nunca experimentara. Era o mistério do seu corpo. Naquele momento, era sua salvação, e ela deixou que a mudança acontecesse, a incentivou, sem saber nem mesmo *como*, sentindo uma agonia dilacerante de ossos e tutano se reorganizando em poucos segundos.

Ele levou as mãos ao pescoço de Carlota, apertou sua garganta, a segurou com força. Eduardo enfiou os dedos compridos na pele dela, e rugiu, furioso.

Por um segundo, ela teve medo dele. Medo da força dele, da raiva desenfreada. Medo também do que ela estava fazendo. Havia a dor das mãos dele, apertando-a, e a agonia fervente do corpo dela.

A mandíbula de Carlota se deslocou, os tendões se esticaram. Ela rosnou, baixo e forte, logo antes de morder o rosto dele. Sentiu os dentes ficarem maiores, a boca cheia de navalhas, e ele gritou quando ela arrancou um pedaço e cuspiu fora, jogando a cabeça para trás, depois arranhou seu rosto e seu pescoço com as garras.

Ela deixou de ser Carlota e se tornou medo, se tornou raiva, se tornou morte, se tornou pelo, presas e poder. Arranhou, mordeu e dilacerou.

A jugular de Eduardo estava cortada e ela ouviu-o arfar e sentiu-o tremer. Porém, não se afastou, continuou prendendo-o, continuou pensando: *minha irmã, não. Você nunca vai machucar minha irmã.*

Ao ouvir o barulho de botas nos azulejos do pátio, ela ergueu a cabeça e olhou Montgomery, que cambaleara para fora da casa, arfando e sangrando, um braço contra o peito e o outro mal segurando uma arma nos dedos trêmulos.

– Carlota! – disse Lupe, e chegou ao seu lado, para tirá-la de cima de Eduardo.

Carlota se deixou ser levantada; ela sentiu os braços de Lupe ao seu redor. Balançou a cabeça e se afastou devagar. Montgomery olhou para o corpo de Eduardo. Ela ouvia o borbulhar, semelhante ao som da fonte, de Eduardo ali, sangrando até morrer.

Havia sangue na boca dela, escorrendo até o queixo. Era quente como piche, e ela o cuspiu, suas narinas se dilatando, a boca puxando ar para dentro. Ela não percebeu, mas tinha lágrimas nos olhos.

– Ele ainda não morreu – murmurou Carlota.

Montgomery apontou a arma para a cabeça do homem, apertou o gatilho e atirou, explodindo o crânio de Eduardo. O barulho pareceu uma trovoada.

Carlota e Montgomery olharam um para o outro. O braço dele caía imóvel ao lado do corpo e ela passou as costas da mão na boca para limpar o sangue que manchava seus lábios. Ela não se preocupou em limpar as lágrimas; em vez disso, deu a mão para Lupe.

O pátio ficou em silêncio, pois tinham deixado todos os pássaros das gaiolas irem embora; além do mais, a noite tinha chegado, pintando a vegetação e as flores de preto, e seus olhos amarelos brilharam na escuridão.

EPÍLOGO

CARLOTA

Ela não conseguia dormir, então se levantou cedo, penteou o cabelo e se vestiu bem antes de quando precisava estar pronta. Lupe entrou no quarto com uma xícara de café, para sua surpresa.

– Ele já acordou também – disse Lupe, virando os olhos. – Pensei em preparar uma bebida, já que faz questão de me fazer acordar com seus passos.

– Obrigada – disse Carlota, indo para o pátio interno.

A casa que alugaram viera mobiliada e ela gostava da localização e do preço, mas era simples; o pátio era feio e não havia gaiolas com canários, como em Yaxaktun. Nem mesmo uma fonte. Ela amava a fonte.

Quando terminou o café, Carlota ajudou Lupe a se arrumar, de vestido preto, luvas e véu grosso. Lupe raramente saía em Mérida, e era também por isso que precisavam se mudar; era impossível ficar em uma cidade onde ela podia ser vista, mas, naquele caso, sua presença era necessária. Assim como a de Montgomery. Ele havia passado várias semanas de cama, se recuperando, e, apesar de jurar que já estava melhor, ela não gostava de vê-lo andando por aí; portanto, ele tinha feito o papel de um bom paciente.

Com Lupe devidamente vestida, Carlota deu mais uma olhada no espelho e elas saíram para o pátio. Montgomery também estava de preto. Ele usava um chapéu preto barato e uma gravata preta; aquela expressão nos olhos cinza que ainda lhe vinha às vezes, como se fosse esconder uma garrafa de aguardente no quarto. Mas pelo menos sua recuperação o obrigara a largar a bebida. Se isso continuaria, ela não sabia dizer.

– Senhoras – cumprimentou ele, e saíram juntos para a rua.

Eles andaram todo o caminho. O escritório de Francisco Ritter ficava a poucos quarteirões, outro motivo para terem escolhido aquela casa.

Chegaram ao escritório do advogado exatamente na hora marcada e ele os deixou entrar na sala que Carlota conhecia bem. Ela já estivera ali algumas vezes, mas naquela ocasião havia um novo elemento: um homem de bigode loiro estava sentado em uma das cadeiras, que foram organizadas em um semicírculo, para que os três pudessem ver os advogados, do outro lado da mesa, quando se sentassem.

– Sr. Marquet, permita-me apresentar a srta. Carlota Moreau. Esta é Lupe, sua dama de companhia. E este é o sr. Laughton, que foi o *mayordomo* do dr. Moreau em Yaxaktun.

– Prazer em conhecê-la – disse Marquet.

– Igualmente – respondeu ela, e se sentou, juntando as mãos enluvadas em uma postura recatada.

Os outros se sentaram.

– Primeiro, preciso oferecer meus pêsames pela morte do seu pai e por toda a tragédia em Yaxaktun – disse Marquet, e Carlota respondeu com um gesto de cabeça.

A "tragédia", até onde os advogados sabiam, era que Hernando Lizalde tinha entrado na selva com a intenção de matar um grupo de indígenas dos arredores e acabara sendo morto por eles. Ele estava acompanhado de Moreau e Laughton. Apesar de os corpos de Moreau e dos Lizalde nunca terem sido encontrados, eles foram dados definitivamente como mortos.

Demandou um grande esforço de Lupe e Carlota enterrar Aj Kaab e Áayin, assim como arrastar os homens que foram mortos na casa para uma grande pira e ver os corpos pegarem fogo. O que restou depois disso, elas afundaram na lagoa, onde os crânios e os pedaços de ossos se misturariam às raízes antigas.

Essas tarefas foram concluídas com pressa e sem a ajuda de Montgomery, que fora obrigado a ficar de cama depois dos cuidados de Carlota. Felizmente, Lupe era forte, e suas feridas, leves; as mulheres resolveram o problema sem ajuda. Pouco depois de terem sumido com os corpos, homens de Vista Hermosa vieram, para saber sobre o paradeiro dos Lizalde. Um dos homens chegou com um médico, que cuidou das feridas do *mayordomo*, apesar de ter declarado que a filha de Moreau tinha feito um ótimo trabalho com os curativos de Montgomery.

Carlota informou aos visitantes que estavam com poucos pacientes por causa dos ataques de rebeldes nas proximidades da casa, o que assustou a maioria das pessoas, e também por conta da situação financeira precária. Na verdade, ela disse que Hernando Lizalde estava pensando em fechar a fazenda, com medo dos rebeldes. Depois que Montgomery voltara ensanguentado e ferido, os pacientes tinham ido embora e restaram apenas Carlota, Montgomery e uma criada.

Das outras perguntas, Carlota desviou-se, e os homens ficaram com receio de chatear uma dama em luto. Além do mais, eles estavam mais preocupados com o paradeiro dos Lizalde do que com as histórias de uma jovem.

Com o pânico geral e as tentativas de seguir a trilha dos Lizalde desaparecidos, Carlota conseguira juntar as anotações do pai e seus itens mais valiosos e enviá-los a Mérida. Os três partiram logo em seguida – no fim, a maca foi usada para transportar Montgomery –, alegando que estavam aterrorizados demais para ficar na região. Em Mérida, alugaram a casa e procuraram o advogado de Moreau.

Depois de algumas semanas em que Ritter pressionou as autoridades para fazerem uma declaração sobre o ocorrido, finalmente conseguiram um atestado de óbito do doutor. Porém, depois de esse assunto ter sido resolvido, havia outros para tratar, principalmente o testamento de Moreau e a conta bancária. Eles estavam, por enquanto, vivendo da generosidade de Ritter e da promessa de um pagamento em breve. Ela pretendia reembolsar o advogado e resolver a questão de uma vez por todas.

– Obrigada pelas sinceras condolências, senhor – disse Carlota com a voz baixa.

– Meu cliente, Émile Moreau, ficou muito sentido com esse assunto – disse Marquet. – Ele não era próximo do irmão, mas foi uma morte estranha e repentina. Ao mesmo tempo, ele admite que esperava que algo assim acontecesse, visto que o dr. Moreau escolheu uma atividade perigosa e levar a vida em lugares remotos. O que ele não esperava, entretanto, era esse testamento e a adição de uma filha.

– Adição, senhor?

– Seu pai nunca escreveu para o irmão lhe dizendo que tinha uma filha.

Carlota assentiu.

– Mas, como o senhor disse, eles não eram próximos.

Ritter soltou um suspiro irritado.

– Sr. Marquet, achei que já tínhamos estabelecido que, apesar de não haver um documento de batismo, a srta. Moreau é a filha biológica do doutor. Eu conheci a jovem quando era uma criança e o sr. Laughton aqui assinou um documento em cartório que diz que ele também sabia da existência da srta. Moreau, trabalhando com a família há seis anos.

– De qualquer forma, o senhor precisa entender que isso é preocupante para meu cliente. Uma filha é uma coisa, mas uma filha ilegítima é outra. Espera-se que ele a leve para a França consigo, para viver com sua família? Ele nunca a conheceu, nunca recebeu nenhuma carta que indicasse sua existência.

– Não sei dizer por que o dr. Moreau escolheu nunca apresentar a srta. Moreau para o tio. Mas ela segue sendo a sobrinha.

– Porém, é uma filha ilegítima. E incrivelmente jovem. Ela não tem 21 anos ainda, e o tipo de apoio que pede é... para uma mulher, é uma bela fortuna.

– Por favor, senhor, a srta. Moreau é uma dama. Não pode esperar que ela viva como uma qualquer – disse Ritter. – Seu pai certamente não esperava que ela tivesse que andar pela cidade implorando dinheiro para poder comer.

– Quem cuidaria das questões financeiras para ela, já que não tem um parente masculino ou um marido? O senhor precisa entender como isso preocupa meu cliente. Uma jovem pode gastar tudo em desejos frívolos; ela pode comprar vestidos e sapatos demais.

Carlota não reagiu às palavras dele; apenas manteve as mãos delicadamente juntas.

– Eu gostaria de abrir um sanatório para os necessitados. Há muitas pessoas passando necessidade e eu gostaria de ajudar.

– Que caridoso da sua parte – respondeu Marquet. – Mas eu repito, como uma garota gerenciaria isso?

– O testamento do meu pai é válido, senhor – disse Carlota, virando o olhar para o homem e falando com calma. – E, apesar de eu não ter controle completo sobre a herança do meu pai até fazer 21 anos, recebi a garantia de que o sr. Ritter pode me ajudar a administrar meus negócios até esse momento chegar, o que deve acontecer em alguns meses. Se os Moreau têm interesse em interferir nos desejos do meu pai, eu não terei opção a não ser recorrer às autoridades. Na França, se necessário.

– Na França? – retrucou Marquet, franzindo o cenho.

– Não me oponho a organizar uma visita ao meu tio, caso ele queira discutir esse assunto pessoalmente.

– Isso não será necessário – respondeu Marquet rapidamente.

Pelo tom do advogado, ela imaginou que a última coisa que Émile Moreau queria era conhecer a filha ilegítima do irmão, o que ela já tinha entendido graças às cartas e aos telegramas que chegaram por Ritter.

– Então, senhor? O que meu tio propõe?

Ritter e Marquet cochicharam entre si. Era óbvio que o advogado dos Moreau tinha pensado em ludibriá-la, mas Carlota não tinha recuado e uma oferta de verdade precisava ser feita.

– Meu cliente vai honrar os desejos do dr. Moreau. Ele não contestará o testamento e oferece-lhe dar a pensão vitalícia que pediu, para garantir que fique bem cuidada. Entretanto, ele tem um pedido.

– O que seria?

– Que a senhorita não se apresente como Carlota Moreau. Não poderá usar o sobrenome do doutor, nem alegar ter uma relação com a família, tampouco buscar a amizade ou o contato com nenhum deles. Os Moreau são orgulhosos. Eles não querem ter ligações com uma filha ilegítima.

Carlota soltou uma risada cristalina que pareceu assustar os advogados.

– Sr. Marquet – disse –, eu concordo com os termos.

Depois, assinaram os documentos devidos e fecharam acordo com um aperto de mãos. Com o traço de uma caneta, Carlota havia recebido uma pequena fortuna e perdido seu sobrenome.

– Você não se importa? – perguntou Lupe depois de voltarem para casa.

Estavam sentadas no quarto de Carlota, enquanto ela desembaraçava o cabelo e se preparava para dormir.

– Não. Pois assim posso escolher quem eu quero ser – disse Carlota. – Eu sempre fui a "filha do doutor", porém sinto que agora posso ser outra pessoa e traçar o meu futuro.

– Mas é o nome da sua família.

– Ele era meu pai. Porém, essa não é a minha família.

No espelho, ela viu um sorriso surgir no rosto peludo de Lupe, mas, ainda assim, Lupe zombou de Carlota, o que a fez sorrir.

No dia seguinte, Carlota foi à igreja. O lugar mais bonito em Mérida, para ela, era uma pracinha com uma fonte de mármore, canteiros de flores e bancos de metal. A praça não ficava longe da catedral, de que ela não gostava porque era gigante, e ela sentia saudade da pequena capela com a pintura de Eva. Na catedral, ela se sentia deslocada, assim como se sentia perdida na cidade.

Agora que tinha recursos para colocar seu plano em prática, ela desejou encontrar um pequeno terreno, escondido do mundo, onde todos poderiam morar juntos. Não apenas os três, mas todos os outros híbridos. Ela não sabia o que havia acontecido com eles, mas torcia para que estivessem seguros. Até então, apesar de muitas tentativas discretas de contato, não havia rumores do leste ou do sul da península sobre animais que se portavam como homens. Os homens de Vista Hermosa que fugiram do confronto com os híbridos tinham sido inteligentes o bastante para guardarem segredo, ou não podiam explicar o que tinham visto; ou, apesar de contarem suas histórias, não foram levados a sério.

O dr. Moreau tinha ajudado a si mesmo. Carlota queria ajudar os outros. Na costa leste, havia pessoas que precisavam de cuidados médicos. Talvez ela pudesse financiar uma clínica e também manter a casa, onde todos os híbridos poderiam morar juntos, seguros e em paz. Poderia ser em uma cidade pequena. Poderia funcionar.

Ela acendeu uma vela para o pai e abaixou a cabeça, fazendo uma prece por ele. Pediu a Deus que cuidasse de sua alma. Para ela, não implorou por clemência. A coisa horrorosa que havia feito, a morte que havia causado, carregaria isso consigo e enfrentaria seu julgamento um dia. Talvez Deus entendesse.

Na saída, ela molhou os dedos na fonte de água benta. O céu estava limpo e ela se sentou na praça com a fonte de mármore, observou os pombos procurarem migalhas e sorriu.

Quando Carlota chegou em casa, percebeu que uma carruagem com um motorista estava esperando na porta e, ao entrar, viu Montgomery em pé no pátio com a mão no bolso e uma mala ao seu lado. O restante devia estar no veículo.

Ele vestia roupa de viagem e usava um novo chapéu de palha na cabeça.

– Está partindo? – perguntou ela, um pouco surpresa.

– Nós concordamos que eu iria embora, se o dinheiro fosse garantido. Você quer que eu encontre os outros, não quer? E eu conheço bem as Honduras Britânicas.

– Bom, sim, mas não achei que iria tão cedo.

– Estou me sentindo melhor – disse ele, dando tapinhas nas costelas. – Além do mais, não quero que a pista esfrie.

– Tudo bem, mas eu desconfio que você não tenha intenções de voltar – disse ela, e olhou para ele com repreensão.

Ele balançou a cabeça e soltou algo que não chegava a ser um suspiro.

– Vou encontrar os outros e garantir que cheguem até você.

– Então eu quase gostaria de ir com você, se esse é o caso e você quer nos abandonar com tanta facilidade.

– É melhor eu viajar sozinho. Conheço a terra, posso me mover facilmente, e além disso...

– Além disso, você não quer a minha companhia. – Ele não respondeu, o que a deixou irritada. – Por que precisa ir? De verdade?

– Porque estou inquieto. Eu fiz coisas que não eram corretas e ignorei o caminho certo. Eu preciso refletir sobre isso.

– Você não será absolvido dos seus pecados em uma estrada de terra – disse ela, mesmo que soubesse que, apesar de a absolvição completa não ser tão simples de encontrar, ele poderia vislumbrar Deus naquele caminho.

Ela sabia que Montgomery não acreditava em Deus e que seu pai falava de um outro Deus, mas o Deus que vivia em toda pedra, flor e criatura da floresta era verdadeiro.

Talvez ele precisasse mesmo disso. Seguir em frente e encontrar a verdadeira face de Deus. Uma vez, ela vira um Deus da alegria entre as orquídeas e vinhas de Yaxaktun. Era para esse Deus que ela rezava.

– Disse que ficaria comigo se eu precisasse de você – repreendeu, de qualquer forma, porque ela era egoísta.

– Você não precisa de mim agora – disse ele, com a voz feliz. – Você tem a si mesma e a sua força, e tem Lupe.

– Eu sei. Mesmo assim não gosto dessa partida e tem algo que você não está me dizendo. Eu odeio quando as pessoas guardam segredos.

Ele tirou o chapéu e sua alegria tranquila foi arruinada quando lhe mostrou um sorriso torto.

– Acho que não é segredo – falou, mas a voz era quase inaudível. – Eu preciso de um pouco de distância de você. Aqueles dois passos de que eu falei? Estão mais para alguns quilômetros agora. Talvez eu ganhe uma perspectiva diferente, talvez não. Eu gostaria de tentar.

Como se estivesse pontuando a fala, ele deu dois passos na direção de Carlota e ela não se afastou, mas também não se aproximou. Seus cílios não tremiam; ela olhou para ele com determinação, como sempre fizera. O silêncio entre eles ficou pesado.

– Se eu dissesse que o amo, você ficaria, não ficaria? – murmurou, finalmente.

Mais uma vez, o sorriso torto.

– Então eu não a amaria, porque você estaria mentindo. E eu saberia.

– Eu nunca quis afastá-lo.

– E não o fez. Não mesmo. Não peça desculpas.

Ela ficou triste, mas se manteve ereta e elegante, estendendo a mão.

– O que quer que aconteça, vou manter contato com o advogado e enviar meu endereço. Se quiser nos encontrar, pode procurá-lo. Venha nos procurar no fim da sua jornada. Caso algo mude ou nada aconteça, procure-nos. Eu vou lhe fazer uma oferenda, para você encontrar o caminho.

Ele a cumprimentou e sorriu. Depois, colocou o chapéu na cabeça e pegou a mala pequena.

– Boa sorte, Carlota, na sua própria jornada.

Ela fechou a porta depois que ele saiu, sem nem esperar a carruagem partir, e voltou para dentro, olhando para o chão. Lupe foi para o pátio e ficou ao seu lado.

– Montgomery se foi – disse Carlota.

– Eu sei. Ele estava esperando para se despedir de você. Não queria que *parecesse* que estava esperando, mas ele não tem um pingo de sutileza no corpo. Dá para ver o que está pensando só de olhar para o rosto dele – disse Lupe, dando de ombros. – Ele é terrível no pôquer e provavelmente em qualquer outro jogo de azar. Cachito ganhou dele várias vezes, sabia? Nem sei se ele sabe jogar xadrez.

– Sim, bom, talvez ele não devesse jogar cartas, se for esse o caso.

– Você vai sentir saudade dele.

– Vou – disse Carlota, simplesmente.

Porque ele era querido por ela, se não do jeito que ele gostaria, de outros. Porém, Carlota não mentiria, nem distorceria a realidade, não gastaria seu coração com meias-verdades. Ele também não gostaria disso, como dissera. Ela não faria promessas vazias.

– Não chore, Carlota. Você às vezes é uma chorona sentimental.

– Quieta, não vou chorar!

Ela segurou a mão de Lupe, a mão da irmã, e encostou a cabeça no seu ombro, sorrindo.

– Vai ficar tudo bem. Vamos vê-lo de novo. Quando encontrarmos os outros, quando Cachito e todo mundo se reencontrar. Vamos nos encontrar nesse momento – disse Carlota.

Ela imaginou, claro como o dia, a casa em um lugar reservado, longe de olhos curiosos e perguntas. No sudeste, perto das montanhas, perto da curva de um rio ou do oceano. Ela não tinha certeza quanto ao local, mas sentia o cheiro das flores, do orvalho e das folhas das pequenas árvores. Eles estariam seguros e o mundo seria bom; a casa ficaria cheia de risos da sua família e das pessoas que mais amava.

Eles estavam por aí, os outros, e voltariam para ela. A maré vai, mas depois volta. Eles se reencontrariam.

Ela se lembrou das piadas de Cachito e de como Lupe revirava os olhos para ela quando Carlota ficava sentimental e chorava de alegria. Ouviu as vozes de todos eles, conversando, animados.

Na capela onde eles rezavam, ela vira um Éden sem defeitos e sabia que não precisava haver rancor na criação de Deus. O paraíso que construiriam seria deles e não seria construído por um homem.

O paraíso que construiriam seria verdadeiro. Porque ela tinha esperança, tinha fé e, de mãos dadas com a irmã, tinha, acima de tudo, amor.

Ela imaginou o caminho de terra que levaria até a casa. Seria perfeitamente visível da janela do seu quarto, que seria banhado em dourado pelos raios do sol.

Até que uma manhã, quando o clima estivesse agradável e os pássaros cantassem nas árvores, viria um homem solitário pela estrada. Ele viria sem pressa, e ela andaria lentamente até os portões da casa e esperaria ali, paciente, até ele parar o cavalo e desmontar.

Então, ela sorriria e diria: seja bem-vindo ao lar.

POSFÁCIO

A filha do doutor Moreau é levemente inspirado no livro *A ilha do doutor Moreau*, de H. G. Wells. Esse livro conta a história de um náufrago que descobre uma ilha habitada por criaturas estranhas que foram feitas com os experimentos de vivissecção do dr. Moreau. Vivissecção foi uma prática controversa no fim do século 19 e Moreau queria descobrir "o limite máximo da plasticidade de um ser vivo", transformando animais em pessoas.

A filha do doutor Moreau se passa no México, em um cenário de conflitos de verdade. Por causa da localização e da dificuldade de contato com o restante do México, Iucatã, apesar de ser uma península, às vezes parece uma ilha. Alguns mapas espanhóis antigos a mostram mesmo como uma ilha. Daí veio a ideia para esta história.

A Guerra das Castas de Iucatã começou em 1847 e durou mais de cinquenta anos. Os maias, povos originários da península, se rebelaram contra os mexicanos, os descendentes de europeus e a população miscigenada.

Os motivos do conflito foram complexos e ligados a hostilidades de longa data. Os donos das terras expandiram suas *haciendas* para criar gado e cultivar açúcar. O povo maia era sua principal mão de obra, e os donos das terras tinham sistemas violentos de dívidas e castigos para controlá-los. Outros aspectos de tensão eram os impostos, assim como a violência e a discriminação contra os maias.

Os conflitos e as interações na península de Iucatã não envolviam apenas mexicanos e comunidades maias. Havia pessoas negras no México que tendiam a ocupar uma posição social mais alta do que os maias, que Matthew Restall define como uma "posição intersticial". Havia também trabalhadores chineses e coreanos, especialmente no fim do século 19, e é verdade que *hacendados* tentaram contratar italianos, que ficavam doentes e morriam. Havia pessoas miscigenadas com diversas combinações (*pardos*, *mulattos*, *mestizos* eram alguns dos termos usados para descrevê-los, emprestados de classificações raciais coloniais dos espanhóis). E havia os britânicos.

Os britânicos se estabeleceram no que hoje é Belize e formaram o que era chamado de Honduras Britânicas. Os britânicos faziam comércio com os maias, e em 1850 reconheceram um estado maia livre (Chan Santa Cruz), como uma estratégia para enfraquecer a reivindicação do México pela região e também para se beneficiar dos recursos naturais existentes ali.

As relações entre os maias e os britânicos eram complexas porque os rebeldes maias não representavam um movimento unido. Em 1849, o líder rebelde José Venancio Pec assassinou outro líder importante, Jacinto Pat, acusando-o de ter usado a luta armada para enriquecer. Outro líder, Cecilio Chí, foi morto por um dos seus seguidores. À medida que os anos se passaram, rebeldes maias se concentraram no leste, enquanto *hacendados* na parte oeste da península trocaram as plantações de açúcar para henequén, um tipo de fibra com colheita muito lucrativa. O auge do henequén começou em 1880 e durou até o começo da Revolução Mexicana, por volta de 1910. O tratamento do povo maia não melhorou durante esse período. O sistema de dívidas e servidão continuou.

Em 1893, o governo britânico assinou um novo tratado com o governo mexicano e reconheceu o seu controle de toda Iucatã. Eles pararam de apoiar Chan Santa Cruz e os rebeldes maias.

A ilha do doutor Moreau foi publicado originalmente em 1896. Cinco anos depois, o exército mexicano ocupou Chan Santa Cruz.

AGRADECIMENTOS

Agradeço imensamente ao time de produção da Del Rey, liderado por Tricia Narwani, que acreditou em mim para escrever esta história, assim como outros livros. Também agradeço à minha agência e ao meu agente de longa data, Eddie Schneider. Obrigada como sempre à minha família e ao meu primeiro leitor, meu marido.

Para este livro, usei a grafia maia iucateque em vez da grafia maia do século 19. Apesar de a grafia tentar ser o mais precisa possível, Ya'ax Áaktun (caverna verde) vira Yaxaktun, numa tentativa de refletir uma possível transliteração colonial. Obrigada a David Bowles, que revisou meu vocabulário maia.

SILVIA MORENO-GARCIA é autora de diversos romances, entre eles o aclamado *Gótico mexicano*, best-seller do *New York Times*. Nascida no México, tem mestrado em Ciência e Tecnologia pela Universidade da Colúmbia Britânica e é editora na Innsmouth Free Press, onde editou várias antologias, incluindo a vencedora do World Fantasy Award. Moreno-Garcia foi indicada ao Locus Award por seu trabalho como editora e ganhou o British Fantasy Award e o Locus Award por seu trabalho como romancista. Ela mora atualmente no Canadá.

Saiba mais sobre a autora em: www.silviamoreno-garcia.com

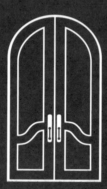

Esta obra foi composta em OPTIAmericanGothic,
Topic URW e PSFournier Std e impressa em papel
Pólen Natural 80 g/m² pela Gráfica Santa Marta